経営学による亡国魔族救済計画

社畜、ヘルモードの異世界でホワイト魔王となる

波口まにま

イラスト／卵の黄身

Contents

Illust. 卵の黄身

【第一章】 ブラック企業の中間管理職　魔王となる

電灯の消えたオフィス。

暗闇の中に、ノートパソコンのモニタのライトだけがまぶしく光っている。

室内には、黙々とキーボードの打音を響かせる、スーツ姿の痩身の男、ただ一人。

ブブブ、とスマホがバイブ音を立てて震える。

「はい。御神聖です」

聖は、社名も肩書きも名乗らず、一般人のようなさりげなさで応えた。

この電話番号を知っているのは、そうした肩書きを名乗る必要がない相手だけだったからだ。

「御神部長！　収支報告書を見たよ！」

ゴーッと、風を切る音が聞こえてくる。

おそらく、機中だ。

いつもよりテンションが高い。

アルコールを身体に入れているのだろう。

「はい。社長」

「コロナショックもあったのに、君の部門だけは素晴らしい決算だったね！　またウチの株価も上がるだろう」

「はい。ですが、また、慢性的な長時間労働がたたり、部門内で自殺者が出ました。一部のSNSで炎上しています」

　聖は淡々と事実だけを告げた。

「そうなのかね？　まあ、気にすることはない。広告代理店にいつもより多めに金を握らせておく。適当に新しい芸能人なり、政治家なりの不祥事のニュースを流しておけば、大衆はすぐに忘れるさ」

「ご配慮痛み入ります」

　聖はそう答えたが、内心では辟易していた。

　昔ならば――それこそ今使っているスマートホンが普及する前ならば、当時のインターネットの普及率を加味してもなお、不祥事の隠蔽は容易だった。

　しかし、時代は常に進化している。

　誰もが昔のマスコミのような情報発信力・情報収集力を持ちうる時代だ。

　初めは些細な炎上でも、それは無限に拡大し、企業の価値を棄損するばかりではなく、悪評によって優秀な人材を集めにくくする。そして、人材の質の低下は組織の業務遂行能力を低下させ、企業のブラック化を助長する悪循環を招く。

聖はそのことを知っていたが、社長はそうは考えていないようだった。

すなわち、聖が任されているのはその程度の企業だった。

大企業である。

国内では名を知らぬ者がおらず、学生の就職志望ランキングでは、毎年上位に入るほどの会社だ。

だが、そんなものは意味がない。

日本の繁栄(はんえい)に合わせて栄(さか)え、日本の衰退(すいたい)に合わせて終わっていく。

そんな会社だ。

もちろん、大企業だ。

世界進出はしている。

日本を切り捨て、世界に照準を合わせて、切り替えようとしている。

だが、このままでは失敗するだろう。

聖には必然的にきたるべきその未来が見えていた。

知っていたとしても、できることはそう多くはない。

聖は所詮(しょせん)、中間管理職だからだ。

大企業の部長といえば、巷(ちまた)ではそれなりに聞こえのいい立場だが、現実で裁量のきく範囲は世間が思っている以上に狭い。

「ま、この調子で頑張ってくれたまえ」

「お待ちください」

早々に話を切り上げようとする社長を、聖は制した。

「なにかね？」

「私の提出した次年度の事業計画書はお読み頂けたでしょうか」

「ああ、読んだよ。人件費への支出を大幅に増やしたい、という話だったね、確か」

「はい。業務効率化はもう限界です。これ以上は、マンパワーを増やすしかありません」

「しかしねえ。ただでさえ、ウチの企業の社員の給与は高すぎると言われているんだよ。給与は固定費だ。一度雇ってしまえば、そのコストは重くのしかかってくる」

「ええ。ですが、その価値はあります。彼らへの給与は、能力からすれば圧倒的に割安です」


聖の企業の社員は、高給取りである。

会社員の平均年収の二倍はくだらない。

ただし、その一人の会社員は、普通の会社員の四倍の仕事をする。

聖が自らそのような人材を引っ張ってきたからだ。

言うのは簡単だが、行うのは簡単ではない。

簡単ではないのだ……。

聖個人の人物鑑定眼で無理矢理業績を上げている組織など、継続企業（ゴーイングコンサーン）の前提からいってあってはならないことなのに。

それでも、与えられた環境で求められる成果を出すには、そのやり方しかなかった。

全身全霊で説得する。

論理と、道理と、組織への情熱を尽くして。

しかし、それでも最後を締めくくる社長の言葉は、いつも同じ。

「――ま、頑張ってくれたまえ。できないことをできるようにするのが君の仕事だろう」

一方的に通話は切られる。

初めから結論が決まっている会議ほど無駄なものはない。

「残念だ」

聖はぽつりと呟いた。

社長が、ではない。

確かに、現社長は愚かで無能だ。

しかし、例えば今、彼の乗っている飛行機が墜ちて死んだとしても、組織は何も変わらない。

別の同族が上に立つだけだ。

良くて今の社長のように利益を貪り、悪ければ現場のことも知らずに事業に口を出し、さらに混乱を招くだろう。

現状の支配権も持つ社長一族の中に、期待できる人間が一人もいないことは把握している。

「残念だ」

　自殺者が出たことが、でもない。

　もし法律が許容し、人間を使い捨てにするのが組織に最大のパフォーマンスを発揮させる最善の方法ならば、聖は喜んでそういう働かせ方をするだろう。

　だが、現代社会はそうではない。資本主義の黎明期と違い、二一世紀の企業で自殺者が出たということは、組織が非効率的であることを意味する。

　よく経営の基本は『ヒト・モノ・カネ』と言われるが、労働が高度に複雑化した現代社会において、一番重要なのは『ヒト』だ。

　その一番大切な資源をないがしろにする企業に未来はない。

「残念だ」

　今所属している会社という組織に、一〇〇パーセントの力を発揮させてやれないことが。

　そもそも、ヒトとは組織である。

　群れること。

　集団を組織化し、共通の目的のために個人の意思をすり合わせて行動できること。

　それが、ヒトが他の動物に比べて優越している唯一の点だ。

　生物学的には脆弱なヒトは、集団となり、効率的な組織を磨き上げることによって、万物の頂点に立った。

その人類そのものといってもいい組織を導く管理職という職業を、聖は愛している。

部長という地位に、それなりの世間的なステータスがあるから？

もちろん違う。

世間の称賛（しょうさん）も、罵倒（ばとう）も、聖個人にとってはどうでもいい。

なぜなら、聖とて組織を動かすためのパーツの一つにすぎないから。

では、所得が高いからか？

それも違う。

もし、今、この企業を自分の思う通りに動かせるなら、聖は一生無給で働いても構わなかった。

そう。聖は組織に奉仕（ほうし）することそのものが好きなのだ。

いや、正確には自分の思った通りに組織を導き、成果が出るというプロセスそのものに無上の悦びを感じる。その組織が大きければ大きいほど、目標が高ければ高いほど、聖の魂は燃えた。

大企業の部長であることから得られる他のメリットは、全て余禄（よろく）のようなものだ。

なのに――。

「現状は最善ではない、次善ですらない」

わかっていても、変えられなかった。

どれだけ聖が努力しても、足りないものが多すぎた。

時間も、権力も、金も、自身の能力も、何もかもが足りない。

それは、歴史であり、国境であり、あるいは、生まれついての資本力の違いという、個人の力ではどうにもならない壁である。

（それでも、できることをやる）

手を抜くことは、組織に対する侮辱であるから。

聖の美学に反するから。

そうして、やるべき仕事を終える頃には、窓の外は明るくなっていた。

（一時間くらいは寝られるでしょうかね）

会社に泊まるという選択肢もないではなかったが、たとえ短時間でもきちんとしたベッドで横になる方が疲れは取れるだろう。

エレベーターで地上へと降り、足早にビルから出た。

その刹那――


ドンッ。


と背中に衝撃。

ついで、脇腹に感じたのは、強烈な熱。

反射的に肘打ちをして振り返る。

そこには、三十代とおぼしき男がいた。

『世直し万歳』とかかれたTシャツに、チノパン。

肩掛けカバン。

右手には包丁、左手にはスマホを持っている。

包丁が赤く染まり、鮮血を滴らせていた。

「見たか！　俺が『魔王』を殺る！　腐った日本を革命してやる！」

男は勝ち誇るようにスマホに向かって叫んでいた。

叫びながら、包丁を振り下ろしてくる。

聖は、咄嗟にビジネスバッグで凶刃を防御する。

（『魔王』ですか。そういえば、どこぞの週刊誌がそんな見出しで、私を名指しで非難してましたねえ）

どこか他人事のように思う。

ライバル企業のプロパガンダで、事実を大げさに誇張されたその記事によれば、聖は日本のブラック労働の象徴であり、諸悪の根源らしい。

実際は、上からの指示でやむなくそうしているにすぎないのだが。

聖は、会社に、自分が厄介な部署を処理する都合のいい道具として使われていることに、もちろん気付いていた。

それでも、いいと思っていた。

自分が矢面に立ち、スケープゴートになることで、組織が効率的に動くのであれば。
だが、さすがに、今この瞬間は後悔する。
（お歴々のように、もう少し保身に力を注ぐべきでしたかねえ……）
血が止まらない。
だが、諦めない。まだ、聖の理想の組織は完成していない。それまでは死ねない。
必死に抵抗する。
破れたビジネスバッグの隙間から、万年筆が転げ出る。
右手で拾い上げ、そのまま男の腕に突き刺す。
男が包丁を取り落とした。
すかさずそれを奪取する。
「くそっ！　抵抗するか！　死ね！　死ね！　俺を首にしやがって！」
血走った憎しみの眼差しが、聖を捉える。
男は肩掛けカバンから別の包丁を取り出した。
スペアを用意していたらしい。
「あなたを解雇した？　記憶にありませんね。多分、別の部門の方ですね」
少なくとも、聖が直接面接をして採用した社員ではない。
関連企業か、下請けか、そんなところだろう。
ともかく、担当者がこの男を解雇したという判断は正しかったようだ。

「このっ！　そうやって俺たちの苦しみを無視して！　お前のような上級国民が日本を衰退させたんだ！　お前のせいで、何人の人間が路頭に迷ったと思っている！」

上級国民？

部長ごときがか。

本当の上級国民とは、額に汗をせず、金を右から左に動かすだけで巨万の富を得るような輩を言う。

でも、そうか。

確かに、彼のような想像力の乏しい人間にとっては、現実的に考えられるわかりやすい敵は、案外、聖のような立場の人間なのかもしれない。

「確かに弊社はリストラもしましたが、企業グループ全体ではその一五倍以上の雇用を生み出しているんですがね……。雇用の面でも、納税の意味でも、弊社は日本に貢献していると思いますよ」

命の灯がどんどん小さくなっていくのを感じながらも、聖はそう言い返した。

このグローバル時代に、衰退産業の雇用を守り続けるのは無理だ。

ゾンビ企業を無理に延命することは、企業グループ単位のみならず――国家全体の労働生産性に対する害悪である。

無様に斬り合う。

始発が動く前のビジネス街に人気は全くなく、助勢も期待できない。

聖は格闘に関して全くの素人だ。

どうやら相手の男もそうらしい。

お互いの体格もさほど変わらず、得物も同じ包丁――ならば、導かれる結末はただ一つ。

「グッ！」

「カハッ！」

聖の包丁が、男の心臓を捉えた。

相手の男の一撃が、聖の左胸を貫く。

息が苦しい。

視界がかすむ。

生温かい。

（ああ、もっと働きたかった、です……）

薄れゆく意識の中で、聖はそんなことを思った。

*　*　*

ウソ…ホント……。

三日間徹夜した後の朝のように、意識が曖昧にたゆたう。

ニセイ……コウ……。


ノイズに支配された頭が、自身がここに存在していることを認識する。

まだ、聖は聖であるようだ。


ヤッタヤリマシタワ……。


エナジードリンクでカフェインを流し込んだように、やがて、クリアになっていく意識。

そして、情報を手に入れようとする本能が、聖の重い瞼を開けさせた。

周囲の状況を確認する。

地下だろうか。

部屋の端が見えないほどのだだっ広い空間である。

窓がないので、外が昼か夜かはわからない。

光の差し込まない深淵の闇を、燭台の円陣が照らしている。

聖がいるのはその円陣に設置された玉座だ。

骨ばったやけに座り心地の悪い椅子で、とても長時間のデスクワークには使えそうにない。

（夢――という訳ではないのでしょうね）

暴漢に襲われた時の生々しい感触は、今も肌に残っている。

オーダーメイドのスーツは凶刃でボロボロ。その生地は赤茶けた血に染まっており、被害の真実性を今もって主張している。

ただ不思議なことに、聖を死に至らしめた傷だけは、跡形もなく消え去っていた。

その謎の答えは、どうやら、自分の目の前にいる少女が知っているらしい。

「ワタクシは、前魔長の娘、『傲慢』のシャムゼーラ！　喜びなさい！　お前は魔王に選ばれました！」

シャムゼーラと名乗ったコーカソイドっぽい顔立ちの少女は、ボリュームのある金髪の巻き毛を揺らしながら、胸をそらした。尊大な口調とは裏腹に、名月にも似た金色の瞳が、不安げにつやめいている。

美少女といっていいだろう。背が低いのに、不自然なほどに大きな胸と、折れそうなほどに華奢な腰もあいまって、アニメキャラクターのような偶像じみたシルエットを形成している。

ロココ時代から抜け出してきたかのような豪奢なドレスや、数多の宝石を目にしてきた聖でも判別できない謎の赤い石があしらわれた杖も、非現実感を助長していた。

そして、何にも増して気になるのは、彼女の頭から二本の牡牛のような角が生えていることである。どう考えても、コスプレの類いに見られるようなまがい物ではない。

「ふむ。魔王、ですか。魔王とは、具体的に、何ができる――どのような権限がある職業なのですか？」

「そんなことも知らないんですの？　魔王は、唯一無二の至尊。他の魔族を凌駕する圧倒的な魔力を持つ存在！　何人にもまつろわず、隙あらば他者を喰らわんとする魔族全てが、お前の命令にだけは絶対に服従する！　それこそが魔王の絶対の権能です！」

「なるほど。さきほど、シャムゼーラさんは前魔長の娘であるとおっしゃいましたが、魔長と魔王は違うのですか？」

「魔長は文字通り、『魔族の長』にすぎませんわ。端的にいえば、魔族の中で一番年を食っているというだけです。全ての魔族の取りまとめ役とされていますが、実際的な権限は何もありません。――そんなことより、今は、お前の話です！　お前は異世界人ですわよね⁉　召喚は成功したのですわよね⁉」

シャムゼーラが聖に詰め寄ってくる。

「まだ詳細に現況を確認した訳ではないので、私が異世界人かどうかは断言しかねますが、少なくとも私の世界にはあなたのような角の生えた女性はいらっしゃいませんでしたね」

「魔族が存在しない世界――そうですわ！　それでいいんですわ！　歴史上、魔王は数え切れないほど存在したんですの。ですが、結局、個人の力に依存した魔王は、必ず滅びた。なぜだと思いますこと？　勇者にやられた？　ええ、もちろん、勇者は脅威ですわ。しかし、あれは象徴にすぎない。魔族が敗れてきたのは、常にヒトの集団の力に対してですわ。ですから、ワタクシは、従来の召喚術式に手を加えたのです。呼ぶのは、『最強の魔王』ではなく、『最強の軍団を作れる魔王』。ヒトのように、弱き者たちを束ね、至尊を屠るがごとき外法が、ワタクシたちには必要です。そして、お前が来た！　お前は、異世界ではさぞ名のある大将軍でしたのね」

シャムゼーラは、踊るような足取りで聖の前を行ったり来たりして呟く。

「いいえ。将軍ではありませんね。自分からは積極的に人を殺したこともないです」

「では、大魔導士ですの⁉　我が軍を苦しめるヒト族の集団魔術を凌駕する、魔族にしか使えない禁術を編み出してくださるんですのね？」

「私に魔法の知識はありませんよ。私の世界にも大量殺戮兵器は存在しますし、原理は知っていますが、すぐにこちらの世界で再現するのは難しいのではないでしょうか」

「ならば、一体、お前は何ができるというんですの⁉」

「私は管理職です。与えられた権限の許す限りで、組織をデザインし、動かすことしか能のない男です」

「訳がわかりませんわ！　ああ！　まさか、このワタクシが間違えたというんですの⁉　有史以来最高の巫女と言われているワタクシがあああああああ！」

「シャムゼーラさん。そう取り乱さないでください。とりあえず、私に魔族の方々への命令権があることはわかりました。先ほどのシャムゼーラさんの発言を伺うに、あなた方とヒトの集団が交戦状態にあることも把握しました。私はその戦争を指揮すれば良いのですか？」

「ええ、この大戦を勝利に導き、愚かで小賢しいヒト族に鉄槌を下すことこそ、魔王の責務ですわ！　わかったならさっさと働きなさい！　えっと……このノロマが！」

シャムゼーラが思い出したように罵倒を付け加えた。

わざわざ考える時間を割いてまで悪口を言う必要性が聖にはよくわからなかったが、もしかしたら、魔族特有の文化かなにかなのかもしれない。

「鉄槌……ですか。その目標を実現するには、まず、今の戦況を把握しなければなりませんね。現況、どうなっているのですか？　これまでの戦争の経緯を教えてください」

「仕方ありませんわね！　無知なお前にワタクシが教えて差し上げますわ。それは、去る業魔暦一五〇五三年、マンイーターが咲き誇り、ドラゴンが盛るうららかな春のことでした。月出る彼方より湧き出た、弱き羽虫の群れ共が魔王の爪に群がりまして、木偶なる一八代目『憤怒』打って出るも――」

シャムゼーラがオペラでも歌い上げるような口調で言う。

それはまるで、戦前の大日本帝国軍の大本営発表に詩的修飾を加えたような迂遠な言葉だった。

報告は『正確、簡潔に』をモットーとしている聖としては、聞くに堪えない。

「要領を得ませんね。事実の羅列で構いませんから、シンプルにお願いします」

聖はシャムゼーラの報告を途中で遮って、そう要求する。

「な！　そんな無粋な真似できませんわ！　ワタクシを一体誰だと思っているのです⁉」

「困りましたね。時間を無駄にするのは好ましくありません。――ああ、そうでした。魔王には、命令権があるのでしたね。こういうのは本意ではないんですが……『シャムゼーラよ。言葉を飾ることなく、先の私の問いに簡潔に答えよ』――こんな具合でいいんでしょうか」

聖がそう命令を下した瞬間、シャムゼーラの目から光が消える。

「四年前の初春、魔族領は東方より来たヒト族の軍勢の侵入を受けました。東方の軍勢は常備軍を有しておらず、いわゆる『冒険者』と呼ばれる傭兵戦力に依存しており、余弱兵として知られておりますが、先の戦争では特に弱く、我々はたちまち敵を退け、余勢を駆って敵領に攻め入りました。連戦連勝を重ね、戦線は東方に大きく拡大――敵の前線防衛の重要拠点たるアンカッサの街まで迫りました。勝ち馬に乗るため、多くの中級・下級の魔族が東方になだれ込み、それに呼応するように、ヒト族の二集団、西方にある『騎士』と南方にある『神徒』の軍勢が進軍を開始。手薄になった我々の拠点へ襲撃を始めました――」

（つまり、初めから、西・南・東は共同戦線を張っていた。魔族は東の偽装退却に騙された）

聖はシャムゼーラの発言と同時進行で思考を整理する。

「西と南の重要拠点には、強者――ヒト族の英雄との戦いを望む歴戦の魔将が配置されており、迎撃に当たっておりました。元来、戦争においては、魔将とヒト族の英雄とがお互いに名乗りを上げ、一騎討ちをする慣習があったため、先の魔将もそれに倣いましたが、ヒト族はそれに応じず、数に任せて魔将を蹂躙しました。無論、我々とて、脆弱なヒト族は群れねば魔族と戦えぬことは把握しておりました。しかし、元来は東方の冒険者たちのように――例えば、二人の戦士・魔法使い・僧侶・盗賊といったような、タイプの違う五人程度の小隊がいくつもあり、それらが緩く連帯し、攻めてくるようなタイプの戦闘を想定していたのです。しかし、此度のヒト族は違いました。粗末な武具を持った数千、数万のヒトが一塊となり、濁流のごとく押し寄せてくるのです。敵の魔法使いの戦い方にも変化が見られました。どうやら、敵は下級の魔法使いの力を束ね、中級程度の魔法へと練り上げる合成魔術を開発したようです――」

（なるほど、ヒト族は軍制改革をしたのですね。日本の戦国時代への移行期をイメージすればいいのでしょうか）

一部の武士階級が暴力装置を独占していた鎌倉から、足軽を用いた数の暴力へと移行していくあの時代。

もちろん、この世界は地球とは違い、魔法とやらがあるようなので仔細は異なるだろうが、とにもかくにも、この世界のヒト族は、効果的な集団戦術を編み出したという訳だ。

「我々は西方と南方の戦線で敗北を重ねました。我々は慌てて東方から軍勢を引き上げ、西と南にあてがいましたが、状況は好転しませんでした。このままではジリ貧であると考えた我々は、東方と南方には最低限の兵力を残し、西方に戦力を集中し、敵の首魁たる『騎士王』を誅するべく決戦に臨みましたが無惨な大敗を喫し——」

（そして、魔族は全く集団戦術に対応できずに、窮地に陥っている、と）

「なるほど。大体、戦の変遷は理解しました。どれほど負けましたか？」

聖はシャムゼーラの報告を途中で遮り、次の質問を投げかける。

「我々は、開戦前に比べ、領土のおよそ六割を失いました。残されたのは、この魔王城周辺の痩せた北領と、辛うじて敵と痛み分けに終わった東領の一部だけです」

「ふむふむ。敵は今どこに？」

「現在、前線拠点で力を蓄えているものと思われます。冬季に突入したため、進軍は困難だと判断したのでしょう。我々の北領は西と南を山脈に、東方を大河に遮られた、天然の要塞となっていますので。次の進軍は、雪解けの後——半年後かと」

シャムゼーラのもたらした報告は、絶望的なものだった。

現在、北方にある魔族の国家は、東・西・南にあるヒトの国家との三方面戦争を余儀なくされている。

既に領土の大半を失い、戦力もガタガタ、生産力も期待できない。

猶予期間は――たった半年。

「――ふむ。今までの話を総合すると、あなた方は半年後に滅亡する運命にある。そういう認識でよろしいですか？　ああ、『もう自由意志で発言して構いません』」

「そうですわよ！　何度も言わなければわからないほど耄碌してますの⁉　敗けたんですわよ！　天下分け目の大戦に！　名だたる力を持った歴戦の魔族は全て死にました！　冬が終われば、四方からヒトの軍勢の総攻撃を受けて、魔族は一人残らず殺されるでしょう！　こう言えば満足ですの⁉」

シャムゼーラは逆切れするように語気を荒らげたが、聖にはそれが、彼女なりの不安を紛らわすための精一杯の対抗策だとわかった。

「ふふふ……」

聖は口角を上げて、小さな吐息を漏らす。

「な、なにがおかしいんですの？」

シャムゼーラが面食らったように聖を見つめる。

「おかしいのではありません。私は、私は、嬉しいんです！　なるほど、なるほど、なるほどなるほど。なるほど！　なるほどなるほどなるほど！　素晴らしい！　素晴らしい！　素晴らしい！　ははははは！　はははははは！　はははははは！」

聖は心の底から笑う。

「何が素晴らしいんですのよ！　お前、ワタクシの話を聞いていまして⁉」

「だって素晴らしいじゃないですか！　『生存競争』。これ以上に、シンプルで力強い組織の存在理由はありません！　あらゆる生物にとって、種の存続以上に重要なテーマなど何一つ存在しない」

聖は歓喜した。

おためごかしのモチベーションアップをする必要性も、ＣＳＲを称揚する欺瞞も、社長や株主からの圧力もそこには存在しない。

文字通りの総力戦。

ただ生きるために戦う。

その大義は、あらゆる労働を、非道を、残虐を、完全無欠に正当化する。

「では、お前なら、できるというんですの？　魔王として、魔族を滅亡の危機から救えると？」

「やりましょう。全身全霊でもって。救いましょう。この上ない悦びを胸に。あなたの召喚は誤りでなかったと、私自ら証明しましょう。働きましょう。組織に奉仕しましょう。個人は全体のためにあり、全体は個人のためにある。そんな美しい組織を作ってみせましょう」

いぶかしげなシャムゼーラの視線に、全力で頷く。

聖は目の前の少女に感謝した。

死んだと思った。

もう働けないと思った。

しかし、機会は再び巡ってきた。

しかも、与えられた組織は日本の会社の比ではない、一つの種族の興亡（こうぼう）を左右する立場だ。

そして、自分がその組織の頂点に立てるのだという。

ここに、欲で肥え太った社長はいない。

足を引っ張るしか能のないマスコミは、影も形もない。

生産性の足枷（あしかせ）となる労働基準法はファンタジーだ。

だから、聖は自由だ。

聖の仕事は自由だ。

ここならば、自分の理想の組織を作ることは、決して夢ではない。

（なんて素晴らしい世界なんでしょう！　ここは天国だ！）

異世界よ。

魔族よ。

喜ぶがいい。

御神聖は、この上なく魔王にふさわしい。

「ふん！　偉そうに。口だけならなんとでも言えますわよ！　悔しかったら、力を示してみなさいな！」

シャムゼーラがそう傲岸不遜に言って、胸をそらす。

「ええ、そうですね。では、まず、手始めにシャムゼーラさんを救って差し上げましょうか」

聖は玉座から立ち上がると、シャムゼーラの下に歩み寄り、視線を合わせる。

「え？」

「——シャムゼーラさん。もう無理してそんな演技をしなくてもいいんですよ。無駄にストレスを抱えてもいいことは何もありません」

聖はそう言うと、シャムゼーラの肩にそっと手を置いた。

地球にいた頃の聖ならば、セクハラ扱いされかねないので、そのような行為は控えていただろう。しかし、どうやらこの世界では、大げさに芝居がかった振る舞いの方が好まれそうなので、敢えてそのような行動に出たのだ。

「お、お前は何世迷い言をほざいているのです。ワタクシは『傲慢』のシャムゼーラ！この性格は生まれつきですわ。ごめんあそばせ」

シャムゼーラは一歩後ろに退き聖から距離を取ると、ドレスの裾を摘んで、優雅に一礼する。

「嘘ですね」

聖は間髪（かんはつ）を容（い）れずに距離を詰め、そう断言する。

根拠は彼女の挙動の中にいくらでもあった。

聖の言葉に、刹那、増えた瞬（まばた）きの回数。

右上に動いた瞳。

わずかに早口になったこと。

ともあれ、シャムゼーラはわかりやすすぎる。

「どうしてそんな自信満々に言い切れるんですの？　ま、まさか、これが、魔王の権能」

シャムゼーラが恐れに声をかすれさせて言う。

「魔王の権能は関係ありませんよ。私はしがない部長でしたが、それでもたくさんの部下を見てきましたから、それくらいのことはわかるんです。というか、その程度わからなければ管理職などできません。人を束ねて動かすには、まず人を知らねば始まりませんから」

「……参りましたわ。魔王様には、全てお見通しですのね。今までの非礼をお詫（わ）び致します。お、おっしゃる通り、ワタクシは、本来、魔将が務まるような器ではありません。こ、今回の召喚も本当は苦し紛れだったのです」

シャムゼーラは深く頭を下げると、糸が切れたように床にへたり込む。

「苦し紛れ？」

「ワタクシの父――先代の魔神官長は前の魔長でした。暫定的な魔族の統括者でしたが、武力的には魔将の中でも最弱。故に実際には何の権限もなく、好き勝手に振る舞う他の魔族をまとめあげる力はありませんでした。そこで、父は魔王を召喚しようと儀式の準備を始めたのですが、戦局が厳しく最前線に駆り出され、あえなく敗死致しました。ワタクシは、実力不足にもかかわらず、なし崩し的に父の後を継がされ、他の魔族に侮られないためには『傲慢』として振る舞わざるを得ませんでした」

「確かに不必要な低姿勢は対人交渉において不利となりますが……『傲慢』までいくといささかやりすぎではありませんか？　傲慢に振る舞って、相手の反感を買い、心を無駄に頑なにしても良いことはないと思いますが」

「そうおっしゃられましても、これは魔族の伝統なのです。魔族は個体の力を尊びます。そして、強大な力を持つ者には、強大な欲望が伴うはずという教えなのです。初代の魔王様の言葉が残っております。『魔に七徳あり。《傲慢》孤高にして塵芥を寄せ付けず。《憤怒》その身の破壊の力をいや増す。《怠惰》なれば拙速なし。《嫉妬》多ければ無双に至る。《暴食》なれば力いや増すは道理。《強欲》飽き足らざれば、世界を制すまで止まず。《色欲》極むる者は、生の根本を握る』と。魔族にはそれぞれの徳目に応じた七人の魔将がおり、他の魔将が既に六徳を押さえていたので、消去法的にワタクシは残っていた『傲慢』であるかのように振る舞ったのですが……」

「その七徳を持っていれば強大な力を持つというのは真実なのですか？　ちなみにシャムゼーラさんは『傲慢』に振る舞うことによって強くなれましたか？」

「少なくともワタクシは魔力の向上を感じておりません。そもそも、ヒトに比べれば、魔族は生まれつき個体の力の差が激しいので、魔将と呼ばれるような力を得られるかどうかは生まれつきの才能に依る——と、才能のないワタクシなどは思ってしまいますが」

『傲慢』とは程遠い、殊勝な顔でシャムゼーラは語る。

「うーむ、シャムゼーラさんの話を聞くに、やはり、眉唾ものですねえ。伝統は尊重したいところですが、どれも組織的には害になりそうな性格が美徳となっているのが何とも……。大体、欲望をその七つに限る必要はあるのですか？　そうですね。例えば、『健康欲』とか、『正義欲』とか、欲望にはいろんな種類がありますよ」

「そういったヒトが好みそうな徳目は、魔族に好まれないかもしれません。詳細は残っていないのですが、そもそもそういった『二つ名』を先に名乗り始めたのはヒト族の方だそうです。かつて、ヒト共の英雄が、配下の士気高揚のために、『節制』、『分別』、『純潔』『寛容』、『慈愛』、『勤勉』、『忠義』等々の二つ名を名乗り始め、それに対抗するように、当時の魔将たちも二つ名をつけるようになったと聞いています。いつからか、魔族としての才がある者は、先に申し上げた七つの美徳のどれかを備えると言われるようになりました」

シャムゼーラは困ったように眉を八の字にして説明する。

（ふむふむ。対抗文化というやつですね）

自分たちのアイデンティティを明らかにするために、対立する勢力と真逆のカルチャーを形成する。往々にしてあることだ。

実際、当初は多少なりとも効果があったのかもしれないが、いつのまにか形式主義に陥ったのだろう。

無意味な肩書きの量産は、非生産的な組織によくあるパターンだ。

とはいえ――。

「なるほど、伝統となるとやっかいですね。急に魔族の文化を否定しても、無用な混乱を招き(まね)かねません――わかりました。では、他の方がいらっしゃる時は今まで通りで構いませんから、せめて、私と二人っきりの時には、素直なシャムゼーラさんを見せてくださいね」

聖はそう言って、渾身のアルカイックスマイルを浮かべ、シャムゼーラに手を差し出した。

一つ素顔をさらけ出せる居場所があるだけで、心は救われたりする。

「魔王様！　ありがとうございます！」

シャムゼーラが瞳を潤(うる)ませて、聖の手を取る。

「いえいえ、部下が働きやすい環境を作ることも上司の務めですから――と、いけません。シャムゼーラが、部下の意思も確認せず、勝手に部下扱いするなど。私をこの世界に呼んだからには、一緒に働いて頂けるということでよろしいですか？　できれば、シャムゼーラさんには私の秘書――側近のようなことをして頂きたいと思っているのですが」

再び玉座に腰かけた聖はそう問いかける。

「魔王様、ワタクシごときの意思など斟酌される必要はございません。ただ、『私のために働け』とお命じくだされればそれでいいのです。魔王とは絶対的な存在なのですから」

「いえ、それではだめなのです。私は管理職――幹部クラスには、自らの意思で組織に貢献してくれる人材を求めています」

現場の一兵卒ならば、無条件に命令に従ってくれる人間の方がむしろ都合が良かったりするのだが、幹部級の人材が思考停止しているような組織には発展性がない。

「なるほど、そのような深いお考えがあったのですね。……。もちろん、ワタクシの答えは一つしかありませんわ。ワタクシ、『傲慢』のシャムゼーラは、喜んで魔王様の覇業に奉仕致します。たとえこの身を聖火に焼かれましても」

「それは良かった。私は管理職ですから、その下で働いてくれる方々がいなければただの木偶の坊になってしまいます。どうやら、シャムゼーラさんのおかげで、そのような悲しい事態は避けられそうです」

聖は本心から安堵の息を漏らす。

部下のいない管理職など、無謀な夢を語るフリーターとなんら変わらないのだから。

「ですが、本当にワタクシでよろしいのですか？　先にも申し上げた通り、ワタクシは魔将――魔王様のおっしゃる幹部としては、あまりにも脆弱な存在です。そんなワタクシが魔王様のお側に侍る資格があるのでしょうか」

「問題ありません。私は個人の武力よりも、集団での力を重視しています。さしあたって今の私に必要なのは、私のこの異世界に対する知見のなさを補ってくれる存在です。私の見立てでは、シャムゼーラさんはその役目に十分に耐え得ると考えています。その点、シャムゼーラさんはどのように考えていらっしゃいますか？」

聖は敢えて試すように問うた。

謙虚なのは美徳であるが、卑屈なのは使えない。

彼女に客観的に自身の能力を把握できる力があるのかが知りたかった。

「はい。ワタクシは神官としての魔力はあまり強くありませんが、父から色々教わっていたのと、魔力の不足を知見で補おうとしていたこともあり、ほとんどの魔族に比べて知識がある方だとは思います。また、魔族の多くはヒトを侮っており、弱く下等な種族としか考えていない者が多いですが、ワタクシはその脆弱なヒトに魔族が敗北を喫してきた事実から、彼らの情報の把握にも努めて参りました。もっとも、魔族とヒトとの間には行き来がないため、得られる情報には限界がありましたが……。ヒトに対する知見においては『色欲』のアイビスの方が、世界情勢に対する見識は他の大陸を含め、諸国を旅している『強欲』の魔将であるレイの方が優れていると思います。それでも、総合的に考えて、魔王様の望まれている職務を果たすのに、ワタクシはふさわしい能力があると自負致します」

シャムゼーラは時折思考する間を挟みながら、理路整然と答える。

「よろしい！　やはり、私の見立ては間違っていなかったようですね。私は、シャムゼーラさんを私の秘書に任命します！　後、雇用契約に必要なのは——そうですね。まずは、労働時間について定めましょうか。シャムゼーラさんは、どの程度働き、どの程度の休暇を望まれますか？」

労働には当然対価が必要だ。

彼女を幹部クラスとして扱うならば、相応の待遇を用意してやらねばならない。

「休暇……ですか。確か、ヒトの間にはそのような制度があると聞いています。しかし、脆弱な肉体しかもたないヒトとは違い、魔族には休暇という概念はありません。常に新しい力を求めていますから……」

「向上心があって良いですね。しかし、どのような志があろうとも、肉体は疲労するでしょう。睡眠時間もいるはずです」

「そうですね……。ゴブリンなどの下級魔族や、肉体の精強さに依存する中級魔族の一部——オーク、ワーウルフあたりならば、おっしゃる通り、睡眠や休息を必要とするかと思います。しかし、アンデッドや霊体系の魔族ならばそのような制約はありませんし、少なくとも、上級魔族に数えられる程度の魔力がある個体ならば、基本的に通常の活動で肉体的疲労を得ることはなく、睡眠も必要ありません。戦闘後などは、回復を早めるために横になることはありますが。結論としては、ワタクシも弱いとはいえ、上級魔族の端くれですので、休暇は必要ない、ということになるかと」

「なんと！　休暇は必要ない？　先ほど『怠惰』の魔将がいるとおっしゃいましたが、そのような方々も？」

「『怠惰』は逆説的に強者の余裕を示すものです。『いつでも目的を達成する力があるので』、あくせく動く必要がないという意味で解釈されています」

「なるほどなるほど。よくわかりました。その休暇が必要ないというのは、私でもですか？　見ての通り、私はヒトですが」

「魔王様は外見こそヒトですが、内蔵されておられる魔力量は、七人の魔将の全ての魔力を合わせても敵わないほどです。当然、睡眠や疲労を感じることもないかと思われます」

「そうですか！　それは素晴らしい。本当に素晴らしい！　では、働きましょう。二四時間。春も！　夏も！　秋も！　冬も！」

聖は目を見開いた。

そんな都合のいいことがあっていいのだろうか。

忌々しい肉体の頸木から解き放たれ、働き放題とは、まさに天国ではないか。

寝袋も、エナジードリンクも、もはやこの世界では必要ないのだ！

「はい！　御心のままに！」

シャムゼーラが目を輝かせて頷く。

「では、次は報酬についてです。——シャムゼーラさん。あなたは労働の対価として何を望みますか？」

「報酬、ですか？　それはもう、勝手にこの世界へお連れした魔王様に魔族をお救い頂けるというだけで、ワタクシの身には余るほどの報酬です」

シャムゼーラはキョトンとした様子で小首を傾げる。

「いいえ、魔王業は私がやりたくてやることですから、シャムゼーラさん個人への報酬には当たりませんよ。それに、あなたが魔王を召喚したのは職務上の立場の要請からであって、あなた個人の欲望のためではありませんよね。私はあなた個人の望みを知りたいのです。何でも構いませんよ。私のいた世界では、報酬は金銭の支払いが義務付けられていましたが、なにもそれに限ることはない」

聖は常々思っていた。

法律が報酬の支払いを金銭のみに縛るのはおかしいと。

報酬で重要なのは、要は、働く本人が労働の対価として納得できるかどうかである。

たとえ、『やりがい』だけであっても、本人がそれで幸せならばそれは立派に報酬なのだ。

「金銭ですか……。それも、やはりヒトの文化で、魔族には貨幣（かへい）は流通しておりませんし、個人的にも興味はありません」

「では、魔族の方々は一般的に何を報酬として望まれるのですか？」

「最も一般的なものは――魔力、もしくはその源（みなもと）となる魂でしょうか。屠（ほふ）った魂の分だけ、魔族は強くなります。例えば、魔王様の召喚には、此度の大戦で失われた魔族の魂全てと魔族が喰らい損ねて彷徨っていたヒトの魂を使いました」

「ふむ。その魔力というものは譲渡できるものなのですか？」

「契約を結べば可能です」

「では、シャムゼーラさんも魔力を望まれますか？　魔族は常に強さを望まれるのですよね」

「一般的にはそうなのですが、ワタクシはちょっとおかしいのかもしれません。歴戦の魔族の猛者が、ヒトの集団に容易く屠られる姿を見てから、単純な力には憧れることができなくなってしまいました」

「なるほど……。では、何か欲しい物はありますか？」

「物……。戦士などは宝物庫にある武具などを所望することも多いそうですが、ワタクシは神官ですので、そういった物もあまり……」

「ふむ……。困りましたね。シャムゼーラさんクラスの方の報酬をナシとすると、それ未満の配下の方々の待遇に難儀してしまいます」

　聖はこれみよがしに困り眉を作ってみせた。

　シャムゼーラが、本当に対価もなしに不満を抱くことなく、延々と働き続けることができるのならいいのだ。

　しかし、残念ながら聖は地球において、そのような人物を見たことがなかった。

ただ一人、聖自身を除いて。

「――ひ、一つ、あります。魂でも物でもなく、とても不遜な願いなのですが、もし、魔王様さえよろしければ」

「なんでしょう」

「わ、ワタクシを、娘に、して、頂けません……でしょうか」

シャムゼーラは途切れ途切れに、消え入りそうな声で呟く。

「娘？」

「あ、あの、もちろん、魔族的な意味で王権の継承者になりたいなどという大それた意味ではなく、ヒトによくあるような意味での『娘』です」

「ふむ……。私は元々、ヒトでしたので、ヒトのいう娘と、魔族的な意味での娘の違いがわかりかねるのですが……」

「し、失礼しました。魔族のいう『娘』は道具でしかありません。他の魔族に差し出し、勢力拡大の道具にするか、魔術的な生贄（いけにえ）にするか――そのような利用価値を見出された者のみが存在を許されます。ですが、研究の一環でヒトの勢力から仕入れた書物によりますと、ヒトの親というのは、利害関係なく、無条件で子どもという存在を愛するそうです。わ、ワタクシは、魔族としては、軟弱（なんじゃく）で、決して抱いてはいけない願いなのですが、そのようなヒトの娘の在（あ）り方（かた）を羨（うらや）ましく思いました」

シャムゼーラは夢見る乙女（おとめ）のように手を合わせて目を輝かせる。

（つまり、親が子に与えるような無償の愛が欲しいと？　私が労働の対価として報酬を提示している時点で明らかに矛盾する願いですね）

そもそも、聖の知る限り、人間の親というものは、子に無償の愛を注ぐ存在ばかりではなかった。彼女の言う魔族のように娘を道具としか思っていない親も存在したし、俗に言う善良な親であっても、『老後の面倒を見て欲しい』とか、『孫が見たい』とか、その程度の対価は娘に求めている親が大半であった。

しかし、その真実をわざわざ彼女に教えてやるほど、聖は親切ではない。『愛』に飢えている女というものは、非常にコントロールしやすいことを、聖は今までの経験から知っていた。

ならば、わざわざ水を差すまでもなかった。

「把握しました。一応、確認させて頂きたいのですが、『娘』で本当に良いのですね？　ヒトの間では、愛にも色々種類があり、『親子愛』の他にも、『恋愛』や『友愛』といった概念も存在するのですが」

「恋愛感情というものは、ワタクシには、『色欲』の類いと変わらないように見えました。友情というものはヒトの物語の中では、不安定な脆い絆として描かれていましたから、あまり惹かれませんでした」

「なるほど。よくよく熟慮の上での願いなのですね。それならば、もう何も問題はありません。——シャムゼーラ。いえ、シャミー。今日からあなたは私の娘です」

「しゃ、シャミー？」

「いけませんでしたか？　親ならば娘に愛称の一つもつけるものだと思っていたのですが」

「い、いえ。う、嬉しいです。ぜ、是非、シャミーとお呼びください、魔王様」

「いけませんね、シャミー。魔王様ではなく、『お父様』でしょう？」

「は、はい、お父様！」

「よくできました。——元の世界では、私には家族と呼べる存在はいませんでした。ですが、こうしてみると、いいものですね。心が安らぎます。……この世界で二人っきりの家族です。力を合わせて、一緒に頑張りましょうね、シャミー」

聖はそう心にもないことをシャムゼーラの耳元で囁きながら、その頭を撫でる。

聖は他人に左右されるような不安定で繊細な心は持っていなかった。

ただ、他人に望む言葉を与えてやることが、人間関係を円滑にすると知っていた。

聖にとって、業務に支障が出ない範囲で他人が望む通りに振る舞うことは、日常であって、演技ですらない。

意識して呼吸をする人がいないように、歩き方を考える必要がないように、それは当たり前だった。

「はい、お父様。シャミーは、この魂の尽きるまで、世界の全てを敵に回しても、お父様の側におります」

シャムゼーラはうっとりした口調でそう言うと、目を閉じて、聖の腕に頰を寄せてくる。

「それは心強い。では、シャミー、まずは手始めに何をしましょう」

「はい。では、まず、信賞必罰を明らかにするために、ワタクシに罰を」

「罰？」

「はい。卑小なる臣の分際で、至尊たるお父様を召喚した無礼。その罪に対する罰を。どうか、ワタクシを叱りつけてくださいまし、お父様ぁ……」

シャムゼーラは幼児退行したかのような舌ったらずな口調で言う。

わざわざ罰を与えて欲しいなんて、彼女にはMの気でもあるのだろうか。

先ほどからやたらに自罰的な思考をする女だとは思っていたが。

「ええ。娘をおしおきするのも父親の務めですからね——いけませんよ、シャミー。めっ」

聖は内心軽く引きながらも、戯れにシャムゼーラに軽いデコピンを加える。

「ああっ！」

ドガバジーン！

シャムゼーラがせつなげな声を漏らしたその瞬間——轟音と共に、彼女は数メートル吹っ飛んでいった。

（これが魔王の力ですか……。ほとんど力を入れてないのに、この威力。気を付けない

といけませんねえ。というより、書類仕事をするのには邪魔にすらなりそうです）

「シャミー！　大丈夫ですか⁉　すみません、魔王の力がまさかこれほどとは！」

聖は内心の冷徹な思考はおくびにも出さず、さも心配げにシャムゼーラに駆け寄る。

「問題ありません。うふふ……。これがお父様の愛……。はあ。はあ。ありがとうございます。お父様ぁ……」

シャムゼーラは嬉しそうににやつきながら、赤くなった自身の額を擦る。

どうやら、普通におしおきのデコピンとして成立したらしい。

さすがに魔族という存在はスケールが違う。

ともかく、こうして聖は異世界で、第一の部下にして娘となる存在を手に入れたのだった。

＊　＊　＊

聖都アレグリアは祈りと純白でできている。

聖堂へと続く輝かしい巡礼路は、汚片の混じることのない汚れなき白の大理石でできていた。魔法によって常にメンテナンスされているそれは、いかなる汚れも寄せ付けることはない。それどころか、巡礼路の上には強固な結界が施されているため、地上の悪意――スリや強盗や人さらいの類いはもちろん、外界からの雑音すらも遮断して、静謐を保ち続けていた。

もちろん、誰もがその道を歩む栄光に与(あずか)れる訳ではない。

安全な巡礼路を進むことが許される者は、敬虔(けいけん)な信徒だと認められた一部の者だけ。

その『敬虔』であるか否かを判断するのは、無論、神だ。

いや、正確には、地上における神の代理人とされ、天国への鍵を握るとされる教皇の承認が必要となる。

「しかるべき報告をせよ」

そして、地上の絶対者として定められた『勤勉』の二つ名を持つ教皇グロリア八世は、敬虔なる信徒に義務付けられた日に五度の巡礼をこなしている最中だった。

無論、時間は惜しい。

故に歩みを進めながらも、部下にそう指示を下す。

「西のミケーネ領の寒村に、聖女が出たとの報告あり。九割程度の確度の高い情報です」

「ガーランド騎士王国、第三騎士団長より、対アンデッドの上級アミュレットを五〇〇〇程融通して欲しいとの打診が来ております。代償として、件の係争地を我らが領有することを認めると」

「耕地を放棄した元農民の流民が増加し、盗賊化して治安が悪化しております。先の『聖戦』での損害が、想定を二〇パーセントほど上回った影響で、『征服派』が浄財の現地徴収を強化した影響かと思われます。いかが対策いたしましょう」

「ふむ。聖女は保護し、余の前につれて参れ。真偽を試す。アミュレットの件は融通してやれ。魔族共を殲滅するまではガーランドと友好関係を維持する必要がある。ただし、係争地のうち、バーガム周辺はいらん。あれは第五騎士団と第三騎士団双方が所有をしている。『俗世の手』の内輪もめに巻き込まれてはかなわん。流民は捕らえて神殿奴隷とせよ。『大地を耕すという神から与えられた責務を放棄した罰』である。それらの奴隷の内、壮健な者共は新たに手に入った係争地の開拓に当たらせればよかろう。そして、神の慈悲により、『五年の間励めば、奴隷身分より解放し、その土地の農民として働くことを赦す』。聖女が本物ならば、いくらか金を持たせて慰撫させてもよかろうな」

教皇は同時に発せられたいくつもの報告を瞬時に聞き分けながら、適切な指示を飛ばす。

「……その、壮健でない者や、年老いた民は」

「――わざわざ余が申しつけねばわからんのか？　『ブーヨの部屋』に決まっておろうが」

愚問を呈した見慣れぬ年若い執政官を、グロリア八世は睨みつける。

「『ブーヨの部屋』。寡聞にして存じ上げません。これでも、聖典は全て暗記したはずなのですが……」

若い執政官が恥ずかしそうに俯く。

「教皇様――申し訳ありません。彼はミレス卿のご子息です。『愚息に厳しい環境で修行を積ませたい』との強い申し出があり、私の判断で執政官に加えました」

別のベテランの執政官が、深く頭を垂れる。

ミレス卿は『融和派』の中堅だ。

たまたま領地が戦地から近かったために、大戦に伴う奴隷商いで儲けた新興貴族だったか。

大方、そのあぶく銭を賄賂に回し、執政官の地位を買ったのだろう。

息子が教皇の執政官を務めたというのは、今後の派閥内の出世争いで箔となる。

別に賄賂で地位を買うこと自体は構わない。

巡り巡ってその金は頂点にいるグロリア八世自身の懐に入るのだから。

だが――

(貴族ならば、裏神学の基礎教育くらいは済ませてこい。余は神殿教師ではないぞ)

たまにいるのだ。

自分の息子が信仰に疑問を持つことを恐れるあまり、『きれいごと』しか教えない無能な輩が。

信仰の正の側面しか見ないならば、それは何も考えずに神を崇めている民草と変わらないではないか。

「事情は把握した。君は、聖ブーヨの聖訓を知っているね?」

威厳を損なわず、されど圧迫にもならぬような穏やかさで、グロリア八世は若い執政官に問いかける。

「は、もちろんであります。聖ブーヨは、神に祝福された心清き信徒でありました。家族と財産に恵まれ、何不自由ない生活を送っていたブーヨ。されど、神に悪辣（あくらつ）なる魔王が囁きました。『ブーヨが神を崇めるのは、神が彼を祝福しているからである。彼から祝福を奪えば、ブーヨはたちまち神を呪うであろう』。神はおっしゃいました。『ブーヨは義人である。疑うならば、魔王よ。ブーヨを呪ってみるが良い』。魔将の襲撃を受け、ブーヨの家族は皆、殺されました。さらにブーヨはおおよそ、この世に存在するあらゆる苦難に遭わされました。やがて、ブーヨは財産もなにもかも失い、やがて重い皮膚病の呪いにかかり、路傍（ろぼう）に打ち捨てられました。それでもなお、ブーヨは信仰を捨てなかった。やがて、魔王はブーヨを堕落させることを諦め、神はブーヨを前にも増して祝福し、あらゆる財産を倍与えられました」

　若い執政官が、教科書通りの返答をしてくる。

「よろしい。ならば話は早いな。同じような苦難が、果たすべき役目のない流民共に降り注ぐ。君のいう、『壮健でない者や、年老いた民』は一つの部屋に集められ、信仰を試される。生き残った者は、義人として認められ、下級神官として採用される。それが、『ブーヨの部屋』だ」

　簡単にいえば、流民を一ヶ所に隔離し、教会が養える人数に減るまで、サバイバルゲームをさせるのだ。

無論、最低限の食料は与えてやるが、この手の流民に当てられる年ごとの予算は決まっているので、世情によって生き残れる確率は大きく変わってくる。

大戦のせいで予算が圧迫されている昨今は、まさしく悪魔的な生存確率になることだろう。

「そんな……。神はブーヨの命をお救いになりました。ならば、我々も、御心に倣い、彼らに慈愛を向けるべきなのでは？」

「よく考えてみたまえ。瑕疵(かし)のない信仰を持つブーヨだから、命は助かった。だが、土地を耕す役目を放棄した流民たちは罪人であり、本来ならば助からない。にもかかわらず、神の慈悲により、少なくない数が生き残るのだよ。無論、余とて、救えるものならば全ての民を救いたい。しかし、それには先立つ物(金)がいる。君がそれを負担してくれるかね？」

グロリア八世は、本心からそう述べる。

これが、仮にガーランド騎士王国ならば、奴隷にする価値すらない流民はさっさと皆殺しにされている。

「不躾(ぶしつけ)な質問をした愚かな私をどうかお許しください。……納得しました。信仰の道は、かくも厳しい物なのですね」

若い執政官は首を横に振り、唇を噛みしめた。

『ブーヨの部屋』の痴態(ちたい)を安全な場所で鑑賞するのが、ひそかな貴族の娯楽になっていると知ったら、この男は一体どんな顔をするだろう。

（神は死んだのだ）

枢機卿以上の階級にある者には周知の事実であるが、民草が望むような全知全能の慈悲深き神は存在しない。

創世の御代にはそういったものが存在したかもしれないが、神は既にこの世界に興味をなくしていることは間違いない。

ただ、それでも『祈り』と神に付随する奇跡を教会が代行するシステムだけは残った。

ヒトはヒトである限り、祈ることをやめられない。

『病の苦しみから救われたい』

『誰もが平和に暮らせる世界を』

『愛しき者を奪った者たちに復讐を』

『この程度の傷で死んでたまるか』

『心に平穏を』

『大地に正義を』

ヒトが身勝手に繰り出す種々の願い。

その祈りは、力となり、神から下された聖杯に溜まる。

それは、自然の力を利用する属性魔法とは違う『第三の力』であり、人為的にコントロールできる有限な資源である。

祈りの力を宿した神官は、人が望む奇跡を起こす。

病を癒(い)やし、傷を治し、魔を滅ぼさんと今も戦っている。

教皇であるグロリア八世は、その信仰という資源を配分する権利を与えられている。

だから、浪費は許されないし、綺麗ごとだけでは回らない。

『自分だけがいい思いをしたい』

『特別扱いされたい』

実のところ、そういった不埒(ふらち)な願いをする輩が一番多いのだから。

貧富と身分の不平等は、ヒトが望んだ結果である。

望んでおきながら、ヒトは自らをさも無欲で綺麗なものだと信じ込みたがる度(ど)し難(がた)い生き物だ。

「君、そう暗い顔をするではない。我々は神とは違い、卑小なるヒトの身だ。救えるものしか救えない。まずは、身近な所からだ。――施しの手伝いをしてくれるかね？」

グロリア八世は、若い執政官の肩を叩くと、懐から巾着袋を取り出した。

「はい！　喜んで」

若い執政官は、顔を上げ、無邪気に微笑んでみせた。

「よろしい」

(ふむ。政治的には無能そうだが、ここまで素直だと逆に貴重か。顔は整っているし、愛玩(あいがん)するには悪くない。ミレス卿もそのつもりで余の下に寄越(よこ)したか)

御多分に漏れず、グロリア八世にも我欲はある。教皇という重責を担うのに相応の利益は求めて当然だと思っていた。無論、色欲は罪であるし、特に同性愛などは、生殖に関わらず性的快楽のみを追い求める悪行として忌み嫌われてはいる。だが、戒律違反の一つや二つ隠し通せないようでは、とても教皇は務まらない。

そんなことを考えながら、グロリア八世は一摑みした銀貨を、若い執政官に手渡してやる。

その僧服の内に隠された瑞々しい肉体に思いを馳せながら。

そして自分も、巡礼路の周りに群がる貧民に、銀貨を投げる。

彼らは確かに貧民だが、貧民の中では恵まれている。

彼らは『場所取り』に勝った、勝者だ。

グロリア八世は銭を投げる。

もはやいない神の代わりに。

偽善だと自覚しながら。

それでもなお、必要であるから。


ゴーン！　ゴーン！　ゴーン！　ゴーン！　ゴーン！

刹那、聖堂の鐘が激しく鳴り響く。

巡礼路が、純白から、警告を示すような赤色に染まった。

それが示す現象はただ一つ。

「魔族共は、魔王を呼んだか」

グロリア八世は、ふと施しの手を止めて鐘の方を見遣（みや）った。

民草は動揺したように顔を見合わせるが、グロリア八世は冷静だった。

追い詰められた魔族共が魔王にすがることは、八割ほどの確率で予期されていたことだ。

だからこそ、召喚の暇を与えないために、冬の前に大戦に決着をつけたかったのだが、滅亡を前にした魔族の決死兵は中々手ごわく、春以降に持ち越しとなってしまった。

とはいえ、最善とはいえずとも、皆が納得するに十分な戦果は得ており、ヒトの魔族に対する勝利は確実な情勢である。

「出ましたな。ご慧眼（けいがん）の通りです」

「無駄な追従をするな。初めてのことでもない——準備通りに勇者召喚の儀式を」

グロリア八世は、また銀貨を撒きながら歩き始める。

それは、いつもと変わらぬ日常を続けるという断固たる意思。

触発されたように、動揺していた民たちも金の取り合いに戻った。

そう。

勇者は信仰を蓄積する聖杯と同じ。

ただの神の残したシステムにすぎない。

強大な力を持つ魔王は、ヒトの祈りを背負って立つ勇者で相殺する。

もちろん、タダではない。

勇者召喚には多大な信仰のリソースを要求されるのだ。

割を食って死ぬ民草は増えるだろうが、どうということはない。

魔族を滅ぼし尽くして、魔物の被害がゼロになれば、最終的にはヒトという種、全体の損害を補ってあまりある恩恵がある。なんせ、今まで魔物対策に割いていたリソースを内治にあてられるのだから。

＊　＊　＊

「では、救済計画を立てるために、まずは現状を把握しましょう。我が軍の残存戦力は？」

「先にも申し上げた通り、先の決戦の敗北でワタクシたちは多くの戦力を失いましたわ。主戦力である上級魔族の大半はもちろん、『憤怒』──【炎】の巨人アルガス、『傲慢』──【闇】の増肉怪僧シムール、『怠惰』──【水】の支配者スライムカイザー、『暴食』──【土】の底なし魔花ブーグー、『強欲』──【風】の蝗祖グレッグ、七名中、五名の魔将が討ち死に致しました。現在は魔族の弱肉強食の掟に従い、残った者の中から、同属性で一番実力を有した魔将たちがそれぞれ後を継ぎましたが、ワタクシを含め、先代に比べて、圧倒的に力で劣るのが現実です。——と、申しますのも、本来後を継ぐべき、ナンバー二、ナンバー三クラスの魔族も、先代の魔将と一緒に討ち死に致しましたから」

「ふむ。まさに死屍累々といった感がありますね。逆に、そのような過酷な環境で生き残った二名の魔将の方は、相当に優秀な方々なのですか？」

「もちろん優秀でしょうが、生き残ったのは、主に彼女たちの得意分野によるものが大きいかと。一人目のモルテは死霊術に長けた魔将で、殺しても死なないような女ですし、もう一人のアイビスはサキュバスですから、幻や人の心を惑わす手管に長けておりますし……」

「なるほど……。死霊術とは、ゾンビとか、スケルトンとか、ゴーストとかそういったアンデッドの類いを生み出す技術と考えて良いのですか？」

「はい。基本的にその認識で問題ないかと思います」

「そうですか。ならば、戦場では大量の死体が出たはずですよね。それらをアンデッド化して戦力にする手段はとれませんか？」

「死霊術を行使するには、魂が必要なのです。詳しくはモルテ本人に聞いてみなければわかりませんが、ワタクシがお父様の召喚にたくさんの魂を使ってしまったので、大戦に投入できるほどの大量のアンデッドを生み出すのは難しいかもしれません。それに、『神徒』もアンデッド化は警戒していたようで、浄化の護符を戦士に持たせるなどの対策をしていたようですし」

「ふむ。そう簡単にはいきませんか……。先ほど、上級魔族の大半は討ち死にした、とシャミーは言いましたが、中級や下級の魔族は残っているのですか？」

「はい。敵が指揮官たる魔将やその周辺の上級魔族を集中的に狙う戦術をとってきたので、雑魚は無視されたところがありまして……。とはいえ、多くは上級魔族の餌や、露払いとして使いつぶされましたので、数としては三割残っているか、という程度です」

「見てみましょう。百聞は一見に如かずと申しますしね」

「かしこまりました。では、ワタクシがご案内しますわ」

そう言うと、シャムゼーラは、玉座の間から出て、階段を上る。

どうやら、今まで聖がいた所は、地下にあったらしい。

聖がその後に従うと、やがて城の廊下らしき空間に出た。

時刻としては夜らしく、不気味な赤い月の光が、仄かに窓から差し込んでいる。

「――レビテーション！」

触れることもなく、シャムゼーラが窓を押し開いた。

そして、詠唱と共に浮遊した彼女が、窓から外へ飛び出る。

「おお、そのようなことが。私にもできるのですか？」

「お父様に使えぬ魔法があろうはずもありません」

「ふむ——では、レビテーション」

聖は見様見真似で詠唱する。

直後、風を感じた。

「おおっと！」

ズゴーン！　と聖は勢いあまって天井の一部をぶち破ってしまったが、しばらくすると力の使い方にも慣れた。

「さすがはお父様、素晴らしい魔力です。紹介するのは、ある程度軍団で動かせる程の数が残った魔物ということでよろしいですか？」

「そうですね。よろしくお願い致します」

「では、まずは中級魔族の方から案内致しますわ」

「よろしく」

聖をシャムゼーラが先導していく。

前衛アートのような禍々しい色と形をした木々が生い茂る森の一角に、焚火をする群れがいた。

二足歩行と四足歩行の中間のような前かがみの姿勢。

長い耳と、鋭い鉤爪が印象的な、その生物。

「あそこにいるのが、ワーウルフですわ。ワタクシがまず、目をつけていた、『集団』

での戦闘を行える戦力です」

「ふむ、人狼という奴ですか」

聖は、黒こげの何かを貪り食っている毛むくじゃらを眼下に呟く。

「はい。知能もヒトの成人と同程度あり、身体能力はヒトのそれをはるかに凌駕します。元々群れで狩りをする習性があり、集団行動にも馴染みやすいです。ヒトに擬態することもできますし、また、ヒトに噛みつくことで、呪いを感染させて、同族を増やすこともできます」

「確かに、有用そうな戦力ですね。それでも、先の大戦では活躍できませんでしたか？」

「はい。人狼は代表的な『手強い魔物』ですので、警戒され『神徒』の軍勢に対策されていました。ワーウルフには銀に弱いという弱点があり、特に祝福された聖銀の武器への耐性がなく、敗れました」

「ヒトに呪いを感染させる以外に、増やす方法はありますか？　例えば、繁殖するとか」

「生殖で繁殖するには、おおよそヒトと同様の期間が必要です」

「では、間に合いませんね。猶予は半年しかありませんから」

妊娠から出産までを仮に一〇ヶ月としても、全く滅亡のリミットには間に合わない。

「おっしゃる通りです。——次はこちらへ」

そう言って、シャムゼーラは先ほどとは反対方向の森へ聖を誘導する。

そこには、身長五メートルにも及ぼうかという、巨大な二足歩行の怪物がいた。

その容姿を一言で形容するならば、『鬼』だろうか。

筋骨隆々とした体軀に、腰布だけを纏い、手にはこん棒を持っている。

なにやら子どものような人型を生のまま貪り食っていた。

「大きいですね。これは相当強いのではないですか？」

　聖は感心したように言う。

　フィジカルの強さは、戦闘能力に直結する。

　小柄な戦士が活躍するのは物語の中だけだ。

　実際、地球でも格闘技に細かなウエイトによる階級分けが設けられていたのは、結局質量が強さに如実に反映されるからだろう。

「はい。オーガと申します。純粋な戦闘能力は高く、回復力も申し分ないのですが、あまり知能が高くなく、複雑な作戦を遂行するのは不可能なのが難点です」

「繁殖能力はどのようになっていますか？」

「通常の雄と雌での繁殖もできますし、家畜やヒトの雌を孕ますことでも繁殖可能です」

「ほうほう。良いではありませんか。妊娠期間は？」

「ワーウルフと同様、一〇ヶ月前後でしょうか。しかも、オーガは生まれた時からかなり大きいので、オーガ種以外の雌を母体とした場合、一回で使い物にならなくなります。その場合、母体は生まれたオーガの赤子の餌となりますね」

「ふむ、やはり間に合いませんし、大量繁殖するには難がありますね」

「……はい。ワタクシも、お父様と同じような懸念から、量産化を断念しました。――大変申し上げにくいのですが、ワタクシが事前に検討していた、集団戦闘に使えそうな魔族は、以上ですわ」

「はい？　まだ、下級魔族がいるでしょう？」

「はい。しかし、下級魔族は、いずれも戦闘訓練を受けていないヒトにも負ける程度の個体能力しかありません。お父様への説明の便宜上、下級魔族というカテゴリを作りましたが、本来は魔物というべき、我々の同朋とは認めがたい卑小な輩です。とても、組織化されたヒトの軍団に勝てるとは思いませんが……」

「先入観はいけません。とにかく、数が揃えられて、最低限の命令を聞ける知能があればいいのです。そういった種類はいないのですか？」

聖は問いかける。

こういうにっちもさっちもいかない時には、先例を無視し、ゼロベース思考で考える必要がある。

シャムゼーラは魔族の中では開明的な思考をもっているようであるが、それでも、完全には個体の力を最上とする魔族的思考から抜け出せてはいないのだろう。

「そうですね……。とにかく、数だけは多いといえば、やはり、そこにいるゴブリンになるでしょうか」

「ん？　あの、オーガの餌となっている生き物ですか？」

シャムゼーラの視線を受け、聖はンギャアアアア、と断末魔の悲鳴を上げながら、オーガにおやつ感覚で食べられている背の低い人型を指さした。

「はい。魔族内においては、ご覧の通り、肉食の魔族の餌か、武器の性能試験か、もしくは、うさ晴らしに殺して遊ぶか、その程度の利用価値しかない生き物として認識されていますわ」

シャムゼーラが突き放すような冷たいトーンで言い放った。

「知能と戦闘能力はどのようになっていますか？」

「先にも申し上げた通り、ゴブリンの個体の戦闘能力は、ヒトの戦士の最下級——いわゆる、初級冒険者にも劣ります。知能は、ヒトの幼年個体程度でしょうか」

「幼年個体といっても赤子ではありませんよね。ヒトでいうところの、少年くらいの体格はあるじゃないですか。少年でも、武器の一つくらいは振るえるでしょう」

「はい。おっしゃる通りです。むしろ、いくら卑小とはいえ、仮にも魔の血を継ぐ者ですので、平均的な同身長のヒトよりは若干強くさえあるかと思います」

「繁殖能力はどうなっていますか？」

「ゴブリンには雌がおりませんが、代わりにヒトでも家畜でも、あらゆる他種の雌を孕ませることができます。妊娠期間は一ヶ月くらいでしょうか。犬や猫のように一回の出産で何体も生まれることも珍しくありません」

「すばらしい！　まさに、私たちが求めていた種類ではないですか。生まれてから成体になるまでの期間もそう長くないのでしょう？」

「はい。さらに一ヶ月もあれば、十分に成体になるかと。ただし、生まれてから成体になるまで、他の魔族に狩られたり、共食いしたり、病気になったりで、生存率は五割、いえ、おそらく三割を下回るかと思われますわ。詳しく調べていないので、はっきりとしたことは申し上げられませんが」

「伸び代（のびしろ）があるということですね！　少なくとも、他の魔族に狩られるという点は魔王の強権で禁止すれば解決できるでしょう。他の点も、ゴブリンの生育環境を見てみなければわかりませんが、対処法がない訳ではなさそうだ」

（これは、いけるのではありませんか？）

　聖は希望を見つけた気がした。

　目測ではゴブリンの身長は一四〇センチメートル～一五〇センチメートル程度ある。

　戦国時代の日本の成人男性の平均身長は一六〇センチメートル程度だったらしい。

　彼らはそんな身長でも、立派に戦っていたのだ。

　それに比べれば、若干ゴブリンの体格は貧弱だが、ゴブリンは腐っても魔物であり、同身長のヒト――子どもに比べれば力が強いという。

　知能が子ども程度しかない？

　子どもでも、教育すれば、四則演算程度はできるし、運動会で行進もできる。

　ちなみに、運動会の集団演目も元は軍事教練だったらしい。ゴブリンに運動会ができるほどの能力があれば、仕込めば単純な集団戦闘くらいはできるはずだ。

「……」

「ふむ。どうやら、シャミーは、ご不満のようですね」

「いえ、そのような。お父様のおっしゃることに異があろうはずもございません」

「やめてください、シャミー。父と娘の間で隠し事はナシにしましょう」

「お父様――僭越ながら、率直に申し上げるならば、ワタクシはゴブリンがあまり好きではありませんわ。昔の魔王様もこうおっしゃっております。『魔の七徳、使い方を誤ればゴブリンとなる。彼の卑小なる者、《傲慢》匹夫にして狭穴を出でず、《憤怒》刹那にして継続なし。実力なき《怠惰》は腐り、《嫉妬》すれども研鑽なし。《暴食》を極めることなく、少しく余裕あらば選り好み、彼の《強欲》なるは真の強欲たらぬ。彼の者、自らのためならず他に誇るための強欲なればなり。その《色欲》、技なく、心なく、節操なく、ただ鈍獣のごとし』、と」

シャムゼーラが嫌悪感を滲ませて言う。

「ふむ。つまり、ゴブリンという存在は、自惚れが強くて小才を鼻にかけ、ちょっとしたことでも怒り、怠け者で、他人の足を引っ張ることが大好き。贅沢好きで、能力とは無関係の物質的な虚飾を好み、他者に自慢する。極めつけに、脳みそと下半身が直結しているような性獣であると」

聖はシャムゼーラの言葉を意訳する。

「はい！　至高を目指す魔族としては、受け入れられない惰弱な生き物です！」

シャムゼーラが義憤に駆られたように叫んだ。

聖は、彼女がまるで、小学校にいた、やたら掃除に小うるさい学級委員長に見えてきた。

魔族というものは、力を求めるあまり、ある意味で純粋で潔癖な生き物なのかもしれない。

感情に『あそび』がないとでも言おうか。

「そうだとしても、問題ありませんよ。シャミーたちが負けたヒトも、多かれ少なかれ、皆そういう性質を持っているんですから。ヒトの子どももゴブリンも大差ありません」

聖はなだめるようにシャムゼーラの頭を撫でた。

「そうなのですか？」

「はい。ただ、ヒトがゴブリンと違うのは、それを矯正することができるという点です。生まれながらに愚かな存在でも、倫理や教育や法や利益誘導などで社会的な動物に仕上げることはできます」

聖は自信をもってそう断言する。

人間の本質は、原始の時代からさほど変わっていない。

変わったのは、それを統治するソフトだ。

聖がゴブリンにそれを与える。

「ワタクシはゴブリンが嫌いですが、お父様を信じます。あれらを我が軍の前衛の主戦力と致しましょう」

「さて。前衛の戦力はゴブリンにするとして、確か、後衛が必要なのでしたね？　魔法を使える戦力が」

魔法のある世界の戦争というものが、聖には具体的にイメージできない。

「はい。それが、さらに頭の痛いところなのです。魔法は高等技術ですから、戦場で実用レベルの魔法を使えるのは中級以上の魔族に限られました。戦力としても貴重故に、敵に真っ先に殲滅されたので、もはやまとまった数が残っていないのです。魔法の使用者を増産するならば、レイスやゴーストなどの霊体系アンデッドが手っ取り早いと思うのですが、先にも申し上げた通り、魂不足という問題があるので難しく……」

シャムゼーラも、あれこれ手段は検討したのだろう。

顔が苦悶に歪んでいた。

「ゴブリンは、魔法は使えないのですか？」

「ゴブリンの中でも、知能が優れ、魔法適性のある個体はゴブリンシャーマンとなることがありますが、実戦投入するレベルの魔法は無理かと」

聖の問いに、シャムゼーラは首を横に振る。

（『実戦投入できるレベル』、とはどういうことなのでしょうかね。詳細を知りたいですが……情報が不足しすぎています）

聖は『無理』という言葉は信じない。

無理を可能にしてきたのが、人類の歴史だからだ。

しかし、聖も神ではない。

現段階では、魔法のある世界の戦争というものの具体的なイメージができないので、この場でこれ以上の追及はできない。

「まあ、現段階では前衛の候補が見つかっただけでも大きな進歩だとしておきましょう。もちろん、そのままのゴブリンでは武装した敵を相手に勝ち目はなさそうですから、やることは山積みですね。兵装の統一と大規模な軍事教練――それに、下士官の育成もしなければいけませんし、ああ、やることがいっぱいだ！」

聖はほくそ笑み、期待に胸を躍らせる。

自分がやるべき仕事が早くも見えてきた。

そのことが単純に嬉しい。

「はい！　お父様！　では、まずは他の魔族に、ゴブリンを殺さないように命令を下されますの？」

「ええ。是非、そうしたいところですが、ワーウルフやオーガも、餌のゴブリンがなければ餓死してしまうのではないですか？　彼らも有用な戦力ですし、長期的には増やしていきたいと考えているので、無下には扱いたくないのですが」

「そうですね……。では、もし、お父様さえよろしければ、彼らには身に余る光栄ですけれど、御自ら、空腹にならない程度の魔力を分け与えてやるのはいかがでしょうか。強靭なあの者たちなら、魔力さえ充実していれば、半年程度、肉を食わなくても死にはしませんわ」

「ほうほう。ではそうしましょう」

「中級魔族程度に直接お声かけになると、お父様の魔王としての権威に傷がつきますので、ワタクシが伝令を致します——皆の者、疾く集いなさい！　光栄にも至尊なる魔王様が、貴様たちにご下命くださいますわ！」

　シャムゼーラの呼びかけに、オーガとワーウルフを中心とした中級魔族が一堂に集められる。

　ゴブリンを殺すことを禁止する代わりに、それぞれの能力に応じて聖の魔力の一部を彼らに譲渡する契約が結ばれた。

　ワオオオオオオオオオオン！

　ウゴゴゴゴゴゴゴゴゴゴ！

　ワーウルフが歓喜の雄たけびをあげ、オーガが小躍りする。

　他にも見慣れぬ怪物たちが、思い思いに喜びの感情を表現している。

　なんでも、魔王のような強者がこのクラスの魔族と契約を結ぶこと自体が相当珍しいらしく、彼らにとっては名誉なことのようだ。

　聖は鷹揚に頷いて彼らの歓呼に応え、城へと帰還する。

「特に私の身体に変化はないですね」

「当然ですわ。お父様の魔力量からすれば、一パーセントにも満たない程度の力ですもの」

シャムゼーラがなぜか誇らしげに胸を張る。

「魔王の規格外さがようやく私にもわかってきた気がします。ともかく、具体的な施策に移る前に、まずは他の魔将の方々にも会ってみたいものですね。頭数が揃えば、幹部級を交えて、今後の戦略方針を決定する会議をしましょう」

「かしこまりました。お父様の権能で命令をくだせば、たちまち皆、集まることでしょう」

「いえ、強制はしません。あくまで、『要請』します」

「しかし、魔将は皆、独立独歩です。自由意志に任せれば、無視される可能性もありますが」

「それでも構いません。現状をどのように認識しているか。その上で要請に対してどのような判断を下すのか。私はそれを見たい。どんなに力があろうと、俯瞰的な視点でマネジメントできない人材ならば、幹部としていりません」

シャムゼーラの懸念を聖は一蹴する。

強制するのは簡単だが、それでは魔将それぞれの聖に対する協力姿勢も、それぞれの個性も把握できない。

適材適所、ふさわしいポジションに人材を配置するのが管理職の仕事である。

　そのための判断材料が必要だ。

「なるほど。お父様の深謀遠慮（しんぼうえんりょ）にワタクシ、感服致しました」

「シャミーは大げさですね。——と、偉そうなことを言ったところで、私が意思を伝達する手段がわからないのですが」

「それは簡単ですわ。『エンペラーコール』と唱えた後、対象を指定し、御言葉を垂れてくださいまし」

「ほうほう——『エンペラーコール。魔将たちに告げます。私が魔王ヒジリです。今後のことについて話し合うために、私の下に集うことを望みます。無理強いはしません。現状を慮（おもんぱか）り、自ら必要と思った者のみで良いです』……と、こんなところですかね。これ、向こうからの返答は聞こえるのですか？」

「いえ。一方通行ですわ。ある程度の距離なら、お互いの意思を伝達する魔法もあるのですけれど、魔領全土に一斉に伝わるほどの魔法は、全ての魔族を従える権限のあるお父様——魔王以外には使えません」

「では、後は待つだけですね——と、おかしいですね。ちょっと疲れた感じがします」

　疲労しないはずの身体だが、どことなく全力疾走した後のような疲労感がある。

「召喚されたばかりで消耗されているのでしょう。このままでも一日も経たない内に本復なさるかと思いますが、回復を早めるために少し横になられてはいかがでしょうか。

すでにお父様のためのお部屋は用意してございますが」

「ふむ。では、お言葉に甘えましょうか」

聖としてはすぐにでも働きたい気分だったが、なにやらシャムゼーラが休ませたがっている気配を汲んで頷いた。

「はい！　では、こちらに」

シャムゼーラが、玉座の後ろの扉へ聖を案内する。

その扉の奥の回廊を進むと、三〇畳ほどの一室へと辿り着いた。

「中々シンプルで機能的な部屋ですね。気に入りました」

部屋には、水晶の燭台と、ベッド、そして、黒曜石のような材質の仕事机が設置されている。

聖はキングサイズのベッドに身体を横たえた。

ウォーターベッドのような柔らかな感触が身体を包み込む。

「お父様……。あの」

シャムゼーラがもの言いたげにチラチラと聖を見てくる。

「シャミーも一緒に休みませんか？」

聖は自身の隣をポンポンと叩いて、そう提案した。

「は、はい！　失礼致しますわ」

嬉しそうにシャムゼーラが聖の横に潜り込む。

彼女は胸の前で腕をクロスさせ、緊張したように身体をこわばらせていた。

聖は身体を横向きにし、彼女の手を擦り、ゆっくり緊張を解きほぐしていく。

シャムゼーラが上気した頰を、聖の胸に寄せてきた。

「シャミー、まだ私にして欲しいことがありそうですね？　誰も見ていませんよ。素直になりなさい」

「は、はい。お、お父様、もしよろしければ、シャミーは、ヒトが子にする寝物語というものを、体験してみたく存じます」

シャムゼーラが聖を熱っぽい上目遣いで見つめてくる。

「構いませんよ。それでは、シャミーのように美しい、お姫様の話をしてあげましょう」

聖は甘い声でシャムゼーラに囁く。

まるで、彼女に永遠に解けない魔法をかけるかのように。

*

*

*

飯田恒夫が目を覚ましたのは、白亜の聖堂だった。

「ここ、は？　俺は、確か、ブラック企業の諸悪の根源を成敗して——」

恒夫は安全を確かめるように身体のあちこちを触ってから、やがて、自身を囲む円形の魔法陣と、さらにその外を取り巻いている神官たちに視線をくれる。

「ようこそお越しくださった。人類の希望よ！　どうか非力なる余たちに力をお貸しくだされ！」

進み出たのは、一人の中年の男だった。

一見、枯れ木のようなやせぎすの身体だが、不思議とひ弱な印象を与えない、不思議なオーラを纏っている。その瞳のギラつきが、恒夫の人となりを探るように輝いていた。

金糸の刺繍が施されたとびきり上等な僧衣を身に纏っており、身分の高さをうかがわせる。

（上級国民か？）

「お前は？」

恒夫は本能的な反感を抱えながらもそう誰何した。

「おお、申し遅れました。余はグロリア八世。不徳なるも星領を預かる神のしがない奴隷です」

その慇懃な物言いが、恒夫が誅殺した大企業の部長とダブる。

ますます気に食わない。

「先に言っておくが、俺は宗教というものが信用できない！　宗教は心の弱い者につけこんで金銭や労働力を収奪するシステムだ！　俺はそんなひどいことを絶対に許さない！」

「これは手厳しい。確かに余たちは神のように全知全能ではない故、完全無欠とはいきませんが、手の届く限りで地上に神の平穏をもたらせるように努力しております」

「ふん。それで、何で俺をここに呼んだ？」

恒夫は、勧善懲悪の物語を好み、そういった類いの小説やマンガによく親しんでいた。

異世界に勇者として召喚されるなんて夢物語か絵空事だと思っていたが、それでももし仮に実在するなら、自分のような正義のために行動できる人間が選ばれるべきだと考えていた。

（そうか。きっと、俺の正義が評価されたんだ！）

薄々そう感づきながらも確認のために尋ねる。

「はい！　世界を混沌に陥れる悪しき魔王がこの世に生まれ落ちました。魔王の配下たる魔族は、無辜の民を殺し、時には略取し、陵辱の限りを尽くします。先だって余たちは、そのような悪を滅ぼすべく、聖戦を起こし、あと一歩のところまで敵を追いつめておるのですが、敵は悪あがきに首魁たる魔王を召喚した由。勇者殿には、余たちの聖戦に同道して頂き、どうか埒外の力を持つ彼の魔王を討伐して頂きたいのです！」

グロリア八世はわざとらしく跪き、両手を組んで恒夫に祈りを捧げる。

「事情はわかった。俺は、弱者を苦しめる悪党が大っ嫌いだ。お前たちの言うことが本当なら、魔王をぶっ殺してやる」

「おお、本当ですか！　さすがは勇者どの！　あなた様こそ、世界を照らす光！　正義の剣を体現する御方(おかた)です」

グロリア八世のおためごかしを、恒夫は冷めた気持ちで聞いていた。

かつて、恒夫を採用した企業もそうだった。

人手不足だといって恒夫を持ち上げて採用しておきながら、不景気になるとすぐに切り捨てた。

「そうか。ただし、協力するかどうかを決める前に、あんたたちが本当に『正義』か、確かめさせてもらうぞ。ちょっと街を見てくる！」

魔王を討伐しにいったら、実は真の悪は召喚者だったという話はよくある。

恒夫はかしこいのだ。

決して騙されない。

「ごもっともです。では、神官共に街を案内させ――」

「必要ない。俺は自分でやる！」

恒夫はそう言って、聖堂のステンドグラスを打ち破って、外へと転げ出た。

奴らに従って、見学したところで、都合のいいように誘導されるに決まってる。

求人サイトの募集文句や、会社説明会で並べ立てられる美辞麗句(びじれいく)と同じだ。

「お待ちください！ 勇者様！ ――いけない！ 召喚されたばかりで勇者様は動転しておられる！ 皆の者！ 何としても人類の希望たる御方を保護せよ！」

背後から響くグロリア八世の叫び声を無視して、恒夫は街へと駆けた。

身体が軽い。

神官共では到底追いつかないスピードだ。

恒夫は、やはり自分は勇者になったのだと実感する。

通行人を手あたり次第に捕まえて話を聞く。

どうやら、魔王が降臨したのは本当らしい。

魔族という奴らが原因で起こった戦争で、住処を失った人々にもたくさん出会った。

（魔王、絶対滅ぼす）

恒夫の中で、魔王を殺すことが確定した。

本当に公正を期すなら、魔族サイドからも話を聞くべきであったが、そんなことは全く考えない。

恒夫は、自身の半径一〇メートル以内にしか思いが及ばない近視眼的な男だった。

（神官共は、狡猾な奴らだ）

一方、グロリア八世を始めとする神官たちについての情報を集めたが、そちらについてはよくわからなかった。

誰に聞いても、『神に最も近い偉大な御方たちです』と、判で押したような異口同音の答えが返ってくる。

（みんなが同じ意見なんて不自然だ。これはきっと洗脳だ。ブラック企業でよく見た奴だ）

恒夫の中で、初めから結論は決まっていた。

本人は無意識だが、つまるところ、宗教は悪という地球で培った偏見が最初にあり、それを補強する材料を探しているだけなのだ。

そして、神官たちも聖人ではない以上、潔白ではいられない。

すぐに、『材料』は見つかった。

巡礼路に近い大通りには一人も見当たらなかったが、奥に行けば行くほど、一人、二人と見えてくる、目の光を失った者たち。

(奴隷か！　何が神の正義だ！)

恒夫は憤怒と共に、自身の正しさを再確認しつつ、聖堂へと帰る。

その姿を目にした神官たちがすぐに駆け寄ってくる。

報告を受けたグロリア八世も息せき切ってやってきた。

「おお、勇者様！　お戻りくださいましたか！」

「やはり、魔族たちは生きる価値のない悪党どもだとわかった。魔王共々、俺が倒す」

「それはありがたい！」

「だが、あんたたちに完全に賛同する訳でもない。あんたたちは正義じゃない。奴隷を解放しろ。今すぐだ」

「――なるほど……。さすが勇者様に隠し事はできませんな。余たちは神の下に全てのヒトは平等だという教えを信奉しております。しかし、残念ながら、俗世の者たちは卑しい金銭欲に支配されており、下々まで神の愛を伝えてきれていないのは事実です」

「白々しいことを言うな！　お前たちも奴隷を使っているだろう！」

恒夫はいら立ち紛れに壁を殴った。

衝撃波が壁を貫通し、穴を開ける。

「ごもっともでございます。余たちは、悪と知りながらも奴隷を使っております。奴隷商人が売りにくるのです。余たちが買わねば、商品として価値がないとされた奴隷たちは殺されてしまいます。奴隷を買う悪、奴隷を見殺しにする悪、どちらを選ぶかを迫られ、やむなく後者を選んでいるのです。全く、あの卑しき奴隷商人どもときたら、神の正義が伝わらないのです。それも含めて余たちの不徳の致すところです。まこと申し訳ない」

グロリア八世は殊勝に瞳から涙を流してひれ伏す。

「そうか……。つまりは奴隷商人が悪いんだな」

「はい。まことに度し難い、金稼ぎにしか興味のない卑しき者たちです」

「納得した」

恒夫は、もちろん、グロリア八世の三文芝居に納得した訳ではなかった。

『やはり、どこの世界でも宗教は腐っている』と納得したのだった。

言い訳も予想の範疇にあった。

「それは上々。では、早速、滞在して頂く部屋へご案内いたします。勇者様をもてなすにはいささかみすぼらしいと思われるかもしれませぬが、貧しき神の家故、どうかご容(よう)赦(しゃ)を」

「ああ」

恒夫は素直に部屋へと案内され、仮眠を取る。

そして、その晩、新米勇者はまた聖堂を抜け出した。

日中当たりをつけていた、奴隷商人の商館を手あたり次第に襲撃する。

奴隷商人たちは日頃から恨みを買うことも多い身の上故、かなりのコストを割(さ)いて手(て)練(だ)れの護衛をつけていたが、勇者は常識外のチートである。

ただ腕を振るうだけで、護衛は肉塊に変わっていく。

そのけた違いの武力の前に成す術はなかった。

たくさんの『おみやげ』を抱えて、勇者は聖堂へと帰還する。

「おはよう、おっさん。結構遅いんだな」

翌朝、祈りを捧げるためにやってきたグロリア八世を、恒夫は満面の笑みで出迎える。

「ゆ、勇者様、これは……」

グロリア八世の顔が引きつっている。

恒夫は胸のすく思いがした。

奴らの欺瞞(ぎまん)を暴いてやったことが、心地よかった。

「なあに。魔王を殺す前の、ほんのウォーミングアップの世直しさ」

ピラミッド状に積み上げられた生首、その頂点にある一つの頭をポンポンと叩く。

「さ、さようですか」

「これでもう新しい奴隷が供給される心配はないよな？　もしまた奴隷商人がきたら、俺が殺すから安心してくれていいぞ。さあ、奴隷を解放しろ！」

「かしこまりました。今すぐに余の名前で布告を出しましょう」

＊　＊　＊

「記録にもあった通り、勇者とは常軌を逸した存在ですな」

「さもあらん。心のどこかが壊れておらずば、魔王に挑むことなどできぬ。――奴隷の聖都の外への移送は終わったか？」

「ぬかりなく。勇者様に感謝を述べさせる接待要員を除いて、口の固き者共の所へ送り届けてございます。布告の方も聖都中に行き届いてございます。その他の地域には、『卑劣な魔族の妨害により』、勇者様の奴隷解放のご慈愛が行き届いていない様子でございますが」

「うむ。聖都にさえおらねば十分。勇者の目に奴隷が入らなければそれでよい」

「されど、一部の教理原理主義者が活気づきそうですな」

「構わん。奴らは所詮夢想家の泡沫勢力よ。奴らはむしろ、勇者の取り巻きにして、奴を気持ちようする太鼓持ちに使えばよい」

「勇者を懐柔できましょうか」

「試してみよう。金か、権力か、女か、そのいずれにも興味がない人間はおらぬ」

「金はなさそうですな。金銭欲を嫌悪しているようでした。権力は好きそうですが、本人も自覚しておらぬ様子でしたが故、これみよがしに与えても反発するだけでしょう。女は、未知数ですな。奴隷を嫌うところから見て、商売女では無理そうだ。床上手の女などを与えれば、『人身売買だ。許せぬ』などと言い出しかねぬ輩かと」

「ああいう手合いには下手に計算せずとも良いのよ。ひとまず、先日仕入れた『慈愛』の聖女様をあてがってみるが良い。世間ずれしていない純心な田舎の処女など、いかにも奴が好きそうだ」

「先人の知恵というものはありがたいですな。神の思し召しか、勇者ある所に聖女も現れる」

「剣には鞘という訳だな。さらに色好みなら、騎士共からお堅い戦乙女などを取り寄せても良い。ガーランドに勇者の剣を取りに行かせるおりに、偶然な出会いを装って妻合わせてやろう」

「然らば、これも天祐でございましょう。当代『純潔』の騎士は『慈愛』の聖女様と浅からぬ仲と聞いております。仕込まずとも、仕向けるのみで十分かと」

「ふむ。確かそう報告にあったな。過去に『純潔』が聖女の村を助けた縁であったか」

「はい。やはり、御心は教皇様に味方をしておられるようだ。すでに聖女には、報酬代わりに村の賦役を免除してやり、奴隷堕ちした村人も幾人か解放してやりましたが──」

「それでも、すでにガーランドに渡った奴隷までは回収しておらぬ、か。──そのあたりを原理主義者経由で焚きつけてやればよかろうな。これは重畳、重畳」

「まことに」

グロリア八世は気心の知れた執政官と、そう密かに笑いあった。

『エンペラーコール。魔将たちに告げます。私が魔王ヒジリです。今後のことについて話し合うために、私の下に集うことを望みます。無理強いはしません。現状を慮り、自ら必要と思った者のみで良いです』

脳に直接響くようなその声を、魔将の一人である『怠惰』のプリミラは湖に揺蕩いながら聞いていた。

人はおろか、魔物ですら訪れることのない山の奥に、その湖はある。

すなわち、魔王城から見れば東にあたる、プリミラが支配する河川上流の水源であった。

彼女より上位の魔族が死んだ今となっては、プリミラは魔将として一帯を統括する立場なのだ。

（魔王……。なんの用だろう。嫌だ……。怖い……）

真冬の寒気に当てられて、凍り付いた水面。

その下の沈滞した湖水に包まれ、彼女は思考する。

その姿を、余人は認識することさえできない。

プリミラは水と完全に同化しており、実体をもたない流体となっていた。

もちろん、なろうと思えばヒトのような二足歩行の形態や、もしくはユニコーンのような四足獣の姿にもなれるが、こうして目立たず水に紛れている姿が、一番落ち着くのだ。

(どうせなら、完全な精霊になれたらよかったのに……)

もし、プリミラが完全な精霊ならば、誰かと争う必要はなかった。

精霊ならば、ヒトでも、魔族でも、魔法の力を望む奴らに、気まぐれに力を与えるだけでいい。

責任も、義務も、仕事もない、自由で気楽で安全な素晴らしい日々。

もし、プリミラが精霊だったら、ヒトとも魔族とも誰とも接触せずにひっそり暮らす。

こうやって水にほんわり浮かんでいるだけで、プリミラは十分幸せなのだから、それ以上はいらない。

そんな夢想をしてみるが、夢は夢である。

ケルピーと水の精霊が気まぐれにもうけた忌み子――それがプリミラの正体であって、半分は魔族の血が入っている以上、彼女は魔族として生きるしかないのだ。

(魔王の所……。行くのが怖い……。でも、行かないでここにずっといるのも怖い……)

先の大戦で、プリミラはヒトが自分に向けるとてつもない憎悪を認識した。

プリミラよりよほど強い魔族がいるのに、敵は殊更プリミラばかりを執拗に狙ってきた。

『狡知の魔女プリミラを捜せ！』

『毒滅の悪魔プリミラを許すな！』

『プリミラ、貴様のせいで俺たちの故郷は——！　絶対に滅ぼす！』

プリミラの知らないところで、プリミラの悪名はヒトたちの間に知れ渡っていた。

彼らが悪しざまに罵る事柄に、思い当たる節がなかった訳ではない。

（確かに、ワタシが原因でヒトはたくさん死んだ。でも、ワタシはただ誰にも会わずにじっとしていたかっただけ……）

そもそもプリミラを始めとする、水属性の一団は、大戦の前から湿地帯や河川の多い東部地域を任されていた。弱兵なヒトしかいないことで知られる東部方面は強者との戦いを求める魔族からの人気が薄い。しかし、先代の魔将——スライムカイザーは、ポヨポヨした見た目に似合わず、合理的な魔族だった。『雑魚ばかりでも、競合する魔族が少ないなら食い出は多い』と考え、敢えて東部地域を選んだ。奴はそもそも、ゴブリンの次に弱いと言われるスライム種から成り上がった存在だけに、知恵があった。

無論、スライムカイザーは魔将の中では比較的弱く、他の地域に割って入れなかったという事情もあるだろう。

ともかく、その鶴の一声で、水属性の魔族であるプリミラは強制的に東部地域に来ることになってしまった。

当初、プリミラたちは苦戦を強いられた。

敵の数が想定より多かったからである。

(やだ……。この冒険者とかいうヒト……。殺しても殺しても湧いてくる……)

西部、南部地域で集団戦術が発達し、傭兵的な働き方をする冒険者の活躍の場が減った結果、未だ軍制改革がなされていない東部に冒険者がなだれ込んだ——などという考察は、さすがにその時点のプリミラにはできようはずもなかった。

(……敵の方がたくさんいるのに戦うの？ 怖い……。怖すぎる)

実際は、数では劣っているとはいえ、魔力に優れる一騎当千の魔族の存在を考慮すれば、若干不利、程度の戦力なので、そこまで恐れる必要はなかったのだが、理屈ではないのだ。

怖いものは怖い。

ヒトたちのあの血走った目を思い出すだけで、プリミラは背筋が凍る思いがする。

冷気に対する完璧な耐性があるのに、ブルブルと震えてしまう。

(……ワタシはヒトなんて放っておいても良かったのに)

プリミラはそっとしておいてくれれば、別にヒトなんてどうでもよかったが、魔族の社会では力を見せつけなければ、生き残れない。

怖いし、戦いたくないけど、存在感を示す必要があった。

だから、当時のプリミラは、必死に頭を使って考えた。

なるべく怖くなくて、魔族の誇りも損なわず、冒険者たちを相手取る方法を。

『……ワタシたちは《怠惰》の魔将を戴いている。……にもかかわらず、今はあくせく小物を潰すばかり。これではまるで《勤勉》。……とても、《怠惰》にふさわしい戦い方とはいえない。……そもそも、ワタシたちが得意とするのは、水の魔法。……水源の多い湿地帯や森の奥の湖沼で、泰然と強者を迎え撃ってこそ、《怠惰》の美徳に適う』

まずは積極的な攻勢に出ず、森に入り込んだ敵だけを仕留める徹底的なゲリラ戦術を提案した。

これなら、たくさんの敵を一度に相手にする必要はない。

普通の好戦的な魔将ならば、消極的な戦術はつまらぬと却下したところだったが、スライムカイザーは合理的な魔将だったし、魔族的に正しい意味で『怠惰』であったので、それを受け入れた。

（冒険者は、ワタシと同じで『怖がり』だから、そんなに深追いはしてこないはず）

幾度かの戦闘で、プリミラは冒険者というヒトの戦士の性向を正しく把握していた。

『命かけるほどの金をもらってねーぞ！』、というセリフを何度聞いたかわからない。

冒険者にとっては『金』が何より大事であり、危険に見合う金が払われなければ、冒険者は攻めてこない。『金』は物質的に有限な資源のようだから無尽蔵に増えることはないだろう。ならば、その『危険』を増やしてやればいい。敵をなるべく歩かせるような森の奥深くに陣取り、トラップをたくさん用意して、嫌がらせに徹する。

予想は当たり、初めこそ幾人かの手練れがやってきたものの、それらを討ち取ってからは、交戦する機会は徐々に減っていった。

(戦士をあまり殺さなければ、戦士から恨みを受けることも少ないし……)

という打算もあった。

(これで怖くないところでゆっくりできる……)

と、プリミラは考えたのだが、そうは問屋がおろさなかった。

消極的な戦術だと当然、ヒトの戦死者は減る。しかし、魔族は常に魂を欲するので、当然、身内の魔族からは不平が出る。『十分に力を蓄えたのだからそろそろ打って出るべき』という意見が徐々に身内からも上がってきた。彼らの不満を抑えるためには、別の形でヒトを殺して魂を集める必要があった。

(え、やだ。せっかく静かになったのに、なんでそんな怖くてめんどくさいことをするの？　……なにか考えないと)

プリミラは、自分が外に出て怖い目に遭いたくないばっかりに、検討の末、スライムカイザーに新たな提案をした。

『……愚かなヒト共に、直接、手を下す必要はない。……水がなくても、食べ物がなくても、住む所がなくても、ヒトは生きていけない。……《怠惰》ならば、座して魂を集められる方策を取るべき』

戦士も、そうじゃないヒトも、どちらも魂は持っている。

戦士の方が、質のいい魂を持っていることが多いので魔族好みなのは確かだ。それでも、非戦闘員の二倍の質の魂を持っている戦士ですら稀なのだ。それならば、数を集めた方が、よほど効率がいい。

プリミラの提案は、またスライムカイザーに受け入れられた。先の提案の実績があったし、プリミラの提案はやはり『怠惰』の価値観に適うものであったから。

（戦士以外のヒトならば、いくら殺しても復讐にはこないはず……）

という目算もあった。

プリミラは言い出しっぺとして有言実行した。

今のような上流域に巣食い、河川の流れを支配し、流域一帯の水の流れを操る。

農繁期（のうはんき）には水を与えない。

ヒトが飲用に使う水源には無味無臭の毒を混ぜる。

拠点を築こうとすれば、濁流で押し流す。

大雨などの天祐（てんゆう）があれば、これまた一部の川をせき止めて、人々の生活拠点を破壊した。

汚水溜まりに接していると、脆弱（ぜいじゃく）なヒトはすぐに病気を発して具合が悪くなることがわかってからは、人の死骸（しがい）や排泄物（はいせつぶつ）などを溜めておくことを覚えた。ある程度溜まってきたら、配下の中級魔族に命じて、人が多く、警備が薄く、あまり掃除をしなそうな汚いところ——貧民街に汚水をまき散らした。

いずれも結果は大成功で、たくさんのヒトを殺し、大量の魂が集まった。

全ては上手くいっていた。

プリミラは周囲の魔族の尊敬を集めるようになり、怖いから誰とも戦わずに森の奥でじっとしていても、『また何かヒトを殺す作戦を考えているのだろう』と好意的に解釈され、放っておいてもらえるようになった。

本当に上手くいってたのだ。

あの大戦が起こるまでは。

見たこともないほどの数の冒険者がプリミラたちの下に殺到した。

よほどたくさんの『金』が使われたのだろう。

プリミラは怖くてもちろん逃げに逃げたが、それでも戦闘は避けられなかった。久々に直接ヒトを手にかける中で、プリミラは自身に多額の『懸賞金』というものがかけられていたのを知った。どうやら、スライムカイザーや他の有力魔族にも懸賞金はかけられているようなのだが、それらと比べてもプリミラにかけられた額はべらぼうに高い。

そう、プリミラは失念していた。

確かに非戦闘員は直接復讐にはこないが、『金』を出し合って戦士を動かすことができるのだという事実を。

プリミラは金というものが冒険者にとって重要だとは認識していても、通貨という概念を理解していた訳ではなかった。

冒険者の金への執着を『ドラゴンみたいにキラキラした財物を集めるのが好きなのかな？』、程度に考えていたのだ。

（うう……みんな、せめてワタシの名前は黙っておいてくれればよかったのに）

スライムカイザーは、律儀で賢い魔将であった。

ヒトは姿形のない見えない敵に対して、虚像を抱き、恐怖を膨らませる。

スライムカイザーは、表に出たがらないプリミラを闇の軍師として担ぎ出すことで、人々に恐怖心を植え付けようとした。それは戦略的なものであると同時に、成果の割には魂を大して要求しない控えめなプリミラへの褒美のつもりでもあったかもしれない。

ヒトの間で恐れられるというのは、力の証明であり、魔族にとっては名誉なことであったから。

（ヒトは執念深い……。怖い……。嫌い……。どうして、親や兄弟が殺されたくらいで、たった一つしかない命を無駄使いできるの？）

プリミラは魔族全般の性向からはズレてはいても、やはり腐っても魔族だった。

親が死のうが、同僚が死のうが、悲しみ、怒り、憎むという概念は理解――はできたとしても、実感することができない。

プリミラはプリミラで、他の魔族は他の魔族だ。

プリミラに迷惑をかけない限りで、好きに生きて、好きに死んでくれればいいとしか思わない。

プリミラが大切なのは、ただ一つ自分の命だけ。

プリミラは、ただ、世界で一番安全な怖くない場所で、プカプカ水に揺蕩っていられればそれでいい。

(……ワタシはどうするべきだろう)

プリミラに現状残された選択肢は、三つあった。

一つ目——魔王の呼びかけを無視して、このままここに留まる。

(……魔族全体が優勢ならそれもありだけど、魔族が滅びたら、ワタシの住処もなくなる。ずっとはいられない)

先の大戦の敗北を、プリミラは敗走してきた他の魔族から聞いていた。

ヒトが全ての地域を占領すれば、当然残党狩りが行われるだろう。

その際、ヒトから嫌われ、多額の懸賞金をかけられたプリミラは真っ先に殺されるだろう。

(……いやすぎる。……泣きそう)

二つ目——この大陸を飛び出して、別の魔族領を目指す。

(無理……。絶対無理……。怖い……。怖すぎる……)

水に溶け込めるプリミラならば、川を伝い、海に出て他の大陸に移ることなど余裕——な訳がない。

（まず、海の魔物の縄張りを越える必要がある。おそらく、海に巣食う個体はワタシより強い）

プリミラは水属性の魔法と相性が良いが、淡水域で修練を積んできたため、海での戦闘能力は未知数だ。

そして、世界には、陸より海の方が多いと聞いている。

陸より広大な場所で生存競争を勝ち抜いた魔族たちが弱いはずがない。ほぼ確実に、プリミラより強い。そんな状況では、美味しい餌として食べられかねない。

運よくその海の勢力のどこか、もしくは、辿り着いた別の大陸の魔族グループに潜り込めたとしよう。

（……今のような上の立場になれるように、一から他の魔族との関係を築くの？　……怖い。怖すぎる……）

ただ潜り込んだだけでは、使い捨ての戦力としてこき使われて終わりになってしまう。

少なくともこの大陸でいうところの魔将——の側近くらいの立場を得なければ、プリミラの求める安全は得られない。

しかし、他の大陸で余所者のプリミラが地位を得るには、地下水脈を辿るような繊細な世渡りが求められるだろう。

だが、プリミラは根本的にコミュ障であった。

たった一つの命を賭けてでも、常に上を目指すのが当たり前のリスク志向の魔族の中にあって、恐怖心が強く、極度に安全欲求の高い、非リスク志向の自分は、周りと馴染(なじ)めないと自覚していた。

口は災いの元だ。

本性がバレたら、他の魔族から侮(あなど)られることがわかっているプリミラは、自己防衛手段として、極力発言をしないようにしている。

戦略的無口っ娘を心掛けているのだ。

日頃から寡黙(かもく)であれば、たまに発言をした際に言葉に重みが出るというメリットもあった。

スライムカイザーは、そういう意味ではいい上司であった。

知能は高くても喋れないスライムカイザーは、言葉少なでもプリミラの意図を察してくれるところがあった。

（……無理。脱出は諦める）

そうなると、残された選択肢は一つしかない。

（つまり、魔王の所に行く……しかない）

プリミラはそう結論づけた。

（魔王とか、乱暴そう……。怖い……）

プリミラの知識では、魔王とは、魔族の中の魔族であり、好戦的で、世界を滅ぼしても唯一無二の力を求めるような、自身とは真逆なタイプの生き物であった。

（でも、今回の魔王は話に聞いていた魔王と少し違う気がする。『命令』ではなく、わざわざ『要請』するなんて）

魔王が他の魔将に比べて強いのは、独立独歩の魔族たちを強制的にまとめあげる特殊な権能（けんのう）があるという点につきる。

その強権を敢えて行使しない、その意味をプリミラは考える。

（忠誠心を試している？　なら、行くのは早ければ早いほどいい）

これは確実だろう。日和見（ひよりみ）を決め込む奴よりも、真っ先に味方についた者を信用するのは当然だ。

（先の大戦の敗北の責任を問われる可能性はあるけど……ワタシには他の魔将に比べて、弁解できる肯定的な材料も多い……はず）

先の大戦の戦果という意味でいえば、魔族の中で一番マシなのが、今自分のいる東部なのだ。

東部戦線は、スライムカイザーを始めとする多くの戦力を失ったが、それでも敵のいわゆる『上級冒険者』を多く討ち取り、結果として痛み分けに終わっている。戦力を大きく減らしながらも、魔族領への侵攻も許してはいない――といっても、東領はその大半がヒトにとっては利用価値の低い湿地帯なので、占領する価値がないだけかもしれないが、ともかく現時点では『負けてない』のだ。

もちろん、それは見かけだけであって、次に同じような大規模攻撃を受ければもたないだろうが、他の魔将に比べれば、まともに戦えたことには違いない。

(……決めた。行く)

プリミラはそう結論付けて、湖の底から、さらに深く地中へと潜る。

常に逃走経路をいくつも用意しながらも、最短ルートで魔王城付近の森を目指した。

* * *

聖は玉座から、いち早く帰参した第一の魔将を睥睨する。

「……『怠惰』のプリミラ」

聖と目を合わせることなく、背中を丸めた猫背のその女は短くそう自己紹介する。

気弱そうな印象とは裏腹に、背は聖よりも高い。その肉体は凹凸がはっきりとしており、煽情的だった。肌にぴったりと張り付いたしっとりと濡れた半透明の薄絹が、余計に欲情を誘う――のだろう。聖ではない普通の男だったならば。

水色のセミロングの髪、その顔は無表情な能面ながらもどこか物憂げで、まごうことなき美人であったが、挙措が洗練されておらず野暮ったいために魅力は半減していた。

(もしくはわざと冴えない印象を装っている可能性もありますか)

「プリミラ、至尊に対して無礼ではありませんか! 跪き、もっと深く頭を垂れなさい!」

隣に控えるシャムゼーラがそう叱責する。

「……」

プリミラは無言のまま、鬱陶しいとばかりに両手で耳を塞ぐ。

「プリミラ──！」

「シャムゼーラさん。構いませんよ。私は気にしていません。──ようこそ、プリミラさん。改めまして、私が魔王ヒジリです──まずは、プリミラさんのことを知りたいので自己PRを──これまでの戦果を報告して頂けますか？」

聖は笑顔でそう促す。

「……これ」

プリミラは胸の谷間から羊皮紙を取り出して、聖へと投げ渡してくる。

「準備がいいですね」

聖は速読のスキルを駆使して、数秒で内容に目を通す。

その報告は簡潔に要点がまとめられており、地球のレベルと比較しても満足のいくものだった。

やはり、シャムゼーラの報告通り、東部地域の魔族が善戦したのは、彼女の作戦によるところが大きいようだ。ろくに戦術論もドクトリンもなさそうな魔族軍において、自力でゲリラ戦術を考えだし、意図的かどうかは怪しいが河川の掌握を通じ船舶の流通経路を遮断して通商破壊を行い、ついでに土砂崩れや洪水を駆使して陸路の往来もちょくちょく妨害している。農民や市民などの一般人を狙った虐殺行為は、敵の生産力と潜在的な戦力を削るという意味でも合理的であった（この異世界ではあぶれた余剰人口が冒険者になる可能性が非常に高い）。もっとも、通常、非戦闘員にまで手にかけて恨みを買うことは、将来的に敵の支配地域を占領した際の統治を考えると有害であるが、それはあくまで『地球の常識』にすぎない。魔族的にいえば、極論、全員殺してアンデッド化の後、支配すればそれで問題は片付く。

聖的には、プリミラは非常に有能な人材であり、是非とも確保したいところだ。

「……どう？」

プリミラは床の血の染みのような一点をじっと見つめながら問う。

「素晴らしいです！　私はプリミラさんに是非仕事を任せたい」

聖は両腕を真横に広げて歓迎の意を示す。

「……どんな？」

「色々ありますが、ぱっと思いつくところでは、食糧増産のための農業における灌漑と、ゴブリンの衛生環境を向上させるための浴場への水の供給などですかね。将来的に武具の生産を始めることができたら、金属の冷却等に使う水の供給システムも手配してもらうかもしれません」

「……ゴブリン？」

「私はゴブリンを当座の魔族軍の主力にしようと考えているのです」

「……ゴブリンが戦うなら、ワタシは前線に出ない？」

「はい。基本的には生産に従事して頂く予定です。お望みならば前線にも出られるように配慮しますが」

「……いい。勝利のためには仕方のないこと」

などと言っているが、ヒジリにはプリミラがどこか喜んでいるように見えた。

「よろしい。で、プリミラさん。あなたは私が要求する仕事をこなす能力がありますか？」

「ある、と思う。ただ、事業の規模によっては、ワタシの魔力量が足りなくなる……かも。ワタシは魔法のコントロールは得意……だけど、魔力量自体は魔将としては過去のそれと比較しても高いとは言えない」

プリミラは所々詰まりながらも、言い直すことなく一息でそう言い切った。

彼女は喋ろうと思えば喋れるのだ。

どうやら、無口なのは演技だったらしい。

(『沈黙は金』、を正しく理解していらっしゃるようですね)

ますます聖はプリミラに好感を持った。

自身の能力を客観的に認知しているというところも良い。

「その点は問題ありません。足りなければ、必要な分だけ、私の魔力を譲渡致します。どうやら、魔王は莫大な魔力を有しているようですが、生憎(あいにく)、私は魔法のない文明から召喚されたものでしてね。魔法の理論や使い方を知らない私には、魔力の効率的な運用はできませんから」

そうなのだ。

魔王は、確かにおおよそ他の魔族の使える全ての魔法を行使できる。

だが、それはけた違いの魔力量に物を言わせたチートであって、必ずしも燃費の面で効率がいいとは言えない。

シャムゼーラと軽く実験したところでは、熟練者が一の魔力で行使できる魔法に、聖は一〇〇の魔力を費やしているということだった。

これでは資源の浪費もいいところだ。

いずれは魔法の勉強をするのも悪くはないと思うが、もちろん今はそんな暇はない。できる人材に魔力を使ってもらった方がよほど手っ取り早く、生産的である。

「……魔力を、魔王が？」

目を見開く。

無表情だったプリミラの顔に、初めて揺らぎが見られた。

今までの魔王は、力を与えるより、むしろ自身が力を蓄えることにしか興味がなさそうだったので、驚いているのだろう、と聖は判断する。

「はい。ともかく、これであなたが業務を遂行するのに何の支障もないと思いますが、仕事を受けて頂けますか？」

「……やる」

プリミラは即座に頷(うなず)いた。

（……やった！　やった！　もう前線に帰らなくてもいい仕事なんて、最高）

プリミラはクールに頷きながらも、内心で喜びを爆発させていた。

やはり、今までの魔王とは違うというプリミラの勘は間違っていなかった。

プリミラの当初の目論見では、現状通り、山奥に引きこもって敵を妨害する仕事につければ上々と思っていたのだから、それも当然である。通常の魔族の価値観的には後方勤務は軟弱者の仕事であるが、魔王の命令とあれば逆らえないのは当然であり、侮られる心配はなかった。

＊　　＊　　＊

「では、待遇の話に移りましょう。率直に聞きます。プリミラさん。あなたは、労働の対価として、どれくらいの休暇(きゅうか)と、どのような報酬(ほうしゅう)を望みますか？　いわゆる魔族的な建前はいりません。あなたの本音を聞かせてください」

「……え？　ワタシに休暇？　報酬？」

先ほど、魔王がプリミラに力の一部を譲渡すると言った時も驚いたが、それはまだあり得ないことではなかった。

貪欲(どんよく)に力を求める魔王であっても、権威を示すために子飼(こが)いの部下に力を与えることはあると聞いている。

だが、今度ばかりは本当に驚いた。

魔族の常識として、『交渉』が成り立つのは、対等かそれに近い相手だけだ。

圧倒的な強者である魔王が、魔将の一人とはいえ、彼の十分の一の力も持たないプリミラに妥協する理由は何一つ存在しない。

もしそんなことをする魔族がいれば、頭の弱い阿呆として食い物にされるだけだろう。

（……全く、非常識な魔王）

プリミラはそう思ったが、不思議と侮蔑の感情は湧いてこず、むしろ親近感を覚えた。

プリミラも、魔族の中では『非常識な』思考をする方であったから。

「感謝しなさい！　プリミラ！　『ワタクシが』召喚したお父様は、まことに慈悲あまねく寛大な御方です。御心一つで灰燼に帰するような取るに足らないワタクシたちのことも顧みてくださるのですわ！」

シャムゼーラが『傲慢』の二つ名にふさわしい尊大な口調で言う。

（『お父様？』なるほど。それが、シャムゼーラの報酬……。……さすが神官の家系だけあって、保身に長けている）

プリミラは納得した。

魔王と縁戚関係を結んでおくことは、権力の誇示になることはもちろん、他の魔族からの攻撃を防ぐという意味で、その身の安全につながる。

直接的な魔法攻撃力の弱い神官はこの手の政治的な工作が得意だった。

「──シャミー」

「はい。席を外します。何かあればお呼びください」

魔王に目くばせされたシャムゼーラが、魔王の側を離れる。

「さて、これで気兼ねなく話ができますね。シャムゼーラさんはああ言ってましたが、私は誰にでもこのようなお話を持ち掛けている訳ではありませんからね。あなたを評価しているからこそ、このような条件を申し出ているのです。幹部級の人間に、ただ命令に従うだけの人形はいらないのです。自発的な献身を求めるための、報酬なんですよ。例えば、プリミラさん。あなたは、千人殺せ、と命令されて、一万人殺しますか？」

「……しない。……怖いし、めんどくさいから」

プリミラは魔王の意図を汲んで、速攻本音を披露した。

プリミラの動機は特殊だが、プリミラ以外の魔族でも、きっとそうするだろう。

『本当はもっと殺して魂を集めたいけど、命令を破ってたくさん殺したら、野心を疑われて上級魔族に殺されるからやめておこう』

こう考えるはずだ。

「そういうことです。命令に従うだけで思考停止した者には工夫がない。発展がない」

「……理解した。……だから負けた」

『命令』を受けた者は、『命令』以外のことをしようとしない。

プリミラが見てきた中級以下の魔族も、皆そうであった。

そういった魔族は工夫をしない。せいぜい、与えられた任務の中で、同じような力を持った同僚の魔族を出し抜いて、いかにたくさん人間を殺して魂を集めるかを考えるだけだろう。それどころか、一人分や二人分のヒトの魂を巡って、同僚の足を引っ張ったりさえする。

何を隠そう、命令する側の上級魔族自身が、配下にそのような『命令以外のことは何もしない』という服従を要求するからだ。そうなっても仕方ない面はあった。あくなき力を求めている魔族は、常に下克上(げこくじょう)を狙っている。それを防ぐためには、絶対的な服従を求め、時には配下同士で争わせることすら必要だったのだ。

それは、いち上級魔族の保身としては間違いではないが、魔族全体の方針としては間違っていた。

弁解のしようはない。

工夫を怠った結果、魔族はヒトの軍勢に大負けし、滅びかけているのだから。

「ええ。だけど、悪いことばかりではありません。月並みな言葉ですが、『ピンチはチャンス』というやつです」

「……馬鹿な上級魔族がみんな死んだから？」

「辛辣(しんらつ)な表現ですが、その通りです。いわゆる、『旧来の魔族的な思考を持った』直情的で好戦的な方々は皆討ち死にしました。幸い、魔王という存在はかなりの権力がある存在のようですから、中央集権的にドラスティックな組織文化の変革ができます」

「……そう」

プリミラは背筋を伸ばし、魔王を真正面から見据えた。

この魔王が愚かでも軟弱でもないとわかったからには、もはや目立たないようにする演技の必要性はなかった。

彼はヒトの創造力と、魔族の精神力を併せ持った傑物だ。

必ず魔族を救い、プリミラの望む安全をもたらすだろう。

ならば、覚えがめでたいに越したことはない。

プリミラはコミュニケーションが苦手であったが、目的のためにはできる限りの努力はするのだ。

「さて、私がプリミラさんに、『指示』する以上の成果を出すことを期待しているとわかって頂けたところで、話を戻しましょう。再度問います。労働の対価として、どれくらいの休暇と、どのような報酬を望みますか？」

「……休暇はいらない」

そう即答した。

もちろん、プリミラは働くことも、戦うことも好きではない。

誰にも会わず、ただ一人、安全な場所で、のんびりと過ごすことを夢としている。

だが、少なくともそれは『今』ではない。

今休んでいては、プリミラごと魔族が滅びる。

それに、『怠惰』でいれば、魔族内でのプリミラの地位も下がり、下克上される危険性が増すだろう。

そしてなにより、満足な成果を上げられなければ、この魔王は容赦なく自分を切り捨てるに違いない。

それが、なにより恐ろしい。

だからプリミラは働くのだ。

「ふむ。やはりそう言って頂けますか。ありがたいことです。では、報酬は？」

「……ワタシの望みは、『永遠の安全と静寂』。そのために――」

そこでプリミラは、躊躇して口ごもった。

これから言葉にしようとしている内容は、あまりにも危険だ。

場合によっては、魔王に処分されてしまうかもしれない。

「遠慮せずにおっしゃってください。どのような望みでも私はあなたに危害は加えませんよ。何なら、その旨、契約して差し上げます」

プリミラは、その心を読んだかのような魔王の勧めに背中を押され、ようやく口を開く。

「……魔族を救って、人間を滅ぼした暁には、ワタシにあなたの力を半分もらいたい。そして、魔王とワタシ以外の、ワタシに危害を加える可能性のある全ての脅威を――魔族も人間も、全て皆殺しにして欲しい」

プリミラははっきりそう言い切った。

永遠の平穏を得るにはどうすればいいか。

簡単だ。

自分以外の者を皆、殺し尽くしてしまえばいいのだ。

本当は魔王も殺すべきだが、そんな条件を呑むはずはないので、そこは妥協である。

これはある種の賭けであった。

この魔王は、魔族の生存や繁栄に毛ほども興味はないとプリミラは踏んでいた。

だって、彼自身は魔族の生まれでもないのだし、シャムゼーラの勝手でこちらの世界に呼ばれたにすぎないのだから。

これが、普通の魔王ならば、征服欲やら権力欲やらが行動の動機になるのだろうが、この男には全くその手の欲望が見えない。

欲望もないのに、なぜ戦う?

答えは一つ。

『生き残りたいから』

それ以外の理由がないではないか。

つまり、プリミラは、魔王を自身と同じ、自己保存欲求に従って動いている存在だと踏んでいた。

「ククク、あなたは本当に面白い方だ。なるほど。私を『そういう存在』にとりましたか。半分は間違っていません。確かに私だって、せっかく手にしたこの命を易々と手放したいとは思わない。ですが――そうですね。私はプリミラさんが気に入ったので、こっそりお伝えしますが、実は私にとっての私の命の優先順位は、二番目なのですよ。私が一番好きなのは、美しく機能する組織を作ることです。もし、私の命と、私の作った組織のどちらかを滅ぼさなければいけないという状況に陥ったならば、私は迷わず自分の命を滅ぼすことを選ぶでしょう。だから、あなたの望みには応えられない」

魔王は朗らかに微笑みながら、首を横に振る。

「……残念」

プリミラはがっくりと肩を落とした。

「ですが、プリミラさんの望みはよくわかりました。そもそもですね。仮に世界を征服し、プリミラさん以外の知的生命体を全て滅ぼしたとしても、あなたは『永遠の安全と静寂』を得ることはできないんですよ。プリミラさん、寿命とかありますか？」

「？　……多分、ないと思う」

プリミラは質問の意図がわからず小首を傾げた。

「ですよね。そこで、ですが、こんな事実を知っていますか？　この星にも――あなたがただ安穏と浮かんでいたいと願っている、湖にも川にも海にも、寿命があるんですよ」

「……え？」

魔王がプリミラに告げた『惑星』や『宇宙』というものに関する情報は衝撃だった。

今、プリミラが生存している場所は、いずれ収縮して爆発し、なくなってしまうものなのだという。

世界ごと爆発とか、なにそれ怖い。

怖すぎる……。

プリミラは震えた。

そして、宇宙にはその『惑星』がいくつもあり、常に消滅と生成を繰り返しているという話については、想像の埒外すぎて、何を思えばいいかすらわからない。

「――という訳で、この世界中の生命を滅ぼしてもなお、あなたは安全ではないのです」

「……それは、困る」

プリミラは焦った。

それでは、プリミラがどんなに頑張っても、いずれかは避けようのない終わりがくるということではないか。

「ですよね。そこで、私はプリミラさんの報酬として、一つの代案を提示させて頂きます。まずは世界を征服――とまでいかなくても、魔族の絶対生存圏を確保します。そして、余裕ができたら、魔法の技術開発を促進し、惑星間航行技術を開発します。その暁には、あなたにその技術を供与し、惑星を一つプレゼントしましょう。他の知的生命体の存在や、その時の私の権力次第ですが、できることなら、領有権の保証もします。もし、その星が壊れたら、次の星へ。あなたはそうやって、ほぼ永遠の安全と静寂を得ることができます。宇宙の星のほとんどには、知的生命体はいませんから、場所はよりどりみどりだと思いますよ」

「……それは、よさそう。……とても、よさそう」

プリミラは嚙みしめるように頷いた。

そもそも、全ての人間と魔族を殺し尽くすのはとてつもなく面倒で怖い作業だ。

それなら、初めから脅威となる存在が何もいない場所に移動する方がよほど手っ取り早い。

「では、それを報酬とする形で構いませんか？　プリミラさんさえよろしければ、早速雇用契約を結びたいと思うのですが」

「構わない。……でも、できればもう一つ報酬が欲しい」

魔王の言うことは、とてもわかりやすく、理にかなっている。

だが、一つだけ大きな問題があった。

どう考えても、魔王のいう計画の実現には時間がかかる。

もちろん、プリミラはヒトのような儚い時間感覚は持ち合わせていないので、一〇〇年や二〇〇年程度の時間ならば気にしない。だが、千年単位くらいになれば話は別だ。普通の魔族からは、『そんなたった数千年で心配性な』と馬鹿にされそうだが、プリミラは安全第一主義である。目標達成までの保険は是非とも確保しておく必要があった。

「ふむ。なんでしょう」

「……ワタシをあなたの妻にして欲しい」

「——ええっと、それはどういった意図でかお聞きしても？　先に申し上げておきますが、私はたとえ情を通じた相手であっても、仕事に関しては一切妥協しませんよ」

魔王は眉をひそめた困り顔で問うてくる。

「……わかってる。重要なのは、『他の魔族が、ワタシを魔王の配偶者だと認知する』こと。シャムゼーラが娘になりたがったのと同じ。政略的に安全を確保したい」

「そういうことなら構いません。魔族の夫婦関係というものをいまいち理解していないので、ご満足いただけないかもしれませんが、良き夫たるよう努力します」

魔王が頷く。

「……旦那様に感謝。……ワタシも妻として精一杯奉仕する」

プリミラは言葉ではなく行動で示すことにした。

玉座に腰かける聖に近づくと、横座りして、彼の太ももへと上半身を預ける。

それから、聖の手を取って、口と胸を使って丁寧な愛撫を始めた。

「早速ですか。バイタリティに溢れる方は好きですよ——シャムゼーラさん！　話がまとまりました！　雇用契約書を！」

聖は苦笑してから、声を張り上げる。

「はい。お父様——!?　プリミラ！　なにをしているのです！　お父様から離れなさい！　この無礼者！」

姿を現したシャムゼーラは、手にしていた魔法用具一式を取り落とし、プリミラに食って掛かってきた。

「……無礼ではない。これは『夫婦』の適切な距離感」

プリミラは適当に水の壁を作ってシャムゼーラをいなす。

「フウッ⁉　くっ……なるほど、読めましたわ。それがあなたの報酬という訳ですの。それにしても、プリミラは『怠惰』の魔将だと思ってましたけれど、『色欲(しきよく)』の才能も豊かですのね！」

「……お褒(ほ)めに与(あずか)り光栄。……羨(うらや)ましい？　……『娘』もやる？」

シャムゼーラの皮肉を、プリミラは涼しい顔でそう受け流す。

「お黙りなさい！　言っておきますけれど、ワタクシはこんな不愛想な継母(ままはは)は認めませんわ！」

シャムゼーラが角をいからせながら、首を高速で横に振った。

「うーん、『家長冥利(かちょうみょうり)に尽きる』と言っておくべきなのでしょうかね、こういう時は」

魔王はどちらの味方をすることもなく、ただ穏やかに笑っていた。

＊　＊　＊

プリミラが妻となった翌日、聖は彼女と共に、ゴブリンの標準的な住処――というより巣と形容する方がふさわしいその場所へと訪れていた。

すなわち、洞穴である。

その多くは、自然現象、もしくは他の動物が掘った穴を再利用し、拡張する形で形成されていた。

「このように、ゴブリンは非常に不衛生な環境で生活している訳です。で、あらば、抵抗力を得る成体になるまでの幼体の致死率が高いのは当然です」

聖は中腰になりながら、洞穴の中を検分していた。

魔族の中で最弱であるゴブリンは、他の魔族からその身を守るため、他の魔族の誰もが住みたがらないような劣悪な環境に身を置く。

食事、就寝、排泄、生殖、おおよそ生活の全てを同じ空間で行い、清掃という概念のないゴブリンの巣は、すえた腐敗臭で満ちていた。

今も、聖とプリミラの圧倒的な魔力に恐れをなしたゴブリンたちは、排泄物にまみれながら、洞穴の隅でただただ平伏している。

「なるほど。ヒトも密集した場所で暮らしている弱い個体ほど、病気になりやすかった」

プリミラは頷いた。

既にヒトの都市にバイオテロをかましているプリミラは、すぐに聖の言っていることに納得がいったらしい。

「ええ、その通りです。まして、洞窟は空気の流れが悪く、ヒトの貧民街よりも生活環境は悪いとさえ言えるでしょう――もっとも、ゴブリンにとってはそれすら生存戦略の一環だったのかもしれませんがね。そもそも、この程度のことは、私でなくとも気付いて欲しいところですが」

『あんな臭くて汚くて小さくてまずくて食い出のない生き物を襲う価値はない』と、他の魔族に思わせることができれば、それはそれで既に育ち切ってしまったゴブリンにとっては利益なのであった。

「……中級以上の魔族ならば、呪いでもなければ、自然の病にかかるような軟弱な肉体はもっていない。だから、考えたこともなかった。ゴブリンは、魔物よりは、むしろ、ヒトのような脆い存在として認識すべきだと再確認する」

「ええ。加えて、ストレスという考えもあります。全ての動物には多かれ少なかれ縄張り――ヒトでいうところのパーソナルスペースがあります。こんな狭い場所に押し込められていたら、ストレスで共食いが起こっても仕方ないですよ」

聖は何となく、ハムスターを連想していた。

小学生の頃、クラスで飼っていたハムスターの世話がおざなりになり、中々、グロテスクな光景が繰り広げられたのを思い出したのである。

動物は、ストレスが溜まると容易に共食いを始める。

それと同じように、このような環境ではゴブリンの生存率が低くなるのは仕方ないことであった。

「……道理。ゴブリンを地上に引っ張り出す？」

「はい。幸い、多くの魔族が討ち死にしたことで領地は余っていますからね。ゴブリンの繁殖に地上のスペースの一部を使っても、他の魔族からは不満は出ないでしょう」

ゴブリンの生育環境の改善についての現場確認を終えた二人は、そう話し合いながらさっさと巣穴から出た。

「……了解。ワタシは、ゴブリン用の入浴施設を作る準備に入る。灌漑用の水も、いくつか貯水池はすでに準備済み」

「仕事が早いですね。できれば、雨風を凌げる程度のゴブリンの住居も作って頂けるとありがたいのですが」

「はっきり言って、ワタシはそういうのは得意でない。住居を作るなら、土魔法が得意な他の魔族を使うべき。農地の開発も、半分はワタシができるけど、灌漑用の水路の整備や、土壌の改良には土魔法の助力が不可欠。具体的には、『暴食』の魔将であるギガ」

「プリミラさんの指摘はもっともです――他にも、ゴブリンが種付けをして、出産が見込める頃には、教練も開始しなければいけませんが、やはり、それにも別の魔将が必要ですよね？」

「そう。ワタシは前衛の練兵は向かない。特に、水の魔法の使い手は、搦め手が得意なのが多かったから……。直接戦闘に明るいのは、やはり『憤怒』の系列。今の魔将はフラム。計画の実現のためには、最低限、ギガとフラムは確保すべき」

「シャミーも同意見でしたね。そこら辺、魔王の権能を使えば一発なのですがね。それでも、なるべくなら強制はしたくないのです。一度でも強制的な命令を使えば、真の意味で魔将たちとの信頼関係は築けそうにありませんから。――皆、プリミラさんのように賢明であることを期待したいのですがね」

一度でも強制的な命令権を発動してしまえば、『調子のいいことを言って、いざとなれば無理矢理服従させるのだろう』という疑念をもたれても仕方がない。

ちなみに、聖はシャムゼーラに対して一度魔王の権能を使用したが、彼女は魔王を召喚した張本人なので、当然命令される覚悟もしていただろうからノーカウントである。

――というより、むしろシャムゼーラは性癖的に、聖に無理矢理命令されることを喜びそうな節があるが。

「……魔将たちは魔族全体の危機的な現況を認識できないほど愚かではない――と思う。……おそらく、魔王に対する伝統的な偏見が、他の魔将の帰参(きさん)を邪魔している。ワタシがその誤解を解くために、残りの魔将に手紙を書こうと思う。旦那様は今までの魔王とは違うという事実と魔将に対する厚遇を伝え、それぞれの魔将が望む利益をほのめかして、諸将を誘引する」

「誘引するには、その対象が何を欲しているかを正しく理解している必要がありますよ？」

「……みなまで言わなくても大丈夫。諸将が抱いている『本当の欲望』を、もちろんワタシは知らない。だけど、それぞれ二つ名持ちの魔将になったからには、無視できない『建前上の利益』が存在する。仮に無視すれば、魔将としての名に傷がつく。……もちろん、ワタシが協力できるのは、彼女たちを旦那様の前に連れてくるまで。そこから先――諸将の心を掌握するのは、旦那様の仕事」

例えば、『暴食』ならば食らうことにこだわらなければならないし、『嫉妬』ならば他者が力をつけるのを座視している訳にはいかない。

魔族の伝統的な徳目は因習にすぎないが、その因習を逆に利用してやろうというのだ。

「そこまで理解して頂いているのならば、何も問題はありませんね――私自身がはなから報酬を提示するのは嘘くさいですからね。気を回して頂けると助かります。期待していますよ」

絶対的な命令権を持つ魔王本人が、いきなり報酬を払うから来い、と提案しても、多くの魔将は何かの罠かと勘繰るだろう。

その点、同じような立場にある魔将であるプリミラのお墨付きがあれば、信用度はぐっと増す。

無論、シャムゼーラも魔将であるが、やはり彼女は魔王召喚の当事者であるから、己の行動を正当化しなければいけない立場――すなわち、初めから魔王サイドにつく動機が明らかであるので、諸将を勧誘するには中立性が薄い。

「……任せて」

プリミラは頷く。

「よろしくお願いします。プリミラさんの手紙は、任務のついでにワーウルフにもたせましょう」

「……ゴブリンの繁殖相手の確保のついで？」

「はい。とにかく、今は片っ端から雌を集めることが肝要ですからね」

ゴブリンの繁殖相手として、即座に使えるのは生き残った魔族の雌。だが、中級以上の魔族にはゴブリンの母体とする以上に有益な使い道があるし、下級魔族のメスだけでは数が全く足りない。

だから、冬眠中の野生動物を捕獲することはもちろん、ヒトに化けるのが得意な人狼には、商人を装って、辺境の村から家畜や奴隷を買い集めさせるつもりだ。本当は都市の市場にアクセスするのが一番買い付けの効率が良いが、そういった都市部には必ず魔族対策として偽装を見破れる神官や魔法使いもいるので、避ける必要があった。また、都市部で派手に買い付けをすると、こちらの計画の意図が敵に気取られる可能性があるので、それを避けるという意味もある。

なお、現金の心配はない。魔族は通貨を必要としないので、今までの魔族の歴史の中で、ヒトを狩った余禄として、財物はドラゴンなどの光物が好きな魔族の巣に溢れかえっている。

武器に転用しやすい銅貨などはすでに鋳つぶされてしまっているが、銀や金は武器に使っても役に立たないので、余っているのだ。

「……戦乱で農地と共に家畜を放棄する農民も多いし、親を失って奴隷堕ちするヒトもたくさんいる。問題なく雌の動物は集まる」

プリミラは確信を持って言う。

「そうだと期待しましょう」

「……大丈夫。散々、ヒトの住処を荒らしたワタシが言うんだから間違いない」

プリミラがそう言って、自慢げに胸を叩いた。

*　*　*

「クソが！　クソが！　クソが！」

フラムの怒号が雪山に響く。

苛立ち紛れに雪山を殴れば、その衝撃に雪崩が起きる。

身長一七八センチメートル前後の、ヒトとしては大きく、魔族としては小柄なその体躯に、たちまち殺到する氷塊。されど、その怒濤はフラムに触れることなく、その身体から発する熱気に溶けて消え失せた。

身体の熱気から生じた上昇気流によってその赤髪は常にハリネズミのように逆立ち、

目つきの悪い三白眼は常に周囲を威圧している。その格好は雪山に不釣り合いな、ヒトで言うところの下着だけの格好。肌の露出が多い、ビキニスタイルだった。それ以上、何も防具はつけていない。金属の鎧の類いは、熱で溶けてしまうので意味がないのだ。唯一、その熱に耐え得るのは、今は下着になっている、彼女自身が脱皮した時に出る抜け殻だけであった。

冬はむかつく。

炎属性のフラムにとっては、魔力の消費量が多くなる嫌な季節だ。

「姉御、勘弁してくだせえよ。ただでさえ冬で獲物が少ないっていうのに、これじゃあ、いつまで経っても捕まりませんぜ。手ぶらで戻ったら、腹を空かせた『暴食』の奴がオイラたちを餌にしかねないでさあ」

部下のリザードマン――デザートリザードが平身低頭して、機嫌を伺うようにもみ手で言う。

フラムを敬うように見えて、ちゃっかり雪崩の盾にしているあたり、したたかな奴である。

それもそのはずだ。

フラムも含めて、今、この場にいるのは、軟弱なヒトに背を向けるという魔族的な不名誉を被ってもなお、命に執着した生き汚い者たちであった。

「うるせえ！　そん時は潔く丸焼きになって食われとけ！」

フラムの八つ当たりに、部下の魔族たちは慣れた様子で肩をすくめた。

ヒトの軍勢に、ぐうの音もでないほどの大敗。

むかつかないはずがない。

何とか部下をまとめて退却し、調子に乗って山越えしようとしてきた敵の一部を叩いて追い返すことで一矢報いたとはいえ、半分近い同族を失った。

憤りを覚えて当然だろう。

「そんなこと言わずに、いい加減、機嫌を直してくだせえ。せっかく、『憤怒』に就任されたんじゃねーですか。『竜成り』だけでもすげーっていうのに、魔将の一角を占めるなんて、デザートリザード始まって以来の快挙ですぜ。よっ！　蜥蜴の星！　大砂漠一！」

「ボケが！　んなもん、上の奴らが勝手に死んでったからだろうが。おこぼれで得た魔将の地位なんて嬉しくもなんともねえ！」

部下の追従に、フラムは舌打ちした。

なし崩し的に『憤怒』の二つ名を得るまで、フラムは『竜成り』と呼ばれていた。

数多の魂を集め、研鑽を重ね、中級魔族であるデザートリザードから、上級魔族であるフレイムドラゴンへと進化したのだ。

とはいえ、所詮は成り上がり者のドラゴニュート。

フラムはドラゴンになる力を得ても、日頃は魔力を温存するために、こうして二足歩行の形態を維持しなければいけない程度の存在だった。

天を衝くような巨人を始め、生まれながらの強者である他の上級魔族からは侮られることもしばしばであった。

「そんなことねえと思いますがねえ……。どんなに強かろうと、先代を継ぐはずの『憤怒』の候補たちはみな死にやした。だけど、姉御は生きている。そうでしょう？」

「……そうだな」

フラムは不機嫌に頷いて、頭を冷やすように氷をかじる。

何を隠そう、生き残りを最優先するように部下を教育したのはフラム自身だった。

馬鹿にされようが、侮られようが、命あっての物種。死ねば何にもならない。

フラムはそう考えたが、他の多くの魔族は全く異なる考えを持っていた。

死を恐れないし、ヒトの英雄との名誉ある相打ちは上等。負けても背中に傷を受けるよりは、潔い死を望んだ。

魔族の中でも、炎の属性を有する者は、特に直情的で攻撃的な傾向にあった。

攻勢にはめっぽう強いが、守勢には慣れていない。

その弱点が今回は如実に出た。

「まあ、悪いことばかりではないんじゃないですかい。シャムゼーラの奴が魔王を呼んだんでしょう。姉御にもお呼びがかかってる。何か腹案でもあるんでしょうや」

「そりゃそうだ――だが、魔王って奴は気に食わない。先代『憤怒』もそうだったが、生まれながらの強者っつーのは、自分が負けた時のことを考えなさすぎる。今までの戦史を見る限り、魔王はその最たるもんだ」

「しかし、今度の魔王はちょっと毛色が違う気がしますがねえ。もし考えなしの阿呆なら、今頃、無理矢理命令して魔将をかき集めて、そいつらを全員、アンデッドみたいな木偶にしてるでしょうや」

「わかってる。だがな、魔王が馬鹿じゃないなら、それはそれで問題なんだよ」

「そうなんですかい？」

「おう。もし、魔王が目端の利く奴なら、気が付くはずだ。まともに戦ってりゃあ、今回の戦争が勝てないまでも、ここまで大負けはしない戦だったっつーことによ」

「まあ、それほどにアホでしたからねえ、巨人の御大の作戦は」

「ああ、今回の戦で負けたのは、前衛のせいだ。逆に後衛の指揮官は――シャムゼーラの親父は、まあ、最低限の役割は果たしたからな」

この世界の大規模な会戦には、一定のセオリーが存在する。

戦場において一番警戒されるのは、遠距離からの攻撃だ。

戦争の歴史は、いかに遠距離から相手を嬲り殺すかの技術を競ってきたものだといってもいい。

同じ実力の者が一対一で戦うとして、素手よりリーチの長い剣を持った奴が有利なのは当然だ。剣よりさらに遠くから撃てる弓が強いのは言うまでもない。さらに弓よりも遠くから撃つことができ、しかも威力によっては一度に何人も殺せる魔法が警戒され、対策されるのは必然であった。

魔法ができてすでに幾星霜、戦争は、お互いの魔法を『ナシ』にするところから始まる。つまり、お互いの陣営の後衛――魔法使いたちが、アンチディスペルを撃ち合って魔法を無効化し合うのだ。

もしこの時点で圧倒的に押し負けているなら、戦わずに逃げるのが正しい。

こちらが敵に近づくまでに一方的に嬲り殺しにされるからだ。

アンチディスペルが拮抗している場合、お互いに遠距離の属性魔法は撃てなくなり、白兵戦へと移る。魔族の場合は、内在する魔力を膂力に変換できるので、その点は、ヒトに比べて圧倒的に有利だ。

アンチディスペル空間で使える遠距離魔法は、自然の摂理たる属性魔法以外のもの――すなわち、ヒト側が『神の恩寵』と宣う光魔法、魔族側は死霊術を含む闇魔法となる。

光でも闇でも、軍内で果たす機能はそんなに変わらない。

味方の能力を底上げしたり、傷を癒やしたり、逆に敵を弱めたり、つまり、白兵戦の補助をする役割だ。

今回、敵は合成魔法の技術を刷新しており、そのために敵の光魔法サイドに若干余裕があったが、それでも戦局を決定づけるほどの彼我の差はなかった。

むしろ、魔力に優れる魔族たちにヒトが『追いついた』という表現をするのが適切ですらあった。

「つまり、オイラたちが戦うまで、戦況は互角だったってことでさあな」

「ああ。んで、今までなら——そうだな。三〇〇年前のオアシス戦争の時を思い出してみろ。白兵戦はどうやって始まった」

「へい。まず、お互いの大将が名乗りを上げやす。『《憤怒》の魔将、炎のアルガス！　卑小(ひしよう)な人間ども！　命が惜しくなくばかかってこい！』『第一騎士団長、《正義》のユラーン！　人に仇為(あだな)す悪魔め！　神と貴婦人の名誉にかけて貴様を倒す』てなもんで。んで、オイラたちの巨人の御大が走っていく。向こうの騎士も突っ込んでくる。騎士と巨人が大激突」

「そうだな。んで、ヒトの英雄の後を遅れて従者がとことこついてくる。その時のオレら——中級以下の魔族も、後から出てって、その従者共が魔将の邪魔をしねえようにぶちのめす。ま、大体、ヒトの従者の方が数が多いが、中級魔族ならそこそこ訓練受けた従者でも、二、三人相手なら余裕で戦えただろ。ともかく、なんつーか、昔の戦争には、敵とオレらの間で暗黙の了解があった。雑魚(ざこ)は雑魚に。強者は強者に。オレらのような中級魔族にしたら、身(み)の丈(たけ)にあった敵の魂が狙えてちょうどいい。英雄なんかと戦わされた日には、命がいくらあっても足りねーだろ？」

　魔将が負けたら、魔族の軍勢は逃げる。

　ヒトの英雄が負けたら、ヒトの軍勢が逃げる。

もちろん、有利な方は追撃するが、まあ、せいぜい、一割、二割でも敵の戦力を削げれば大戦果だ。その時々の英雄と魔将の力量によって、領土を取ったり取られたりしていたが、ここ数千年、大きな変化はなかった。

だが——

「へえ。ですが、今回は違いやしたね。名乗りもなく、敵はあのやたら数だけ多い雑魚をぶつけてきた。いや、雑魚とはいえ、侮っちゃいけやせんな。一人一人は弱くても、あいつらまるで一つのスライムみたいな団結力がありやした。ありゃあ、戦士って面じゃなかったですぜ。ボーッとしてどこ見てんだかわかんねえ目で、まるでゾンビみたいでやした」

「おう。奴隷の戦士っていうのは今までにもいたが、ありゃあ、そういう『奴隷』じゃねえな。やる気がねえ奴らを無理矢理駆り出してたみたいだ。しかし、ゾンビじゃねえ。何人か逃げ出そうとした雑魚もいやがったからな。で、そういう奴は、後ろで待ち構えてた騎士共がぶっ殺してた。だから、正気な奴も逃げられねえ」

督戦隊——という言葉をこの時のフラムは知らなかったが、実感としてそれを理解していた。

「ありゃあ、オイラがこういっちゃあれですが、『魔族』みたいなやり方でやしたね」

「ああ。ともかく、ヒトのやり方としちゃ異常だった。その時点でオレらは一回退却をして様子見するべきだったんだ」

フラムは後悔に奥歯を噛みしめる。

「巨人の御大には無理な相談でさあ。ありゃあ、魔族にとっちゃ、侮辱ですぜ。『お前にゃ名乗る必要もねえ。この青瓢箪の雑魚で十分だ』って言われてるのも同じですからね」

「おう。だから、先代の『憤怒』はいつものように、馬鹿みたいに突っ込んで、まあ、そりゃもうたくさんヒトの雑魚を殺したけどよ。その間にどうなった？」

「へい。敵の騎兵が後ろに回り込んで、坊主共が皆殺しにされやしたね。まあ、ゆるゆるでやしたが一応、馬除けの防塁も準備してやしたし、いくらか弓兵も構えてやしたが、あれだけ数が多いとなんとも。そういや、オイラは『騎士』は、魔族でいうところの上級みたいなもんで、選ばれた奴だけがなると思ってやしたが、今回はやたら、上級っぽくねえみすぼらしい騎士が多かった気がしやす」

「ちゃんと見てたか？　いつも通りのがっつり鎧を着た『騎士』と、鎧を着てない弓を使う騎士がきっちり別の働きをしてただろ。弓の騎士は、オレらの弓を使わせないために鎧の騎士にくっついて牽制してたんだ」

「よくあの地獄の中、そこまで観察できやしたね。オイラはもう、生き残るので精一杯で」

「ま、あそこからはマジでヤバかったからな」

「へえ。ま、そこそこ頭のある奴らなら、当然後衛がやられちゃヤバイってわかりやすからね。――ワーウルフとかは後衛を援護するために退却しようとした。だけど、アホなオーガ共とかは、頭に血が上って、ただこん棒ぶん回すだけで退却の邪魔になる」

「おう。馬鹿正直に命令守って突っ込もうとする奴と、後ろに下がって後衛を援護しようとする奴、後、根性なく逃げ出し始めた下級魔族、ごちゃごちゃになって、敵と戦うどころじゃなかったぜ」

「情けねえ話です。敵に殺されるよりも、味方に殺されたアホの方が多かったんじゃねえですかい。きっと、魔族の長い歴史の中でも、こんだけマヌケな負け方をしたのは初めてだ」

デザートリザードが顔を覆う。

「おう。ようやくわかったようだな。話を戻すぞ。オレが魔王の下に行きたくねえ理由だ。今の前衛の指揮官は誰だ？　あのボケでカスでアホな大負けの責任をおっかぶせられるマヌケな野郎は」

「……『憤怒』の魔将を引き継いだ姉御、ですね」

ようやく納得がいったように、デザートリザードが頷いた。

「そういうこった。こっちが魔王の所に顔を出すには、せめて敗戦を挽回するアイデアくらい持っていかないとなんねえが――クソ！　何も思いつかねえ」

それこそが、今、フラムがいらついている原因の内、もっとも大きなものだった。

今は魔王の下、団結しなくてはいけないことはわかっている。しかし、誰かが敗戦の責を負わなければならない。フラムは、自分も部下も守ってやりたかった。

「なんつっても、まずはあの気持ち悪い人の雑兵共に対抗するためには、兵隊の頭数を揃えなきゃ話にならねえですからね。アンデッド軍団をぶつけられりゃちょうどよかったんですが」

「見ただろ。『嫉妬』の魔将の奴が、『お友達』の束を一瞬で昇天させられて、ブチ切れてたのを」

「坊主共がたくさんいやすからね──そもそもヒトはなんであんなに頭数をそろえられたんですかい」

「ヒトはな、戦士よりも、『農民』ってやつの方がずっと多いんだよ。そいつらを引っ張り出せば、数は作れる」

「『農民』ってヒトのメシを作る奴でしたっけ?」

「おう。ヒトはオレらと違ってメシを育てるらしい」

魔族にはない文化である。

もし、魔族で畑なんぞを作っても、魂は手に入らないから一向に強くなれないし、出来た物は全部強者に奪われるだけだ。

「じゃあ、メシを作ってた奴らを戦場に無理矢理引っ張ってきたって訳ですかい。ですが、そりゃあ理屈が通らねえじゃありやせんか。メシを作る奴を減らせば、メシは減る。なのに、メシを食う戦士は増やす。どう考えたってメシが足りねえ。ヒトって、三日もメシ食わないと死ぬってえじゃねえですか。メシをどっから引っ張り出したんでしょうね」

「東の奴らがメシをかき集めて、西と南に送ってるって、死に際の坊主共が言ってた気がする。ヒトには商人っていう、物をかき集める魔法使いみたいな奴らがいるらしい」

「はえー、さっすが姉御は物知りだ」

デザートリザードは感心したように言う。

「おーい！　フラム！　何をサボってるんダ？　肉はとれたのカ？」

その時、風下から声がした。

小柄な体躯から繰り出される舌足らずな声。

しかし、声量があるので声はよく通る。

外見はその声色同様に、今すぐ抱きしめたくなるほどに愛らしい。

お辞儀(じぎ)するかのようにペコリと垂れ下がった丸い耳、リスのような小動物じみたクリクリとした大きな目と、どことなくユーモラスなペチャ鼻、口角は常に上向きで、ご機嫌な時も不機嫌な時も笑っているように見える。彼女は小さいながらも身体つきは女性らしいが、やたらポケットの多いオーバーオールのようなものを着ており、胸と尻の稜線(りょうせん)は今は隠されていた。

一見、下級か中級の獣人の子ども――コボルトの変種あたりにしか見えないその女魔族の正体を、フラムは知っている。『暴食』のギガは、変種は変種でもミノタウルスのそれで、フラムと同じく、今回の負け戦でなし崩し的に魔将の一人になった存在であると。

とはいえ、もちろん、ギガも強いは強い。

その力を証明するように、ギガは今も、彼女自身より大きいワーウルフをこともなげに肩に担いでいた。

（ヤベッ――姉御。『暴食』が来やした！）

デザートリザードがそう囁いて、素早くフラムの後ろに隠れる。

「悪いな、ギガ。オレは炎属性だからよ。どうしても雪山じゃあ調子でねえわ」

フラムはばつが悪そうに頭を掻いた。

部下なら何を言われてもドヤしつけるが、相手が魔将となればそうもいかない。

「もー、仕方ない奴なノダ。じゃあ、鼻の利くこいつに探させるカ。――お前、何か、食える肉見つけてコイ。ギガが料理するから、生け捕りだゾ。見つからなかったら、お前をクウ」

ギガは頬を膨らませて、担いでいたワーウルフを雪肌に投げ出した。

ワーウルフは、『クゥーン』と哀れを誘う声で鳴いてから、雪山に駆け出す。

「お、あれ、スノーワーウルフじゃねえか。身なりがいい。敗残兵じゃない――となると、魔王城からか？」

「その通りダ。あいつ、なんかプリミラの書いた手紙持ってたゾ。ギガ宛のと、フラムへのもあるンダ」

ギガはそう言って、ポケットから対象以外は開けないように魔術的封印の施された羊皮紙を投げ渡してくる。

「プリミラから？　なんだよ。あの引きこもり共がオレに何の用だ」

手紙を受け取ったフラムはそう軽口を叩いたが、内心では『怠惰』の一団を評価していた。

弱兵の冒険者相手とはいえ、今回の戦争で負けなかったのは、『怠惰』が軍を展開していた東部戦線だけだからだ。

また、今回の敵に冒険者がほとんど参加していなかったことから、奴らが東部戦線に流れ込んだのも容易に想像できていた。それに、奴らは対処したのだった。

「姉御、内容は？」

「急かすな。今、読む……。……。……。……。マジか、あいつら、ゴブリンで軍団を作りやがるつもりだ。しかも、こっちから東部に攻め入るつもりらしい」

手紙にざっと目を通したフラムはこめかみに手を当てて、しばし絶句する。

「そりゃあ、また……。ゴブリンで軍隊ですか……。確かに、あいつらネズミやゴキブリ並みに増えやすすね。頭はそんなよくねーですが、オーガよりは全然マシだ。妙に悪知恵が働くところもありやす」

デザートリザードが相槌を打つように言う。

「……ああ。だが、普通に考えたら無理だ」

フラムも少しはゴブリンの戦力化を考えなくもなかったが、真っ先に却下した案だった。

「でさあな。ゴブリンは、どうしようもなく性格が悪い。数十かそこらの群れならともかく、同族どうしですら足を引っ張り合うあいつらを、何千、何万も統率なんてできるはずがねえ。先の敗戦みてえに味方同士で踏みつけ合って終わりでさあ」

「隷属魔法で動かすって手もあるが、それだとほんとにただの肉壁にしかなんねーしな」

　隷属魔法を使って服従させた場合、その対象が本来持っているスペックを発揮することはできない。元がショボいゴブリンでは、本当にただの歩く矢除けにしかならないだろう。緻密な作戦行動などは望むべくもない。それでは、当然ヒトの軍隊には勝てない。

「……で、どうすんですかい、姉御。行くんですかい？」

「ちっ、行くしかねえだろ。ここで逃げたら、『憤怒』の名が廃る――それに、大軍の指揮をさせるつもりなら、オレらは絶対に必要になる。粗略に扱われることもねえはずだ」

　全てがお膳立てされているようで気に食わないが、魔王が全くのアホではないことには確信が持てた。それに、自分はあの忌々しいヒト共に復讐する手段を何も思いつかないのだ。もし、魔王がそれをできるというのならば、歓迎しない理由はない。

「へえ。他にろくな奴らがいやせんからね」

　デザートリザードが頷く。

「どうダ？　フラムは魔王様のところに行くのカ？」

ギガは、服のポケットから調味料の入った土瓶を取り出して、雪肌に並べながら問うてくる。

ギガは、『暴食』の二つ名を得るまでは、『美食』のギガと言われていた。彼女は、ひたすら量が食えればいいという嗜好のただの食い意地が張った『暴食』とは、一味違うタイプの魔将だった。

フラムの動向に興味があるというよりは、獲物がやってくるまでの暇つぶしといった感じの雰囲気だ。

「行く。ギガはどうすんだ？」

「もちろん行ク！　腹ごしらえしたらすぐにダ！　魔王は、ギガの知らないおいしい物をいっぱい知ってるって言うンダ。働いたら、それを食わせてくれルって、書いてあル。ギガはおいしいものが好きダ。だから、魔王の所へ行ク」

警戒も迷いもなく、ウキウキした様子でギガは即答する。

「ま、マジか。お前少しは悩んだりしねーの？」

「悩むって何をダ？」

「だって、お前、馬を防ぐ防塁の構築、超適当にやっただろ。しかも、戦争の途中で現場を離れやがったじゃねえか。あれ、普通に反逆だぞ。そのあたりの失策を魔王に突かれたらどうすんだ」

そうなのである。

ギガは、あろうことか、『生き残った』というよりは、『戦わなかった』から死ななかっただけなのだった。魔族の価値観的にはアウトもアウトだ。

「仕方ないノダ！　戦場のご飯は、古くて固くておいしくナイ！　ギガは何度も言ったゾ！　『おいしいご飯を食べられないなら働かナイ！』って。でも、みんな『今は忙しい』って話を聞いてくれなかっタ！　だから、ギガは自分でおいしい獲物を取りに行っただけダ！　だから、ギガは何も悪いことはしてナイ！」

ギガは自信満々にそう言い切った。

すがすがしいほどに、自己中心的でシンプルな行動原理。

しかし、こんな性格でも、不思議とギガは上官から嫌われてはいなかった。いや、むしろ、マスコット的な意味でかわいがられていた節がある。おつむの出来はともかく、それなりの実力者であるし、出世欲はないから、上官としては下克上の心配が薄いというのがその理由の半分。

もう半分は——

（やっぱりかわいい奴はいいな）

フラムは密かな羨望（せんぼう）と共に、戯（たわむ）れにギガの頭を撫（な）でた。

モフモフとした感触に少し癒やされる。

ギガは特に抵抗することもなく、くすぐったげに目を細めた。

フラムはかわいい物全般が好きであった。

だが、残念なことに、かわいい物の方は、フラムが嫌いであった。

猫や犬を愛でたくても、フラムが触れれば容易く壊れてしまう。魔族でも、ギガのような上級魔族が相手でなければ、迂闊にスキンシップはできなかった。ちょっとでも魔力のコントロールを誤れば、相手が焼け死ぬ。花を愛でる心があっても、どんな美しい花も、フラムの前では全て等しく灰に帰してしまう。

ヒトの小娘のように着飾ることもできない。かわいらしい服は大抵脆く、すぐに破けるか燃えてしまう。そもそも、戦場においてそんな軟弱な物に興味があると知れれば、周囲から侮られる。

いや、もしそれらが許される環境にいたとしても、結局のところは同じことだ。

何よりも一番かわいくないのは、フラム自身なのだから。

肌はヒトのようにツルツルでも、ギガのようにモフモフでもなくザラザラしているし、髪はチリチリの癖っ毛だ。胸も尻も小さいし、肉体は戦場に最適化された筋肉質でカチカチしている。

もし、ギガがフラムの容姿だったら、おそらく今頃上官の勘気を被って死んでいるだろう。

(――って、なに考えてんだオレは。どうにもこいつといると気が抜ける)

「……はあ、なんだか、真面目に悩んでるオレがアホくさくなってきたわ」

フラムは、ギガから手を放し、肩をすくめた。

少なくとも、客観的に考えて、魔王はこのギガよりは自分に存在価値を認めるだろう。

そう思うと、少しは気が楽だ。

「？　よくわからないけど、魔王の所に行くなら、フラムは飛んでいくダロ？　ついでに背中に乗せてくレ。エサを半分分けてやるカラ」

「いいぜ。こうなりゃ、いっちょ魔王とやらの面を拝んでやろうじゃねえか」

フラムは自身の頬を叩いて、気合いを入れ直す。

「ワォーン」と、遠くからスノーワーウルフの鳴き声。

目をこらせば、羽交い絞めにされた熊の姿が見受けられる。

どうやら、あの魔王城からの使者は、ギガの胃袋に収まることは免れそうだ。

*　*　*

その後、魔王城へと急行したフラムは、上空から見た、北領の変貌ぶりに驚いた。

まず何よりの変化は、前はなかった川ができていることだ。

さらに、荒野の一部に降り積もっていた雪は取り払われ、地肌が露になっている。

その土地を、中級魔族にどつかれながら、ゴブリンが耕していた。

手にしているのは、戦場で使い捨てにされていた奴隷が持っていた武器——鍬のようだ。

一方、東領に近い水はけの悪い土地では、オーガが、ギロチンにΩ(オメガ)の形の鉄輪をつけた道具――鋤(すき)という存在をフラムは知らなかった――を引きずり、行ったり来たりを繰り返していた。

「おー、知ってるか、フラム。あれ、畑って言うんダゾ！　食い物を作るつもりなのカ⁉　フラム、降りてみヨウ！　美味い物あるかもしれナイ！」

フレイムドラゴンと化したフラムの背中の上に乗っているギガが、ぺちぺちと肌を叩く感触がする。

「やめとけ。魔王の許可を取ってからにしろ。それより、オレはあのプリミラがやる気になってるのが不気味だぜ。一体、魔王とどんな取引をしたんだか」

フラムの知っているプリミラは、『怠惰』の傾向がある水属性であるという事情を考慮しても、積極的に何かをするというタイプではなかった。彼女は口を開くのすらおっくうそうな魔族であった。

それなのに、今は水魔法を常時行使しながら、時にはあちこちを走り回り、配下らしき魔族たちにテキパキと指示を与えているではないか。

魔王の権能で強制されているという雰囲気でもないし、一体この短期間に何があったのか、疑問に思って当然だった。

（まあ、魔王がどんな奴かは直接会ってみりゃわかることか）

フラムはもう腹を括(くく)っていた。

会うと決めたからには、早い方がいい。

既にシャムゼーラとプリミラは魔王に臣従を決めたことは間違いなさそうだ。

七人いる魔将の内、帰参する順番が下から数えた方が早いような状況には陥りたくなかった。

障害物のない広場へと着陸し、二足歩行の形態へと戻る。

今も増築を繰り返しているという魔王城の佇まいは、一言では表現できない。例えるなら、死霊術で作り出されたキメラのように、アンバランスで複雑怪奇な形状だった。

ギガと共に、獲物を迎えるドラゴンの口のような形状の入り口をくぐる。

「お二人共、随分、のんびりとしたお越しですのね。魔王様のご要請に対して、あまりにも無礼ではなくて？」

待ち構えていたように姿を現したシャムゼーラが、嫌味っぽく問うてくる。

「悪いな。お前の親父がくたばった尻ぬぐいをするのに忙しくてよ」

フラムは即座に嫌味で切り返した。

「あら、どなたのことでしょう？　ワタクシのお父様は敬愛する魔王様ただお一人なのですけれど」

シャムゼーラはわざとらしく首を傾げてとぼける。

（ちっ、早速魔王に取り入りやがったか）

彼女の発言の意味を、フラムは正確に理解した。

「なー、お前ラ、そういうのはいいカラ、早く魔王に会わせてクレ」

ギガがうんざりしたように言った。

今のシャムゼーラとのやりとりは、魔族的には挨拶みたいなものなのだが、食欲一直線のギガには通用しない。

「そうですわね。魔王様をお待たせするのも失礼ですから、さっさとお行きになればよいのではなくて？」

シャムゼーラは、そう言うと踵を返した。

「やけにあっさり引き下がるな？」

いつものシャムゼーラなら、もう二言、三言、嫌味を言わずには済まさないはずなのだが。

「別に他意はございませんわ。お父様の『秘書』でもあるワタクシは、あなた方と違って、色々と忙しいんですのよ——ああ、そうそう。伝え忘れてましたわ。寛大なるお父様は、恐れ多くもあなた方を歓迎するために、お茶会の準備をしてくださっておりますわ。早くしないと、お茶も冷めますし、お茶菓子も乾いてしまいますわよ」

シャムゼーラはそれだけ言い残して、足早に去っていく。

「菓子⁉　あの甘いやつがあるノカ⁉　うおおおおお、早く食べたいノダ！」

ギガが一心不乱に猛烈な勢いで駆け出した。

「おい！　もう少し警戒を——ったく、しゃーねーな」

フラムはギガの後を追った。

シャムゼーラが来たということは、魔王もフラムたちの到着は知っているはずだ。と、なれば出遅れていいことは一つもなかった。

「『暴食』のギガ、来たノダ！」

謁見の間の前で立ち止まったギガが奥に声を投げかける。

さすがのギガも、この奥に控える尋常ならざる魔力の存在に気付いてはばかったらしい。

「『憤怒』のフラム。偉大なる魔王様に謁見を求めるぜ」

フラムも続けた。

「どうぞ！　お入りください」

朗らかな男の声が答えた。

ギガとフラムは謁見の間の扉に手をかけた。

上級魔族であっても、苦労するほどの重さ。

その扉を動かせることそのものが謁見の資格であると言われるほどの重厚さだが、魔将である二人には造作もない。

「ようこそ。ギガさん。フラムさん。こうして、お二人をお迎えできたことを、本当に嬉しく思います」

そう言って、歓迎の意を示すように両腕を広げた魔王——と思しき男は、玉座に座ってはいなかった。

彼は床に胡坐を掻き、レースの織物がかけられたテーブルを挟んで、フラムでもギガでもない第三の女性と相対している。

「あら。うふふふ、あなたたちも来たのね——ほら、『お友達』のみんな、ご挨拶」

女性らしい楚々とした佇まいで横座りする女は、身体を動かすことなく、首を一八〇度回転させてこちらを見た。

それは、生者には許されない不死者の挙動。

女性の動きに連動するかのように、彼女の周りをとりまく、無数の不死者の群れ——女性の言うところの『お友達』も一斉にこちらを向いた。その種族に統一性はなく、ヒトやワーウルフはもちろん、中には、かつてフラムの部下だったデザートリザードもいた。戦士も、弱者も、賢者も、愚者も、彼女のまき散らす死と冒瀆的な再生の前では、全て平等であった。

「ウグッ。こ、こんにちは、なノダ」

ギガはペコリと頭を下げてから、さりげなく一歩引いて、フラムを前に押し出した。

「邪魔するぜ」

フラムは平然を装ってそう言いながらも、頰が引きつるのを感じていた。

(げっ……。モルテの奴、オレらより先に来てやがったのか。シャムゼーラめ、わざと嫌がらせでオレらをこの場に放り込みやがったな)

シャムゼーラが先ほどあまり絡んでこなかった訳を、フラムはすぐに察した。

シャムゼーラは、彼女の敬愛する魔王の命令にすぐに応じなかった意趣返しに、魔族の誰もが避けるこいつと鉢合わせをさせたのだ。

——魔将の一人、『嫉妬』のモルテは、死霊術の名手として知られている。

青白い肌、黒いアイシャドウに紫の口紅、名工の作った彫像のように整った顔と身体。

フラムには到底似合わないような、フリフリのついた黒いゴシックドレスを優雅に着こなしている。

しかし、そもそも、彼女の容姿を描写することは、あまり意味をもたない。

モルテは気分次第で、すぐに別の身体に魂を移して乗り換える。

今日の彼女の外見と、明日の彼女のそれが一緒である保証は全くなかった。

彼女にとって肉体は玩具であり、交換可能な魂の器にすぎない。

美しいのも当たり前だ。

モルテの肉体の器は、彼女の選りすぐりのコレクションの中から選抜され、時には『改造』も施された特別製なのだから。

まあ、そこまでは問題ない。

伝統的に、死霊術が『嫉妬』の二つ名を冠するのは、自身の産まれ持った肉体に満足せず、常に他者の優れた身体を妬んで欲するが故。死霊術を武器にする以上は、様々な肉体をいじり倒し、その分野で高みを目指すのは、魔族としては当然と言えた。

　モルテがそのようなただの規範的な『嫉妬』の魔将であったならば、他の魔族は、警戒しつつも、一つの力の在り方として彼女を認めただろう。

　だが、彼女はそれまでの『嫉妬』の魔将とは、決定的に違った。

　他の『嫉妬』にあったような『敵意』は、彼女の中には微塵も存在しなかった。

　モルテが他の魔族から忌み嫌われる原因は、ひとえに彼女が『善意で』、他の者をアンデッド化しようとする悪癖にある。

　彼女は初対面の相手に、必ずこう言う。

『お友達になりましょう?』

　この問いに、『はい』と答えた者は、アンデッドになる。

　モルテ曰く、一つの肉体にこだわることは、砂上の楼閣で生活するようなものであり、自殺も同じであった。

　彼女は、『友達』がそんな、いつ死ぬかもわからない脆弱な肉体にとらわれていることが哀れで仕方がないと思う。

　だから、『解放』してあげる。

　望んだ者は、望んだ通りのアンデッドへ。

　望まない者は食わず嫌いで、アンデッドになることの素晴らしさを知らないだけなので、モルテの考えるそいつに『お似合い』のアンデッド用の肉体をプレゼントしてあげる。多少強引でも問題はない。『お友達』からのプレゼントを嫌がる者はいないのだから。

もちろん、この際、アンデッド化された対象に自由意志が認められるかはモルテの気分次第だ。

だが、たとえ自由意志が認められても、もはや後の祭りであることには変わりない。

使い捨てのゾンビならともかく、上級魔族レベルのアンデッドには高度なメンテナンスが必要である。滅びたくなければ、少なくとも自分で自分をメンテナンスできるくらいに死霊術に熟達するまでは、否応なしにモルテと『お友達』にならざるを得ないのだった。

『前より強くなれたのだから良い』

そう割り切る魔族もいる。

確かに、自由意志を許されたアンデッドはただでさえ魔族の弱点である光属性の魔法に激弱になることを除けば、戦闘面で特にデメリットはない。むしろ、筋肉や骨などの身体的な制限を超越した戦闘が可能になるので、強化されるといえるだろう。

だが、もちろん、アンデッド化には代償もある。

多くの、『生』の悦び――肉体に付随する快楽の全てを失うのだ。

すなわち、『色欲』を失い、生物的な繁殖はまず不可能になる。

当然、味覚も失うので、食にこだわるギガがモルテを恐れるのは当然だろう。

フラムも、あくまで『生』あるデザートリザード種族の代表として成り上がりたいと考えているので、モルテのお仲間になるのは御免だった。

ならば、モルテの問いに『いいえ』と答えて、彼女に嫌われればよいか？

もちろん、だめだ。

アンデッドは、軍団単位で見た場合、非常に強力な軍事力である。

本来、死ねばゼロである戦力が、一となり、場合によっては、感染拡大し、一〇〇にも一〇〇〇にもなることがある。

そのアンデッドの統括者たる彼女の協力なしに、大規模な軍事作戦は起こせない。

モルテが味方であるか敵であるかで、魔族内での軍事的なバックボーンは天と地ほど違ってくる。

だから、ある程度から上のレベルの魔族になれば、彼女と上手く付き合っていくしかないのだ。

実際、モルテの魔族としての実力は疑いようがない。

先日の大戦でも、彼女は光属性が優越する戦場で見事に戦い抜いて生き残った。そればかりではなく、敗走後も、彼女が密かに山岳地帯に埋伏させていたアンデッドの奇襲によって、フラムたちは敗残兵を立て直す貴重な時間を得た。

その後、西方の敵と南方の敵に分かれて対処しなければいけないと、あれこれ理屈をつけて軍を分けて、何とかモルテと距離を取ったのであったが――その努力も水の泡だ。

（前の時は、我ながら上手く答えたもんだと思ったが……）

かつて、『竜成り』を果たした時、初めてモルテに興味を持たれたフラムは、同様の質問をされた。

その時、フラムは
『ダチっていうのは、対等じゃねーと成り立たねーとオレは思ってる。悔しいが、今のオレではあんたに遠く及ばない。だから、いつか、オレがあんたに追いついた時に、同じ質問をしてくれ』

と、その場しのぎの返事をした。

その時は、フラムがモルテと同じ魔将の地位に昇り詰めるのは、遠い先の話だと思っていた。実際、フラムの上には、彼女よりも強い魔族が何人もいたのだから、そう考えても当然だろう。その、フラムよりも強い者たちが権力闘争で潰し合っている内に、ひょっこりモルテがやられるようなこともあるだろう、と呑気に考えていた。

だが、思いがけず、その『いつか』が来てしまった。

フラムは、魔将になってしまったのだ。

建前上は同格でも、成りたての魔将であるフラムたちと違い、歴戦の魔将たるモルテは実質的には格上だ。ストレートに戦っても、絶対に勝てない。

今、かつてと同じ質問をされたら、フラムは一体なんと答えればいい？

「ちょうど良かった。今、モルテさんとのお話がまとまったところです。一緒に、お菓子でも摘みながらお話ししませんか」

魔王は、そんなフラムの気持ちを知ってか知らずか、テーブルの空いた席を勧めた。

確かに、四角いテーブルには、ちょうど二人分のスペースが余っている。

断れるはずもなく、フラムは胡坐を掻いて、ギガと向かい合う形でテーブルについた。

「うふふ。せっかくのお茶会に遅れて残念ね。アタシたちのおしゃべりの内容に興味があるでしょうけれど、ごめんなさい。言えないのよ。だって、『親友との二人だけの秘密』だもの。ね？　ヒジリっち」

モルテは宝物を抱きしめるように、魔王のことを指しているらしい愛称を呟いた。

別に聞きたくもなかった。

死霊術師に任せる仕事の内容など、どうせ聞いて楽しい話ではない。

「ええ。モルルン。二人だけの秘密です」

イエーイという掛け声と共に、魔王はモルテとハイタッチをした。

「なあ！　魔王様。これ、食べてもいいのカ？　いいよナ⁉」

ギガが眼前の茶菓子に目を輝かせて問う――と、返答も待たずに手を出した。

彼女は、器の中に入った黄色いスライムのような半固体の物体にスプーンを突っ込んですくいあげると、口の中へと放り込む。

食欲の前には、モルテへの恐怖も、魔王への遠慮も吹っ飛んだらしい。

鈍感なのか、器が大きいのか、ともかく、今はギガのその図太さが羨ましく思えた。

「ええ、もちろん。お二人のために作ったのですから。結構、大変だったんですよ。ヒトの領地から材料を取りそろえてくるのが」

魔王はそんなギガを咎めることなく、鷹揚に答えた。

「んー⁉　なんだ、これ！　甘くて、口の中でふわっとして、でも、それだけじゃナイ！　底に入ったちょっと苦いやつが、甘いのをおいしくしてるんダナ！　魔王様、これなんていう料理だ⁉」

「カスタードプリンといいます。さあ、フラムさんもどうぞ。ギガさんをご覧になればわかる通り、毒も入っていませんし、この程度のもてなしに対価を要求することもありませんから」

魔王がフラムの懸念を見透かしたように言う。

「なんだ、フラムいらないのカ？　じゃあ、ギガにくレ――」

「やらねえ。食うよ」

魔王自身からここまで言われて食べなかったら、それだけで叛意があるとみなされかねない。

フラムは、魔王の言うカスタードプリンを口に運んだ。

こんな緊張した状態では味はわからない――と思ったが、

(確かに、美味い……な)

想像以上の味に思わずスプーンを往復させるスピードが速くなる。

卵と砂糖を使っているのはわかったが、なにをどうやればこうなるのかがわからない。

「そうカー……」

ギガはしょんぼり肩を落とすと、名残惜しそうに器を舐める。

「んー、かわいいわ。ねえ、ギガちゃん。『お友達になりましょう?』」

「嫌ダ! ギガはお前が怖イ!」

ギガは一瞬身体を震わせたが、それでも正面からモルテを見つめて叫んだ。

彼女は全く立身栄達を求めてなどいないので、それでも良いのだ。

「そう。残念だわ……。——ねえ、フラムちゃん。あなたはどうかしら? 魔将就任、心から祝福するわ。これで今のアタシたちは対等の立場よね。お友達になるのに、もはや何の不都合もないと思うのだけれど」

モルテが、首をギギギと回して、フラムを見つめてきた。

(クソッ……。やっぱり覚えてやがったか。アンデッドらしく、脳みそごと腐ってりゃよかったのに)

フラムは返答に窮して、引き延ばしの口実を考えながら、お茶に口をつけて時間を稼ぐ。

「——モルルン。『親友』の前で、こうも頻繁に他の方をお友達に勧誘するのは感心しませんね。誰でも良いのかと思ってしまいますよ」

魔王はすねたように呟く。

「あら、『嫉妬』してくれるの? 嬉しいわ。うふふ」

機嫌を良くしたモルテは再び魔王と他愛ない雑談を始めた。

（た、助けられた……。ちっ。交渉する前から借り一つってか）

魔王が一瞬、自分にアイコンタクトを取ってきたことに、フラムは気が付いていた。

交渉を始める前から心理的な劣位に立たされていることを、フラムは肌で感じる。

「なあなあ、魔王様！　魔王様は、働いたら、なんでも好きなご褒美をくれるって本当カ⁉　プリミラの手紙に書いてあったんダ」

いつの間にかお茶を飲み干していたギガが、魔王の服の袖を引く。

「ええ。もちろん。労働をお願いする以上は、その相手が納得するだけの対価を払う必要がありますから」

魔王が頷く。

「おお！　じゃあナ！　ギガも魔王様のために、いっぱい働くカラ、このカスタードプリンみたいナ、おいしいものをもっといっぱい食わせてクレ！」

ギガは拝むように手を合わせて、魔王にキラキラした視線を送った。

「ふむ。では、こういう契約はいかがでしょう。ギガさんが私のお願いを一つ達成してくれる度に、私もギガさんがまだ知らない料理を一つ振る舞う」

「それでイイ！　魔王様、バンザイ！」

ギガは両腕を挙げて、魔王を称える。

「喜んでもらえてなによりです。ちなみに、お休みの希望はありますか？」

「おいしい物が食べられるナラ、ギガはお休みはいらナイ！」

ギガは即答した。

「勤勉で結構なことです。私としても大変助かります。ギガさんには、ゴブリン用の住居の建設、その食料用の畑の開墾、金属精錬用の炉の開発等、やって頂きたい仕事がたくさんありますので」

「おお⁉　いっぱいダナ！　ギガ、覚えられるカナ⁉」

「詳しい指示はプリミラさんから聞いて頂ければ大丈夫ですよ。それでは、契約書を――」

「わかった！　プリミラに聞けばいいんだナ！　任せてクレ！　やる気になったギガはすごいんだゾ！」

魔王の言葉を最後までに聞かずに、ギガは謁見の間から飛び出して行った。

「……精力的な方ですね」

魔王が苦笑しながら呟く。

「ああ。本当にかわいいわ。『お友達』は無理でも、『お人形』にしちゃおうかしら」

モルテが物欲しそうに指を咥えて、ギガが去って行った方を見た。

『お人形』とは、自由意思のない、ただモルテに使役されるアンデッドのことである。

フラムは感じた寒気を振り払うように、熱を帯びた茶を再び口に含んだ。

「申し上げるまでもないでしょうが、控えてあげてくださいね。今は皆が持てる力を全て合わせなければいけない時ですから」

「わかってるわ。アタシは『親友』を傷つけるようなことは決してしない」

「ありがとうございます。では、モルルン。『お医者さんごっこ』の準備をお願い致します」

「任せておいて。でも、ヒジリっち、アタシ以外の『お友達』を作っては嫌よ？」

立ち上がったモルテは、『嫉妬』の片鱗(へんりん)を覗(のぞ)かせる口調で言う。

「それは大丈夫でしょう。フラムさんは、『親友』より『好敵手』を求めていらっしゃるタイプだとお見受けしました」

「ああ。馴れ合うのは好きじゃねえ」

フラムは魔王に調子を合わせて頷く。

一刻も早く、モルテにはこの場から去ってもらいたい。

「それなら良いわ。じゃあ、また後でね」

モルテは魔王にウインクを一つ送ってから、『お人形』たちを引き連れて、謁見の間を去って行った。

「さて――では、残るはフラムさんとの雇用契約ですね」

「その前に、戦犯の処理はしなくていいのか？」

「ああ、そうでした。その件ですがね。話を始める前に、私は、一つ、フラムさんに謝らなければいけないことがあるんです」

「謝る？　魔王がオレに？」

フラムは目を見開いた。

魔族は格下に謝ることなどありえない。

最強の存在である魔王ならばなおさらだ。

「ええ。ヒトの領地からゴブリン繁殖用の雌を買い付けるために、どうしても現金が必要でしてね。色々なドラゴンさんの巣を漁らせてもらいました。その中には、フラムさんの所有物も含まれていましてね。そのことを謝ろうかと。許して頂けますか？」

何のことはなかった。

ドラゴンには、ヒトの好むような財物を集める習性がある。

なぜかはわからない。一説には、より強者との戦いを求めるが故に、それを引き寄せる餌となる財物を集めることが性になったのだそうだが、眉唾物の話だ。

ともかく、フラムもドラゴンになってから、時折、無性にヒトが好むような、宝石や金を収集したくなる衝動に駆られることは確かだった。

しかし、集めた金銀財宝の類いは、魔族においては直接戦で役に立つような物でもないので、それを奪われたところで痛痒は感じない。

「……必要なことだったんだろ。なら、許すも許さないもねえだろ。仕方ねえ」

「そうですね。仕方がなかった。フラムさんも同じですよね？　フラムさんが責任者の――魔将の地位についた頃には、戦局は覆しようもない状況にあった。しかし、その中でフラムさんは精一杯やるべきことをやった。そうでしょう？」

「そうだが……」

「では、フラムさんも仕方がなかった。もちろん、負けたという結果責任はありますが、私も罪を犯しましたので、これで相殺されたということで」

「……わかった」

金を集めるだけなら、すでに討ち死にしたフラムより格上のドラゴンの巣に蓄えられている財物を接収するだけで十分だったはずだ。

ドラゴンになってから日の浅いフラムが蓄えている財産は、生まれながらのドラゴンのそれに比べてずっと少ない。それでも、魔王がわざわざフラムの巣に踏み入ったのは、敗軍の将たるフラムを『許すための理由』を用意するために、そうしたということになる。

フラムとしては、願ったりかなったりで、ありがたいとしか言いようがないが……。

「魔王様は、それでいいのか？」

「『普通の魔王なら、敗戦を口実に力を取り上げようとするはずなのに』ですか？」

魔王がフラムの言わんとしたことを察したように、口角を上げる。

「ああ。モルテにしろ、ギガにしろ、オレにしろ、力を取り上げるのに十分な理由がある」

「逆に問いますが、それをして、魔族全体に何の得がありますか？　どんなに私が力をつけようと、身体が一つしかない以上、できることは限られている。だから、魔族の滅亡を回避するためには、皆さんには働いてもらわなければならない」

魔王は当然のようにそう言って、肩をすくめる。

「……プリミラの手紙の通り、あんたは他の魔王とは違うようだ」

「そのようです。でも、私にはこのようなやり方しかできない。私は本来、『魔王』ではなく、『部長』なのでね」

「その部長ってやつは知らないが、魔王様が今までのアホ共と違うっていうのはよくわかったよ。――で、オレに何をやらせたい？」

フラムはあのプリミラが魔王のために働く理由が、ようやく納得できた気がした。

この魔王には、『賭ける』価値がある。

そう思わせるだけの説得力があった。

「まずは先ほどギガさんにもお願いした、精錬用の炉への火力供給の補助です。かなり大規模なものでしてね。フラムさん以外に安定的に熱源を供給できる方が見当たらないのです」

「……魔族の鍛冶師は既にいるが、そいつらじゃ間に合わない仕事なのか？」

前線に出た魔族はあらかた死んだとはいえ、戦士が戦場で得た魂の一部を譲渡することを代償に武具を打つ、鉱魔の鍛冶師はそのまま残っているはずだ。

「彼らの持つ小規模な鍛冶場ではスケールメリットが得られない……と言ってもわかりませんよね――とにかく、私がしたいのはゴブリンの軍団用の武器と防具を『大量生産』することでしてね。一点物に心血を注ぐ彼らとは、似ているようで全く別の仕事なんです。彼らのプライドを傷つけるようなこともしたくないですし、鍛冶師の皆さんには、今まで通り、中級魔族以上の方々へのワンオーダーの品を作って頂きます」

「ゴブリンの兵士全員に、統一した装備を与えるつもりなのか？　一〇や二〇の話じゃねえんだろ？」

「驚くことがありますか？　兵士は装備がないと戦えないでしょう」

「そうだ――だが、先の大戦でも、ヒトの雑兵が持っていた武器はバラバラだった。防具に至ってはつけてる奴の方が少なかったぞ。ヒトは、身体の雑魚さを武器と数で補ってきた奴らだ。そんな奴らでも、雑兵の装備までは手が回ってなかったんだぞ？」

「なるほど。もっともな心配ですが、結論から言うとできます。理由は三つ。その一、魔族はヒトよりも長時間働ける。その二、下級魔族には報酬を支払う必要がないので、ヒトの工場に比べて生産コストが安い。そして、その三、『彼ら』はまだ知らないことを、私は知っている。もちろん、フラムさんが熱源を供給できる前提になりますがね」

魔王は、フラムの疑問を意に介さない様子で言う。

こうも当たり前のように言われると、本当にできるような気がしてくるから不思議だ。

「そりゃ、力をコントロールして火を供給することくらいはできる……が、今は冬場だし、オレの力は十全とはいえない。あんまりでかい箱だと、魔力が足りなくなるかもしれない」

フラムは正直に白状した。

魔族の価値観的には弱みは見せたくないが、見栄を張って魔王に隠し事をしても、最終的には権能で強制的に答えさせられるのだから無意味だ。

「必要な分の魔力は私が譲渡します。プリミラさんにもそうしました」

「……なら、何も言うことはねえ。やるよ」

「よかった。もう一つやって頂きたいことは、ゴブリン軍団の教練と指揮です。彼らを、半年以内に——いえ、出兵の刻限も考えると五ヶ月以内には、軍隊として、使えるようにしてもらいます」

「……手紙にも書いてあったが、本当にゴブリンを兵士にするつもりなのか？　無礼を承知で言うが、身体はともかく、性根が兵士向きじゃねえ。あいつらの性悪さを魔王様は知ってんのか？」

「知識としては理解しているつもりです。すでに、シャミー——シャムゼーラさんに、神官衆を使って、ゴブリンの洗脳と再教育を試してもらっていますが——おっしゃる通り、中々手ごわいですね。新しいゴブリンを生産した暁には、すでにいるゴブリンとは完全に分離して、既存のゴブリンの価値観や習俗に染まらないように徹底するつもりです。まっさらな状況から仕込めば、なんとか使い物になると思うのですがね——ヒトの世界には『学校』というものがありましてね。ご存じですか？」

「知らないが、兵士として素質が保証されるっつうんなら、問題ない。オレが部下のデザートリザード共と一緒に、ゴブリン共を教育してやる」

「ええ。早速、と言いたいところですが、まずは、フラムさんも含め、少々お勉強して頂く必要があります。ちょうど、ゴブリンのファーストロットの製造完了までには一ヶ月近くあるので、学習する時間はあるでしょう」

「オレたちじゃ、指揮官としては不足ってことか？」

フラムは不機嫌を隠せず、そう問いかけた。

フラムにも、脳筋ばかりの魔族の軍において、集団として生き抜いてきた誇りがある。

「はっきり申し上げるならその通りです。例えば……フラムさん。先の大戦、どうすれば勝てたと思いますか？　仮にあなたが、全軍を指揮できる立場にあったとしての話です」

「……勝てた——かはわからないが、斥候を出した時点で今までの敵との違いに気づいて山岳地帯まで退けていれば、少なくとも兵に損害はなかっただろうな。ま、実際は、当時の魔将共が納得するはずねえし、戦闘は避けられなかった。だとしても、全員で一斉に突撃っつうのはナシだ。下級と中級の魔族共を突っ込ませて様子見、魔将クラスは後陣でそいつらを援護する。アンチディスペル空間じゃあ攻撃魔法は使えねえが、あの雑兵共なら、それこそ群れに巨石を放り込むだけでも十分ダメージは与えられるからな。んで、後衛の魔将と前衛が協力してヒトの英雄を食い止めて、何とか騎兵に外から回り込まれるのを押さえられてたら、少なくとも大敗はない。引き分けか、惜敗ってとこだ」

フラムは魔王の問いに、すらすらと答えた。

「ふむ。前者の場合は、結局、戦線が後退し、敵は無傷の軍隊を使って、易々と今回と同じ地域を占領できますね。さらに余力を駆って、ちょっとした砦くらいは築いて、侵略拠点を確保していたでしょう。つまり、敵は戦略目標を達成する。その後は——敵が馬鹿正直にすぐに突っ込んできてくれれば、こちらにも勝ち目はありますが、そうでない場合、支配する領土の面積の差から、ヒトは勢力を増し、魔族は徐々にジリ貧となる。後者の場合は、微妙なところですね。現状よりは多数の兵力を温存できた可能性もありますが、中途半端に戦えてしまったことで、撤退の機会を逸して、戦線が拡大する。結果、さらにまずい状況になっていた可能性もあるかもしれない。仮に全て上手くいって勝ち続けたとしても、中級・下級の兵士を相当に損耗しているので、ヒトの領土を占領し、統治するのは難しい状況だったかと思います。つまり、得るものは少ない」

魔王も即答する。

「……魔王様の言う通りだよ。多分、あのバカ共は、互角か、それ以下の戦いでも、ちょっとでも勝算がありゃ、イケイケで突っ込んで行っただろう。その場合、ヒト共の軍勢は、多分、撤退するフリして軍勢を立て直して、そこに調子に乗ったオレたちが突っ込んで——結局、同じ結末だろうな。ヒトの領地に近づけば近づくほど、敵は色んな小細工を仕込めるんだし」

フラムは素直に頷いた。

魔王の分析は、フラムが敗戦後に考えたこととほぼ同じだった。

「認識を共有できたようでなによりです」

「……じゃあ、オレからも聞かせてくれ。同じ条件ならあんたなら勝てたか？」

「はい。私なら、オーガは歩兵とは交ぜません。あれは、ヒトで言うところの、騎兵として運用すべきです。知能が足りないというなら、オーガにコボルトなり、ワーウルフなりを騎乗させて、指示を出させる形で運用すればよかった。守勢にあるこちらは地の利を生かせるのだから、地形を利用してオーガを埋伏させ、逆に敵の後方に回り込むこともできたでしょう。先の大戦のレポートを聞く限り、オーガは歩兵として役に立っていないどころか、味方の邪魔になっていたようですから、彼らがお荷物から決戦兵器に変貌するだけで、戦局は大きく変わっていたでしょう」

「オーガを馬代わりにするだと⁉　それは無理だろ！　オーガはコボルトの上位種だぞ？　ワーウルフとオーガはどっちも中級魔族だが、ワーウルフは『中の中』、オーガの方が『中の上』で上だ。自分より下の魔族に上に乗られて、従う魔族がいるかよ！」

フラムは声を荒らげてそう反論した。

二足歩行——通称『鬼型（おにがた）』が歩兵の中心となるが、その進化の過程は細分化されている。ゴブリンの上位種がコボルトで、ここまでが下級魔族。コボルトの上位種はオーク、その次がオーガで、ここまでが中級種族。その次は、ギガンテスなどの上級種族へと続く。

一方、ワーウルフは、一見、二足型に思えるが、厳密には四足型の魔族である。

下級魔族の魔狼から、中級魔族のワーウルフへと進化、後は全て上級魔族で、ケルベロス↓フェンリルといった具合で進化していく。

ちなみに、リザード系は特殊で、下級魔族はおらず、『デザート』、『フロスト』など、属性ごとの違いはあるものの、生まれた時から中級魔族である。ちなみに、上位種はもちろんドラゴンだ。

ともかく、魔族は自身が『上』か『下』かにとても敏感なのだ。

「そうですね。その下級・中級・上級、進化といった概念が、あなたたちの柔軟な軍団編成を邪魔していたようです。その偏見を取り払って、ゼロベースで軍団編成を考え直せば、我々はさらに強くなれることでしょう。今までは因習もあって無理だったかもしれませんが、幸い、うるさ型はみんな死にました。しかも、魔王の権威によって、いくらでも強権的に軍政を改革できる状況にある。滅亡を前にして、やらない理由がありますか？」

「……返す言葉もねえよ。魔族は実力主義だ。仮にあんたの言う、ゴブリン軍団が結果を出せば、魔族の価値観はひっくり返る。最弱の種族が、魔族の最強の軍になるんだから。全ての魔族が、個人の力じゃ何もできないと知るだろう」

フラムは喉のつっかえが取れた思いだった。

抱いていた『魔族はもっとやれるのに』という漠然とした感情を、言葉にしてもらった気さえしていた。

　魔王の示す世界は、フラム個人にとっても魅力的だった。

　集団が価値を持つということは、それを動かすことのできる人材——指揮官の価値もあがるということだ。

　その役割を担えるのは、現状、フラムとフラムの部下しかいない。

　魔王の言葉が実現した暁には、リザード族全体の価値を示すというフラムの目標は、期せずして叶うこととなる。

　魔王の提示する世界では、フラム個人が頂点を目指す必要はもうないのだ。

「その通りです。そして、集団の力を発揮できる軍にするために——魔族全体を強くするために、私はフラムさんに知識を学んで頂きたいのです——などと偉そうなことを言いましたが、私は将軍ではないのでね。正直、私がフラムさんにお伝えできるのは、経営学史上で重要な軍隊の組織論と、いくつかの有名な戦史など、基礎的な軍学の知識だけなのです。それも、異世界の知見ですから、机上の空論で、実践的なものではない。現場で擦り合わせをするフラムさんが一番大変だ。それでも、私はあなたにお願いするしかない。適任は他に誰もいないからです。いかがでしょう?」

　魔王はそう言って、長口上で渇いた口を潤すように茶を口に含んだ。

「やるさ。やらない理由がねえ。そもそも、感情的にも、オレはヒト共に舐められっぱなしっつーのは許せねえしな」

フラムは握りこぶしを作って、そう宣言する。

「良かった。これでようやく報酬の話に移れる」

魔王はほっとしたように大きく息を吐き出すと、フラムに微笑みかけてきた。

「報酬？　オレに魔力をくれて、戦い方も教えてくれるんだろう？」

普通なら、魔王の莫大な魔力を譲渡してもらえるというだけで、魔将ですら忠誠を誓うだろう。

それに加えて、魔王は本来秘匿しておくべき知識まで惜しみなく与えてくれるというのに、これ以上何を望もうか。

「それらは業務上で必要なことなので、報酬にはなりません。私がフラムさんに期待する役割は、この上なく大きい。国家の要たる軍権を預けるのですから、その重要性たるや、内治の要たるプリミラさんと双璧を成すほどです。ですから、私はあなたにも個人的な報酬を受け取って頂きたい。報酬を受け取るということは、責任を負うということにもつながるからです。私は小心者でしてね。報酬を受け取らない仕事という物を、信用できない」

「……そう言われてもな。現状、魔王様の言う目標と、オレの目標は一致している。特に欲しい物はねえな。強いて言うなら、部下とオレに良い装備を――とか考えなくもねえけど、それも、魔王様に言わせりゃ、『業務上必要なこと』か？」

「そうなりますね。難しく考えなくてもいいんですよ。フラムさんの将来の夢――やりたいことは何ですか？」

「夢？　オレの目標は魔族のトップに立って、リザードマンという種族全体を盛り立てることだ」

「それは、フラムさんが『やるべきこと』であって、『やりたいこと』ではありませんよね。私が知りたいのは、フラムさん個人の欲望です。あるでしょう、あなたにも、趣味の一つや二つ」

「……やけに自信満々に言ってくれるじゃねえか」

「――フラムさんの巣には、素敵なアクセサリーがたくさんありましたね。髪飾りに、イヤリングに、ネックレスに、指輪に――どれも、中々、良いセンスだと思いました」

「ちっ、そういうことか。初めから知ってて言ってやがったのか！　ああ、そうだよ。オレはどうやら、かわいい物が好きらしい。……笑えよ！　こんなナリしてまるでヒトの小娘みたいで滑稽だってよ！」

フラムは頬に熱を感じながら俯いた。

日頃はかわいい物への欲を抑えているのだが、ドラゴンの習性である収集欲が爆発した折には、どうにも『地』が出るらしい。

フラムはヒトから略奪する時、自分でも無意識的に、そういった飾り物の類いを集めていた。

ドラゴンの習性か、一度集めた財物を捨てることには異常な抵抗を覚え、仕方なく幾重にも爆発性のトラップ魔法をかけて巣の奥の奥の奥の宝箱に隠しておいたのだが、魔王には見破られていたらしい。

「何を笑うことがあるのですか。フラムさんには他の女性の方と同じように着飾る権利がありますし、そうするべきだと思いますよ」

魔王は真剣な表情で言う。

「似合わねーっつってんだろ！　オレがシャムゼーラみたいなかっちりしたドレスを着たらオーガに化粧させたみたいに変ちくりんになる。かといって、『色欲』のサキュバス共みたいなダルッとした服を着たら薄汚れたヒトの物乞いみたいになるんだよ！」

「なぜそう決めつけるのですか？　服にも色んな種類があり、着こなし方にも様々なアレンジがありますよ。フラムさんの背格好は、私の元いた世界では『モデル体型』といって、女性が皆憧れるフォルムでした。プリミラさんも背が高くスタイルが良いですが、あまり胸が大きすぎると服を選ぶので……そういう意味では、あなたはファッションに恵まれているとさえ言える」

「服を選ぶどころか、オレには着れる服がねえよ。オレの身体から出る熱で、大抵の布なんてすぐ燃えちまう」

フラムは遠い目をして言った。

「開発すればいいでしょう、防火性の繊維を。現段階でも、耐熱性と延性が高いミスリルやらオリハルコンやらを薄く加工すれば、服は作れるはずです」

「おまっ！　何言ってんだ！　高級品のミスリルや宝物のオリハルコンで、戦の役にも立たねえ服を作るなんて！　そんな無駄で、盛りのついたヒトの娘みたいなこと……」

魔王の提案は、フラムの中には存在しない発想であった。

金属とは武具にする物であって、断じて服にする物ではない。

「何が問題ですか？『傲慢』も『強欲』も『色欲』も、魔族の美徳でしょう。魔将であるあなたがその程度の贅沢をしたとしても、誰が咎めます？」

魔王の言うことは、魔族的には完全に正論だった。

しかし、急にそんなことを言われても、『はい。やります』と言えるほど、フラムは素直になれない。

ぶっちゃけ恥ずかしいのだ。

「くっ――そんな余裕があるなら、オレは部下の装備を全部高級品にするぜ」

「そうしたとしても、金属が余るから申し上げているのですが……。ふう、中々頑固な方だ。どうやら、フラムさんは、まだご自身の魅力に気付いていないようですね。――そうでした。実は、言い忘れていましたが、フラムさんにもう一つお願いしたい仕事があったんです」

魔王は一瞬呆れたように肩をすくめながら、キリッと表情を仕事モードに切り替えて、そう切り出した。

「あ？　仕事？」

「ええ。先にも申し上げた通り、しばらくの間、上級の鍛冶師の方の一部は、手持ち無沙汰になると思うんですよ。なにせ、彼らの顧客であった上級魔族が軒並み死んでしまったんですから。鍛冶師の方々には中級以上の魔族の装備を作ってもらいますが、中には『そんな安い仕事はしたくねえ！』とおっしゃる方々もいると思うんです。フラムさんと同じく、頑固でクリエイティビティに溢れた方たちが」

「確かにいるだろうな」

魔族の鍛冶師の中でも、一級の者たちは変にこだわりが強いというか、気に入った仕事以外は受けないようなところがあった。彼らはルーティーンのように似たような武具を何度も作る仕事は嫌がるだろう。

「フラムさんは、そのような方たちと一緒に、新たな服を開発してください。条件は『機能的でありながら、ヒトが見ても美しいと思える服』です。服といっても、モデルが必要ですし、誰が着るかのイメージが漠然としていては仕事になりませんから、まずは、フラムさんがご自身に似合う服を作ってみてはいかがでしょうか。もちろん、軍の仕事に支障が出ない範囲で余裕のある時に、ですよ、当然」

「……魔王様、馬鹿にしないでくれ。そんな見え見えのお膳立てをされて、魔族のために必要じゃねえ仕事をお恵み頂いてもなあ、オレは喜べねえよ」

「いえ。恵むとかではなく、本当に必要なことなのですよ。私たちはいずれ、ヒトの勢力と戦争ではなく、外交という形で交渉を持つことになるでしょう。その時までに、魔族もヒトが驚嘆するような『文化』を持っていたいんです。現状、ヒトと魔族は接点が薄すぎるので、少しでも共通言語となる物を確保しておきたい。軍事力がいくらあっても、野蛮人と見下してくる者は一定数いるでしょうからね」

魔王の言っていることを、フラムは半分くらいしか理解できなかったが、それでもその言葉を額面通りに受け取るほど、愚かではなかった。

魔王は『必要だ』と言ったが、『あったらいいが、なくても何とかなる』程度のニュアンスであろう。

それでも、全く無駄な仕事ではないということは確からしい。

「――し、仕事ならしょうがねえな。魔族使いの荒い魔王様だが、付き合ってやるよ」

フラムは照れ隠しのぶっきらぼうな口調で答え、頷く。

それは、フラムの欲望と矜持のボーダーラインぎりぎりをついた、とても魅力的な提案であった。

(こいつにゃ、敵わねえ……)

フラムは目の前の男に敗北感を覚えていた。

『魔王としての力』にではない。

フラムは決してただの武力には屈服しない。

今までにも、フラムより強い者はたくさんいて、その中で生き残ってきたのだから、ただの力ならば、『いつかは越えられる』と考える。

知識？
半分はそうだ。
この男は、フラムの知らない、集団を支配するのに必要なことをたくさん知っている。
今のフラムにはないものを持っている。
なら、この男の持っている知識を全て盗めば勝てるか？
今のフラムには、とてもそうは思えなかった。
フラムがこの男に敗北感を覚えたのは、なによりも『相手を動かす力』にあった。
服従ではなく、協力を得る手腕。
強引ながらも反発を受けずに、周囲を巻き込んで動かす力。
恐怖で統治する魔将とは違う。
仮初の正義で酔わせるヒトの英雄でもない。
彼を表現する適切な言葉を、今のフラムは持たない。
それでも敢えて何か当てはめるなら――
（それが『部長』ってやつなのか？）
最初に魔王が口にした、フラムの知らない謎の単語がふさわしい気がした。
この男を越えるには、学ばなければならない。
知識だけではなく、その思考や振る舞いの全てを。
「ありがとうございます。では、フラムさんが納得されたならば『報酬なし』で契約しましょうか」

魔王は本当にうれしそうに微笑む。

「ああ……。いや――、一つあったわ。オレが魔王様に望む個人的な報酬が」

「ほう。それはどのような？」

「魔王様、あんたのことを『師匠』って呼んでもいいか？」

「どうぞ。お好きなように」

魔王はにこやかな表情のまま頷く。

「じゃあ、ま、よろしく頼むよ。師匠」

フラムは早速、自分だけに許されたその新しい名称で男を呼ぶ。

それは、魔王という魔族全体が服従すべきお仕着せの権力ではなく、フラム個人が聖という個体を『上』であると認めた証であった。

「『強欲』のレイが、暇つぶしに魔王様の顔を見に来たよ」

「『色欲』のアイビス、参上したのじゃ」

直後、謁見の間の扉の先から聞こえる、二つの声。

(これで、七魔将全員が揃ったって訳か)

魔族の歴史が、今、この瞬間に大きく動き始めたことを、フラムは肌で感じていた。

＊　＊　＊

「さて、では、魔将の皆さんが揃ったところで、まずは我々の今後の方針を共有したいと思います。我々の当座の目標は魔族の滅亡の回避です。そのために、まずは東部の地域を攻略します。――三方面と同時に戦うのは無理ですし、今の領地の規模では魔族の生存を確保するだけの国力を維持できませんから。ここまではよろしいですね？」

聖は謁見の間にしつらえられた円卓に居並ぶ七人の魔将を見渡し、そう確認する。

こうして、魔将全員と雇用契約を結び、協力を取り付けることができたのは素直に喜ばしい。

かつて日本で世界の景気を左右しかねないようなビッグプロジェクトを動かし始めたあの時と、似たような高揚感を感じていた。

「まあ、ヒトの国の中では、一番、東の奴らが弱い。西と南は敵も強えし、間に山脈を挟んでるから、軍隊が行き来しづらいしな。東にもでかい川があるが、山よりは全然マシだ」

フラムはそう言って、賛同する。

「……現在も国境線近くの河川の多くはワタシの配下が掌握している。冬季でも渡河には支障がない」

プリミラが補足するように言う。

他の魔将も、特に反対はなさそうだ。

「一応、確認しておきたいんだけど、占領しても、なるべくヒトは殺さないってことでいいんだよね？　ほら、ボクたちの――魔族の戦争って、皆殺しが基本だからさ」

『強欲』のレイが、頭に被ったシルクハットをクルクルと回して弄びながら呟く。

マジシャンが着るような燕尾服に、それとは不釣り合いな武骨な皮の外套を羽織っている。魔将の中では小柄な方で、ギガの次に背が低い。

その外見を一言で表現するなら、『旅する男装の麗人』といったところだろうか。

事実、彼女は風属性の魔法が得意なことを利用して、ジェット気流に乗って世界中を飛び回って旅をしており、その世情に対する知見は魔将の中でも卓越していた。

「はい。東部地域の敵組織は一枚岩ではありません。なので、取り込める余地がある。私たちと積極的に対立した勢力は滅ぼしますが、そうでない勢力は残してそのまま利用します。完全に東部地域を全て掌握して、彼らを従属させられればそれが理想ですが、侵攻にかけられる時間を考えると現実的ではないでしょう。ある程度の領地を確保した上で、彼らと停戦条約と通商条約を結べれば、ひとまずは上々です」

「ヒトと交渉なんてできるのカ？　あいつら、ギガたちを見たら、何もしてなくても、殺そうとしてくるダロ？　殺すか、殺されるかじゃないノカ？」

ギガが首を傾げる。

「ほほ。これまでの『神徒』や『騎士』の振る舞いを思えば、そう考えてもやむを得ぬと思うがの。『冒険者』の国は違うのじゃ。あやつらは『金』次第でなんとでもなる。なんせ、その都には、わらわの眷属たるサキュバスの娼館があるくらいじゃからの」

『色欲』のアイビスが、妖艶な笑みを浮かべてギガの疑問に答える。

彼女は着物のような帯で締めるタイプの服を、しどけなく着こなしていた。

その胸元には、山茶花にも似た、毒々しく、されど目を奪われずにはいられないような入れ墨が逆さに彫られている。その毒花は、彼女を目にした者の視線を自然とその奥に秘されたもの――豊満な乳房とくびれのはっきりとした下腹部に至るように設計されていた。

言わずもがな、彼女もサキュバスである。

サキュバスは、人の精を貪るというその性質上、ヒトの常識にも詳しいのであった。

「ええ。そもそも、魔族は相手の軍事的な戦力にしか着目しておりませんでしたから、『冒険者の国』と呼んでおりましたけど、あれの実体は『商人の国』ですもの。何人かの有力者によって秩序が保たれていても、暗闘もありますわ。脅して利益を示せば、必ずなびく者はいるに違いありません」

シャムゼーラがどこか小馬鹿にしたような口調で言った。

「ええ。ですが、交渉するにも、こちらが彼らに対して、対等、もしくは有利な状況に立たねば話は始まりません。現状、『冒険者』は、『神徒』と『騎士』と、同盟――といえるほどは強固なものではないようですが、協力関係を結んでいます。魔族と休戦することは、『騎士』や『神徒』の不興を買う行為ですから、彼らを動かすには、相応(そうおう)の圧力をかけなければならないでしょう」

「うふふふ。結局、戦争をするのでしょう？　いい『お人形』がたくさん手に入ると嬉しいわ。先の戦いでは、誰かさんのせいで、魂が足りなくて、あまり遊べなかったもの」

モルテはそう言うと、恨みがましい目でシャムゼーラを見つめた。

モルテは、魔王召喚に大量の魂を使ったことを言っているのだろう。

「あら、ワタクシのおかげで、偉大なるお父様がいらしてくださったんですのよ？　感謝されこそすれ、恨(うら)まれる筋合いはありませんわ」

シャムゼーラは悪びれることもなく、鼻を高くした。

「内輪揉めなら外でやれ。とにかく、東を攻めるっつうなら、何とかしなきゃいけねえのは、『アンカッサの街』だ。あいつらの前線拠点で、冒険者がうじゃうじゃいて、要塞(ようさい)化(か)もされてる。籠城(ろうじょう)されたら面倒だぞ。オレたちゃ、雪解けして『騎士』と『神徒』が攻めてくる春が来るまでにガンガン進軍しねーといけねーんだ。だから、スピード勝負なのによ」

フラムがそう懸念を表明する。

「……籠城はない。あそこの要塞は、あちこちが崩れてまともに機能していないから。……すでにこれまでの戦いでワタシが洪水を起こして、西と南の城壁の一部は壊したし、そもそも、街の貧民街区域は関税を誤魔化（ごまか）すために城壁に抜け道をいくつも作ってる」

　プリミラがそう功績を主張する。

「抜け道は大軍を展開するには無意味だろ。西と南の城壁は直されちまうんじゃねーか？」

「……ワタシが水路を封鎖して、近隣の森や山を支配して建築物資の調達を困難にしている以上、それは容易ではない」

『商人の国』なんだろ？　まだ生きている陸の道から運び込めばいいじゃねーか」

「……金は無限に湧く訳ではないし、陸路で運べる物量には限界がある。現状、敵は食料の運搬を最優先にしている。アンカッサの街には、西と南から大量の冒険者が流入した影響で、生活物資の消費量が増大しているから」

「けどなあ……」

（よく勉強してますね、プリミラさんも、フラムさんも。優秀です）

　聖は、プリミラとフラムの丁々発止のやりとりを、満足げに見つめていた。

　数日前までは、『金』という概念を理解しているかも怪しかったが、聖が基礎的な概念を教え、教科書――魔法で羊皮紙に転写した聖の知識を与えただけで、もうここまでの知見を得ている。

「ふむ。砦の件は、プリミラさんの肩を持たせてもらいましょうかね。八割以上の確度で、敵は砦の補修はしません。彼らは商人で、もう『次』を見据（みす）えているんですよ。私たちが滅びる前提で動いてる。彼らは領土を拡大し、新たに獲得した領地――現在の私たちがいるような所に、前線拠点を作る予定なんです。もうすぐ用済みになる砦に、投資をする理由はありませんよ」

聖は頃合いを見計らって口を挟んだ。

「わかった。師匠がそう言うなら、信じるよ。だけど、たとえ要塞自体は中途半端でも、堀やら柵やらは周りにあるんだ。敵さんにとっちゃ、大軍相手に打って出るよかマシだろ？　それだけでも、オレらが攻めるには結構きついことになると思うぜ。ゴブリンの軍隊が仕上がったとして、その力が一番活かせるのは平原での決戦だ。奴らを引っ張り出せるか？」

「……問題ない、と思う。……『冒険者』は、『兵士』ではない。指揮官がいないから統一された動きは苦手だし、じっくり耐えるような守備戦は無理。絶対に攻勢に出る。……そもそも、冒険者は獲物を狩った後にその一部――耳や首などの『討伐の証』を持ち帰らないと報酬がもらえない」

フラムの疑問に、プリミラが応ずる。

「ボクはそれは早計だと思うよ。冒険者にはギルドという物があってね。成果報酬ではなくて、固定で報酬を払う『緊急クエスト』っていうシステムがあるんだ。商人が多めに報酬を出せば、戦うはずさ」

レイが口を挟む。

「……『緊急クエスト』は知っている。でも、ワタシの経験上、今まで守勢でそれが発令されたことは一度もない。……それはおそらく、防衛戦で『緊急クエスト』を発動すると、『冒険者』はなるべく怠けて楽をしようとするから。下手をすると、手を抜いて防衛戦を長引かせて、余計に報酬をせしめようとすることすらあるかもしれない。……それならば、敵は緊急クエストに回す金を、大将首の魔族への懸賞金に回した方がいいと考えるはず。——今回ならば、フラムに懸賞金をかけて、突っ込ませた方が、冒険者同士に競い合う誘因が生まれるから。……ちなみに、スライムカイザーは実際にそれでやられた。ワタシにも懸賞金がかけられた」

プリミラは滔々と語る。

「おお、なんか知らんが、プリミラってこんなに喋れたんだナ」

「『怠惰』が言うと説得力があるわねえ……」

「——実際、『冒険者』と戦ってきたのはプリミラたちだからな。これ以上言うとオレが臆病になっちまうか」

他の将たちはそれ以上反駁することはなかった。

論理・経験・実績、その全てにおいて、現状プリミラは優越しているので、当然の成り行きとも言えた。

「議論がまとまったようですね。私の見立てでも、現状、七割～八割、敵は打って出ると思っていますが——そもそも、皆さん、忘れてませんか。籠城のために必要な物——

ヒトが生きるために必要なものを」

「食料。……ヒトが籠城するには食料がいる。水――は魔法で作られてしまうから、どれだけ制限しても干上がらせるのは難しいけど、食料は直接魔法では生成できないから、攻略に使える」

幾人かの魔将がぽかんとする中、プリミラが即答した。

「……そっか。あいつらは基本、ゴブリンに毛が生えたようなもんなんだよなあ。ヒトには馬鹿みたいに強い奴がいるから忘れがちになるけどよ」

フラムが納得したように呟く。

上級魔族ともなると、食事をしなくても余裕で生きていけるので、どうしてもそこらへんの認識が甘くなりがちだ。

「その通りです。現在、大陸全体で食糧が不足しています。『騎士』と『神徒』の領地では、重税による逃散や徴兵により農民が減り、農地が荒れ果てて、収穫量が低下していますからね。当然、食糧の値段も高騰しています。籠城のための食料の備蓄も、どうしても少なくなりがちです。――そうですね？　アイビス」

聖は『色欲』の名前を呼び捨てした。

聖は本来、部下であっても敬意を払うために『さん』をつけるが、敢えて呼び捨てにするのは、彼女との雇用契約が関わっている。

「うむ『兄上』。わらわがアンカッサの街から得た情報によれば、本来、三ヶ月分は備えておくべき食糧が、一ヶ月分しかないそうじゃ。それも、『今までの街の人間の数』ならばの話じゃ」

「はい。そういう訳ですから、単純計算で西と南の分の冒険者が流入して、消費人口がかつての三倍になっているとすると、一〇日ももちません。まあ、実際は三倍よりはもう少し少ないので、半月、といったところでしょうかね」

聖はアイビスの言葉を継いで言う。

「納得したわ。そりゃ籠城しねーよな」

フラムが頷く。

「おー、ご飯食べないと元気出ないからナ。それにしても、よく街に入れたナ。ギガも昔、なんか美味い物がないかと思って、土掘ってアンカッサの街に入ろうとしたけど、結界に弾かれて、敵に見つかって死にかけたゾ」

「いくら『アンカッサの街』が怠慢とはいえ、魔族の侵入を許すとは思えないのですけれど。戦時中ですわよ？」

「誰も魔族を潜入させたとは言っておるまい？　言うたじゃろう。わらわは『冒険者』共の都に娼館を持っておると。支払いのツケが溜まっておる冒険者の客の一人や二人、当然、おるのじゃ。一応言うておくが、情報を仕入れた後は、わらわの配下のサキュバスを使って腹上死させてやった故、敵に気取られていることはあらぬぞ」

シャムゼーラの疑問に、アイビスは艶笑(えんしょう)した。

「そういう訳で、敵はほぼ必ず打って出てきます。もっとも、これから食糧を大量に補充されるという可能性もあるので、さらに備蓄を減らすためのダメ押しはするつもりです。そのための作戦は、すでにアイビスとレイさんに伝えてあります」

「任せてくりゃれ。わらわの幻想魔法は、必ず兄上のお役に立つのじゃ」

「まあ、おもしろそうな作戦だからね。ボクも付き合ってあげるよ」

アイビスが頷き、レイが気取った仕草でシルクハットを取って一礼する。

「後は――ゴブリンの軍が仕上がってきたら、試運転として隊商を襲わせるのもいいでしょう。もっとも、敵の警戒を招かない程度に、ですが。フラムさん、いかがですか?」

「ああ。実戦は大事だ。ま、ゴブリン辺りの下級魔族が雑魚そうなヒトを襲うのはよくあることだから、バレねーだろ。むしろ、全く襲わせない方が相手に変に勘繰られるだろうしな」

フラムが賛同の意を示す。

もし聖がおらず、ゴブリンが統率されないまま放置されていたら、魔族内では最弱に近い彼らは近場の餌を求めて、アンカッサの街周辺を襲いに行っていたことだろう。

『魔王軍は何も変わってない』ということを示すブラフも必要だ。

「よろしい。これで、大体、侵攻計画のあらましは完成しましたね。実際に進軍する際には、シャミーとモルルン以外の魔将の皆さんには、戦場に出張ってもらうことになると思います。その際、総指揮官はフラムさんで、プリミラさんを副官とします。なお、残留組のシャミーが兵站部門を担い、モルルンはアンデッド軍団を使って、抜けた労働力の穴を補って各種設備を維持し、また最低限の周辺警備をする任務につくことは言うまでもありません――」

　シャムゼーラの配下の神官は、魔法の研究に秀でた者や資料編集に従事していた者など、文官が多いので戦場に連れて行ってもあまり役には立たない。戦場で使えるタイプの神官は、ほとんど先の大戦で死んでしまったからだ。

　一方、モルテの死霊術は強力だが、戦場においては敵に真っ先に警戒されるタイプの魔法だ。そのため、あらかじめ攻撃されることを前提に作られている前線の拠点では執拗な対策がされており、その真価をあまり発揮できない。

　それが、二人の魔将が残留組に選ばれた消極的理由であった。

「――そして、開戦までにそれぞれがすべき仕事は……すでに割り振りましたね。――皆さん、何か、質問はありますか？」

　そこで聖は再び一同を見渡して問うた。

「一つ、いいかい？　本当に、ボクたち魔将がほとんど出てしまっていいのかい？　侵攻中、魔王城はほぼもぬけの殻だ。万が一、強襲を受けたら、どうする？」

　レイが懸念を示す。

「良いも何も、仕方ねえだろ。守備と攻撃両方に兵を割く余裕はねえ。もちろん、上級・中級魔族がごっそり死んだ今、魔法の上手い魔将を腐らせておく手もねえ。少なくとも、最初のアンチディスペルの撃ち合いには絶対に負けちゃならねえんだからよ」

フラムが即答する。

「その点は認める。無論、本来、普通の魔王なら、単身魔王城に残っていても、何の問題もないと思うよ。魔王は、魔族最強の存在だからね。だけど、ボクたちの御大将は違うだろ？　『効率的だから』といって、ボクたちに魔力の大部分を譲渡してしまっている。今の御大将は、せいぜい上級魔族数体分の力しかない」

「ワタクシも、その点は危惧しておりましたわ。お父様は魔族全体の要です。どうかご自愛くださいませ」

シャムゼーラが熱っぽい瞳で聖を見つめてくる。

「……業務の遂行に必要なことなのですよ。私は不眠不休で働ける身体を維持できる魔力さえあれば十分なのです。それ以上の魔力は必要ない。――皆さんは、ヒトの英雄に、私の魔力なしで勝てると断言できますか？」

「……できない。はっきり言う。ワタシたちは、今までの魔将に比べて『弱い』。その上、今の東部には、手練れの冒険者が集結している。強者もそれだけ多い。ヒトの強者は、魔族の強者であるワタシたちしか止められない。もし敵の英雄クラスの冒険者を止められない場合、たとえこちらが大軍を擁していても、戦況をひっくり返される可能性がある。実際にそうなった例は枚挙にいとまがない」

プリミラがはっきりと言い切った。

「んー？　みんなが何を心配してるか、わからないノダ。敵が軍隊を動かしたら、絶対わかるダロ？　たくさんのヒトが山を越えるのは、時間がかかル。その間に、ギガたちが戻ってくればいいだけじゃないノカ？」

「はあ。察しの悪い方ですわね。ワタクシたちが心配しているのは、『勇者』の件ですわよ」

首を傾げるギガに、シャムゼーラは溜息と共に吐き捨てた。

「ああ、『勇者』の件じゃの。ギガ――お主も感じたじゃろ？　魔王の召喚からしばらく後、すさまじい力がこの世に降臨したのを。勇者は魔王と同じか、それ以上の力を持った埒外の存在じゃ。奴らは時に単独か少数グループで魔王城に特攻してきよる。そしたら、今の兄上は確実に負けるじゃろうよ」

アイビスがそう言って瞑目した。

「それは困るわ。せっかくできた『親友』なのに。アタシ、勇者は嫌いなの。アンデッドを悪だって決めつけてひどいことをするもの」

モルテが首を横に振った。

どうやら、彼女はかつて、今存在しているのとは別個体の勇者と戦ったことがあるらしい。

「……アイビスの言ったような事態が発生する可能性は高くない。普通は、勇者といえども、軍に随伴して戦うのが普通。その方が、損耗率も低くなるし、勝率も高くなるし、その後の占領作業もタイムラグなく、スムーズにいくのだから当たり前。過去の文献を調べれば、勇者、もしくはその一行が単独で侵攻してくる確率は二割を切る。つまり、八割以上の確率で、勇者は春以降に敵軍と共にやってくる」

「随分と割り切った考えをなさいますのね。仮にもお父様の『妻』を名乗っておきながら、随分と薄情ですこと。もっとも、娘のワタクシはプリミラが妻だとは、全く、これっぽっちも認めてはおりませんけれど！」

シャムゼーラは鋭い目つきでプリミラを睨みつけた。

「……『妻』なら、夫の意を汲んで動くもの。旦那様は、発生する確率の低いリスクを過剰に評価してリソースを腐らせたりはしない。ワタシは、旦那様のために涙を呑んで着々と任務をこなす」

プリミラは半眼でシャムゼーラを一瞥してから、聖の方をじっと見つめてそう呟いた。

「――プリミラさんの言う通りです。皆さんが私を心配してくださるのは非常に嬉しいんですがね。仮に勇者を魔将全員で迎え撃って、勝てますか？」

「……魔将七人だけでは五分五分、だろうな。ゴブリン兵団を全て投入して消耗させた上でぶつかるなら多分勝てると思うが、断言できねえ。勇者は、あらゆる魔族に対して異常な特効を持ってるからな」

フラムがしばらく逡巡してからそう答えた。

「だそうですね。勝てたとして、勇者一人を倒すのに、魔将七人に全軍ではあまりにも釣りあいません。そもそも、勇者がそんなに強いなら、とうの昔に魔族の方の損耗が大きすぎて滅亡しているはずですが、そうはなっていない。なぜですか？」

聖はもちろん答えを知っていたが、皆の思考を促すために敢えて問うた。

「魔王が死ねば、勇者は魔族に対する特効を失うからだな。それでも勇者は強いが、せいぜい、魔将二人分の力もあればいい方だ。だから、魔王との戦いで傷ついた勇者なら、残りの魔族でも殺せる。今までの魔王は、大抵、強者である勇者と戦いたがる奴が多かったからな。魔族が全滅する前に、勇者と相打ちになるか、負けるかしてた。たまに勝つ魔王もいるが、結局勇者は次から次にやってくるから、最終的には同じ感じだ」

フラムが即答する。

「勇者は魔王と対で作られる存在ですもの。ヒトの《魔王を倒して世界を平和にして欲しい》という願いの集合によって力を得るのが勇者ですから、その願いが果たされれば弱くなるのは魔術的必然ですわ。ちなみに、少し力が残るのは、《平和にして欲しい》という願いが部分的に未達成だからですわ。ヒトはきれいごとをほざきますけれど、魔王がいなくなろうと、結局身内で争ってばかりで完全な平和を達成したことなど、一度もありませんもの」

シャムゼーラが皮肉っぽく言う。

科学の世界で生きてきた聖にはよくわからないが、そういうシステムらしい。

この原理に疑問を呈するのは、リンゴが重力に引かれて落ちることに文句を言うのと同じようなもので、無意味だ。

「……魔王のかっこつけに付き合わされた魔将はいい迷惑。あんなのはただの命の無駄遣い。大体、魔王に近い恩恵を受けていた魔将は、『四天王』とか適当におだてられて、魔王を演出するための舞台装置にされる」

プリミラが、珍しく嫌悪感を露にして吐き捨てた。

「はい。そうですね。結論としては、仮に勇者が攻めてきた場合、その最も効率的な倒し方は、『魔王がさっさと倒されて、魔族に対する特効を失った勇者を、魔将全員で袋叩きにする』です。私の持っている力を、あらかじめ皆さんに分散させておくことが、勇者対策の面においても最高のリスクヘッジな訳ですね。もし私が死んでも、私の知識は、すでに様々な形でバックアップはとってあります。時間はかかるでしょうが、あなたたちが内輪もめさえ起こさず、研鑽すれば、必ず希望の道は残るでしょう」

聖は実際に自分が殺される可能性を考えていた。

二割だろうが、一割だろうが、想像を超えるような不幸は、意外と起こり得る。

実際の企業管理の現場でもそうであったし、そもそも、聖は一度通り魔に殺された身の上だ。

全てのリスクを完璧に無効化するなどできようはずもない。

ならば、優先順位をつけて処理していくしかないではないか。

「……理屈ではわかるけどよ。師匠は本当にそれでいいのか？」

「ははは！　いい訳ないでしょう。痛いのも死ぬのも嫌ですよ。ですから、皆さんの働きに期待します。思えば、私は魔王になったというのに、魔族の理想とする欲望を何一つ満たせていない。せっかくこんなにも美しい皆さんに囲まれているというのに『色欲』にふける暇もなければ、『暴食』するほどの食料もここにはありません。できれば、私に『怠惰』になれるほどの余裕をください。私が『嫉妬』するほど優秀になってください。そうすれば、いつか私は慢心の果てに、『強欲』で『傲慢』で『憤怒』に任せて振る舞う、皆さんにとって下克上しがいのある魔族らしい理想の魔王になれるかもしれません。今のままのやせぎすで弱い私を殺しても、何の自慢にもならないでしょう？」

世俗の欲望には何一つ興味がない癖に、聖はそんな台詞をペラペラと口にする。

いくらヒトとは違う魔族であっても、感情がある生き物ならば、期待されて嬉しくないはずがないと思うから。

聖のジョークまじりの演説に、誰からともなく忍び笑いが漏れた。

それは、本来、ないがしろにしてはいけない魔族の『美徳』が、もはや彼女たちにとっては過去のものになりつつあることを意味している。

（ああ、この瞬間のために生きているという感じがします！）

自身の手で、人材が成長し、事業に貢献できる戦力へと育つ。

それは、組織を束ねる者にとって、大きな喜びだ。

こうして会議は、どこか和(なご)やかな雰囲気で終わりを迎えるのだった。

* * *

『慈愛』の聖女こと、アイシアは聖堂の一室にいる。

彼女は跪いて祈りを捧げながら、とある人物を待っていた。

その存在を誰もが知っている。

その存在を誰もが敬う。

曰く、世界の希望。

曰く、神の怒りの代弁者。

その奇跡の名を、人は勇者と言う。

アイシアは緊張していた。

勇者様自身の人柄は秘匿すべき事柄なのか、アイシアの耳には入ってこなかった。しかし、勇者様をとりまく神官の方々については別だ。彼らは信徒の中でもとりわけ宗教的なマナーに厳しい人たちだということで有名だった。神の信徒であるとはいえ、アイシアは元々、辺境で暮らしていたただの村娘にすぎない。牧歌的だった農村で、比較的緩い戒律の下に生きてきたアイシアにとって、総本山たるこの都が要求するルールを短い期間で身に付けるのは、とても大変なことであった。

今でもこうして粗相をしないか、不安でいっぱいなのだ。

コン、コン、コン――コン、コン――コン。

『謙譲』を意味する三重のノックがドアを叩く。

「失礼。祈りに加わってもよろしゅうございましょうか」

「神の家に鍵はありません」

神官の入室の許可を求める声に、アイシアは立ち上がって応諾する。

やがて、ドアが開かれる。

「――聖女と二人で話がしたい。外で待っていろ」

先導しようとした神官を制止し、一人の男性がゆらりと姿を現した。

聞くまでもなくわかった。

あの方が勇者様だ。

その見たこともない奇妙な服を見るまでもなく、一声で神官たちに命令を下せる人物など、勇者様以外に思い当たらない。

「あんたが聖女か？」

勇者様はそう言って、刃のような鋭い目つきでアイシアを見つめてくる。

「はい。じ、『慈愛』の聖女、アイシアと申します」

未だに言いなれない二つ名と共に、アイシアは自身の名を口にする。

ちなみに、勇者に二つ名はないらしい。

勇者はその呼称そのものが最大級の尊称だからである。

「俺は、勇者、イイダツネオだ——ああ、俺の前ではマナーとかは気にしなくていい。俺も守るつもりがない。マナーなんて、マナーで儲けたい奴らが考え出した虚構だ」

「そ、そうですか。ありがとうございます。私も正直、マナーには疎くて」

アイシアはほっと胸を撫で下ろした。

単純に、勇者様がお堅い方でなくて良かったと思った。

「そうか。……俺は回りくどいことが嫌いだ。だから、単刀直入に確認する。神官共が言っていた通り、俺に力を貸すつもりはあるってことでいいんだよな？」

「はい……。騎士領へ売り払われた私の村の人を、隷従の憂き目から救って頂けるなら、私は勇者様にこの力を捧げます——その、ごめんなさい」

アイシアはそこで視線を伏せる。

「なぜあんたが謝る？　何か悪いことをしたのか？」

勇者様の目がすっと細まる。

アイシアはその迫力に鳥肌が立つのを感じた。

「い、いえ。で、でも、聖女の癒やしの力は、万民を救うためのものだと聞いています。ですが、私はそれを、自分の身内や知り合いのために使おうとしているから」

万民を救うなど、アイシアには思いも及ばぬことであった。

そもそも、アイシアにとっての『世界』はついこの間まで、自分の村と、せいぜいその隣くらいのものであった。

「あのなあ。そもそもアイシアの大切な人たちが奴隷になったのは、なんでだ？」

「……村人がお勤めを果たせなかったからです」

「違うだろ？　強欲な神官共のせいだろ？　私欲のために異常な重税をかけて、払えなかったら奴隷にする。そんな畜生以下のくそ共のせいだ」

「それは――」

あまりにも率直な物言いに、アイシアは目を見開く。

確かに、勇者様の言うことはアイシアにとっての真実であったけれど、この人は反発というものが怖くないのだろうか。

どこに神官たちの目や耳があるかわからないのに。

「……口を噤むな！」

勇者様は唐突に声を荒らげた。

「はい？」

「口を噤んだからって、権力者たちが察してくれるなんて思うな。不正に声を上げなければ、なかったことにされるんだ！　そして、あいつらはますます調子に乗る！　だから、思い知らせてやらなきゃいけない！　俺たち下級国民の怒りを！」

「……その通りだと思います。でも、私は恐ろしいんです。お偉い方々は、色んな力を持っているから」

アイシアの隣の村は、一揆を起こして皆殺しにされた。

直訴状を持って行ってくれたあの人の好い行商人を、二度と見ることはなかった。

「その横暴に対抗するための力が勇者だ。あと、アイシアが言ってた万民云々の件は気にすることない。俺は全ての奴隷を解放する。その中に、たまたまアイシアに親しい者が含まれているというだけだ」

「ぜ、全員ですか？」

アイシアは無知な村娘だったが、それでも奴隷が貴重な財産であることは知っていた。

それを、全部解放させる？

それは、例えるなら、アイシアたちの飼っていた鶏や豚を根こそぎ奪われることに等しい。

そんなことが可能なのか？

所有者がそれを許すのか？

「当たり前だろ。すでに教皇には奴隷の解放を約束させた。当然、ガーランドの奴らにもそれを約束させる。その次は魔王を殺して、その先にある商人どもの国だ。住んでる地域が違っただけで、こっちの奴隷は解放されて、あっちの奴隷はそのまま、なんて不公平が許される訳ないだろ」

勇者は躊躇する様子もなくそう言い切った。

確かに、アイシアはこの聖都に来てから、一人の奴隷も見ていない。

もっとも、あまり外出させてもらってないから、見えている範囲は狭いかもしれないけど。

（これが、勇者様……）

それは、紛れもなく光であった。

眩しすぎて、アイシアごとき村娘では、目を背けたくなるほどの希望だった。

ああ、だけど、このくらい強い光でなくては、万民を照らすことなどできないのだろう。

アイシアは畏怖と尊敬をもって、勇者の前に跪いた。

確かに、彼が『神の怒り』の体現者である気がしたから。

「素晴らしいお志だと思います。誰もが、虐げられることなく、自由に、幸福に生きられる世界がやってきたなら。私にそのお手伝いができるなら」

アイシアは、純粋に心から祈った。

そう祈ることができるからこその聖女であった。

「ああ。ただ、当然、敵も抵抗してくるだろうな。ガーランドで誰に話をつけたらいいのかは知らないが、一番トップの所まで、道中の敵を全員ブッ飛ばして行くのは面倒だ」

勇者は腕組みする。

『面倒だ』ということは、必要があればやるつもりなのだろうか。

勇者はとてつもなく強いだろうが、騎士だって強い。しかも、勇者は一人だが、騎士はたくさんだ。

　ひょっとして、ということもあるかもしれない。

　それに、騎士と戦いになれば、その過程で奴隷の兵士と戦闘になって、アイシアの身内が死ぬかもしれない。

　そうなれば、癒やしの奇跡でも、お手上げだ。

　神は、死者を生き返らせる禁忌を許しはしない。

　そして、アイシアには、万が一にも死んで欲しくない人がいた。

「そ、それならば、ガーランドの有力者の方に、『騎士王』との謁見の手引きをして頂いたらいかがでしょう」

　アイシアは、かつてもう一つ、希望の光を見たことがある。

　それは、勇者ほどの強さを持った光ではない。

　勇者の強さを太陽とするなら、それは夜道をそっと照らしてくれるような優しい月の光だった。

「そんな奴いるのか？　あいつら、奴隷を戦争に使うようなクズだろ？」

「全てがそのような方々ではございません。『純潔』の騎士団長――ジュリアン様は、騎士王様の意向にかかわらず、ただ己の正義に従って働かれる御方です。事実、私は彼女に命を救われました」

　勇者は希望だが、いつの時代も側にいてくれるわけではない。

勇者は魔王と共にしか現れないのだから。

勇者も魔王もいない、狭間の時代に生きる庶民にとっての、身近な希望こそ『純潔』の騎士団長であった。純潔の騎士団長は、汚れなき乙女の中から、『聖剣』に選ばれて生まれる。彼女を戴く、汚れなき乙女のみで構成された『ユニコーン騎士団』は、国の如何にかかわらず、盗賊や魔物の脅威があれば無償で駆けつけてくれるのだ。

「わかった。俺がぶっ殺したいのは悪い奴だけだ。そいつが弱い者のために戦う正義なら、拒む理由はない。会ってみよう」

勇者が頷く。

「それでは私がジュリアン様に便宜を図ってもらえるように手紙をしたためます――といっても、私は字が書けないので、神官様に代筆して頂く形になりますが」

アイシアはかしこまって告げる。

（多分、ジュリアン様は、私のことなんて覚えていないだろうなあ……）

ジュリアンにとって、アイシアは守るべき民の一人にすぎないことを、アイシアは自覚していた。

ただの村娘の懇願なら、常に数多くの陳情を抱えているジュリアンに届くことは期待できなかっただろう。

でも、今のアイシアなら――『慈愛』の聖女のそれならば話は別だ。

「わかった。もしかしたら、神官共が自分に都合のいいように文章を改竄する可能性もあるから、一応、俺も目を通させてもらうぞ」

「はい」

勇者の確認に、気もそぞろに頷く。

（もう一度会えたら、なんて言おう）

密かな胸の高鳴りを感じながら、アイシアは手紙の文面を考え始めた。

*　*　*

「……遅いな」

赤茶けた荒野に、恒夫は佇んでいた。

「さすがのジュリアン様も、勇者様がお返事が届いてすぐに出立されるとは、想定なさってなかったのではないでしょうか」

隣のアイシアがなだめるように言う。

アイシアの書いた手紙は、恒夫に協力する心ある神官たちの手で、すぐに騎士領のジュリアンへと届けられた。

恒夫が望む通りの返事の手紙は、早馬で一週間もしない内に戻ってきたが、その日の内に勇者は飛行魔法でアイシアと共にガーランド騎士王国との国境へ向かったのだった。

ちなみに、他の神官はいない。

敵を警戒しながら同時に何人にも飛行魔法をかけ続けるのは大変であったし、口うるさく、一日七回のお祈りやらなんやらの宗教的なマナーを押し付けられるのも面倒だったからだ。

「それにしても、椅子の一つくらいは勧めてもいいだろう」

今の恒夫は、勇者になったことにより、ちょっとやそっとのことでは疲れない身体になっている。

だが、そういう問題ではないのだ。

国境の駐屯所に詰めるガーランドの検問の兵士は、勇者たる恒夫を見ても顔色一つ変えることなく突っ立っている。

それが気に食わなかった。

大義を果たそうとしている自分には、ふさわしい敬意を払うべきだ。

小一時間、心の中でそう不平不満を並べ立てていると――

「来たか」

勇者の強化された知覚が鋭敏に遠来するその音を捉える。

「えっ？　……あっ。本当です！　あれこそ、ジュリアン様率いるユニコーン騎士団です！」

ドドドドドドド、と砂塵を巻き上げて駆けてくるその一団は、遠目に見ても白かった。

角の生えた白馬にしか見えないそれは、やはり魔法の加護を受けているらしい。生物が出すには非常識なスピード——高速を行く自動車くらいの速度でこちらへとやってくる。

（あんなスピードを出して、止まれるのか？）

恒夫はそんなことを考えたが、それは杞憂だった。

爆速のまま駆け寄ってきたその騎士は、地面に白刃を突き刺して、強引に減速し、恒夫たちの一〇メートルほど先で止まった。

「遅ればせながら参上した！　あなたが勇者様か！」

女騎士が長い金髪をなびかせ、ユニコーンから颯爽と降りてくる。

上半身と下半身は重厚な鎧で武装しているが、兜は被っていない。

その代わりに、強い魔力を感じるサークレットを頭に装着していた。

その手に持つ剣は、大地を切り裂いてもいささかの刃こぼれも得ることなく、陽光にきらめいている。

容姿は——恒夫が昔やった戦略シミュレーションタイプのエロゲーに出てくるそれによく似ていた。戦争で負けたらオークに『くっ殺せ』とか言いながら、犯されるタイプのあれだ。

「ああ。そうだ。勇者の飯田恒夫だ。あんたが『純潔』のジュリアンか？」

「いかにも——どうやら、他の騎士は勇者様にふさわしい歓迎をしなかったようだな。私が彼らに代わって謝ろう」

ジュリアンは剣を鞘にしまうと、左腕を後ろにし、右腕を腹の辺りに当てた芝居がかった仕草で頭を下げた。

「いや、あんたに謝ってもらう筋合いはない」

「そうでもない。彼らの態度がそっけないのは、半分は私のせいかもしれない。――恥ずかしい話だが、私は騎士領の中に敵が多い。嫌われていてね」

ジュリアンはそう言って肩をすくめる。

「そんな！　どうしてジュリアン様が！　ジュリアン様こそ、騎士の中の騎士です！　少なくとも、私はあなたに救われました！」

「……覚えてるよ。手紙には、『慈愛』の聖女としか書かれていなかったからわからなかったけど、君はクルーネ村のアイシア嬢だね。あの時、君がくれたオーリンの実よりおいしいそれを、未だに私は食べたことがないよ――数年会わない内に、すっかり大人の女性になられた」

ジュリアンが気さくな調子で言う。

「覚えて……いてくださったんですね」

アイシアが噛みしめるように呟く。

「アイシア嬢のような愛らしい御方を忘れるはずがない」

「……あ、その、わ、私だけでなく、村の者も皆、感謝しておりました。他の国から、ただ私たちを守るために駆けつけてくださって」

顔を真っ赤にしたアイシアは、照れ隠しのようにジュリアンから視線を外して呟く。

「まさにそのことで非難を受けているのだよ。『騎士の国の人間でありながら、他国の者を優先して助けるとは何事か』とね。私は国に関係なく、その時に一番多くの人間を救える重大事件の現場に駆けつけているだけなのだがね。勇者様ならわかって頂けると思うが、正義を貫こうとすればするほど、なぜだか敵が増えていくんだ」

「気にするな。あんたを間違っていると言う奴が間違っている」

恒夫は珍しく、ジュリアンという女を気に入っていた。

その率直な物言いに親近感を覚えていたのだ。

そして、ジュリアンの直言を許す自分を寛大な人物だと心の中で自画自賛した。

もし、女騎士が自分より強かったら、恒夫は嫉妬していただろう——ということに、もちろん本人は気が付いていない。

もし、女騎士が男であるか、もしくはオークのように不細工(ぶさいく)であったなら、自分より弱い癖に偉そうな奴だな、と反感を持っていただろう。

恒夫は自分の中の醜(みにく)い感情にはとことん無自覚でいられる男であった。

「そう言ってもらえるとありがたい。先に言っておくが、騎士領では勇者様のことも歓迎しない者がほとんどだろう。騎士王はすでに、勇者様が奴隷を解放しようとしていることを摑んでいる。戦力が減ることを危惧(きぐ)しているらしい——私は民を戦わせるなど、騎士の風上にも置けないと思っているが」

「わかってる。いいから、さっさと騎士王の所に案内してくれ」

「その前に、勇者殿と聖女様を連れて行きたい場所がある。騎士王との交渉にも関わってくることだ」

「いいだろう。連れて行け」

騎士団に先導されながら、恒夫たちはガーランド騎士王国を駆けた。

アイシアはジュリアンのユニコーンの後ろに乗せられ、恒夫は上空を飛行したまま、常に周囲の様子を警戒する。

二日後、恒夫たちは荒野に建てられた無数の荒ら屋の所にいた。

そこは、恒夫がいつかニュースで見た、難民キャンプに似ていた。

ジュリアンはその荒ら屋を管理する兵士となにやらしばらく口論した後、恒夫たちを呼ぶ。

扉もない入り口から中に入ると、そこには、虚ろな目をした兵士たちがぼーっと中空を見つめていた。

「奴隷……か？　だが、様子がおかしいぞ」

「……薬で正気を失わされているのだ。私も詳細はわからぬのだが、どうやら東の商人どもから買い付けた魔薬らしい。『英雄丸』と呼ばれているこの薬を飲むと、恐怖心がなくなるそうだ。多幸感と強い依存性があり、中毒者はこの薬のためなら何でもやるようになる。巷ではこう歌われているよ。『一粒で英雄、二粒で勇者、三粒で屍鬼』、とね」

「麻薬で奴隷を無理矢理兵士に仕立て上げているだと⁉　この外道どもめ！」

恒夫が地団駄を踏み、爆風と共に地面に穴が開く。

しかし、それだけのことが目の前で起こっても、奴隷たちは全く反応を示さなかった。

「わ、私が、この人たちを私が治します！」

「ありがたい……が、彼らの多くは他の騎士団の所有物だ。勝手に手を出すことはできない。それが法だ。悪法であろうとも法なのだ。私が個人的に給料で買い戻し、保護した奴隷たちがいるから、後でそちらを治してやってくれないか」

アイシアの申し出に、ジュリアンは悲しげに首を横に振る。

「も、もちろんです」

「あんたは、これを見過ごしていたのか？」

恒夫はジュリアンを睨みつけた。

「……面目ない。だが、最初は民を武装させること自体は悪くないと思っていたのだ。民が自衛できれば、盗賊や魔族による被害を減らせる」

「その結果がこれか？」

「ああ。ここまでの外道とは思っていなかった。まだ、民を戦に動員して、魔族を滅ぼした後にしかるべき報酬を払い、元いた場所に返すというのであれば、一〇〇歩、いや一〇〇〇歩譲って我慢できた。魔族が全滅すれば、人間全体に恩恵があるからな。だが、実体はどうだ。民に重税をかけて払えねば奴隷に落とし、魔薬で使い捨てにしているではないか。こうなってはもう我慢ならん！　――先の大戦で私は見たんだ！　奴隷の中でも、薬の効きが薄い者――正気に戻って逃げ出してきた彼らを、騎士が斬り捨てるのを！　守るべき民を自ら手にかけるなど、もはや騎士ではない。賊の所業だ！」

ジュリアンが怒りに肩を震わせる。

「……あんたはそれでも何もできなかったのか？」

「ああ、そうだ。悔しいが私には力がない。騎士の全てを正義に立ち返らせるには、あまりにも非力だ。だが、勇者様にはその力があるのだろう？　なら、恥を忍んで頼む！　どうか民のために力を貸してくれ」

「頼まれなくてもやるさ。初めから俺は全ての奴隷を解放するつもりだからな！」

恒夫はドヤ顔で胸を張った。

「さすがは勇者殿だ。私ごときが意見するまでもなかったな。……聖女様の治療が終わったら、騎士王の所に案内しよう。全ての騎士団長は王に直接進言する権利があるのだ。どんなに嫌われている者でも、な」

「勇者様、どうか、どうか、この非道をお止めください！」

美女たちにかしずかれ、恒夫の自尊心は大いに満足していた。

彼は真実の意味での勇者になれたと思っていた。

「ああ。任せておけ。俺が騎士王とやらと話をつけてやる」

ジュリアンが保護した奴隷の治療を終えた後、義憤に駆られた一行は真っ直ぐに王城を目指した。

軍事を最優先に作られた武骨なその城に、恒夫はジュリアンの先導を受けて入っていく。

いくつかのややこしい儀礼があった後、恒夫たちはついに謁見を許された。

謁見の間は、恒夫が想像していたような玉座は存在せず、そこには磨き上げられた金属製の円卓があるのみであった。

「……『純潔』、『慈愛』、そんで、勇者。顔を上げていいぞ。なんか、ウチらに文句があるんだってな？」

想像していたよりも数段階フランクな声がかけられる。

ちなみに、騎士王は一人称を二人称で語るらしい。

『円卓会議によって騎士団長全員の信託を受けた以上、騎士王の言葉は騎士たちの言葉そのものであるから』とジュリアンは言っていた。

恒夫は顔を上げた。

円卓には、六人の人物が座っており、恒夫から見て一番奥に座ってるのが騎士王らしい。

ボリボリと赤茶けた髪を掻くその男は、恒夫より明らかに年下だ。

青年と少年の中間くらいの——日本で言うなら、中三か高一くらいの年齢に思える。

恒夫は気に食わなかった。

年下に偉そうにされるのも　騎士王がイケメンなのも、高そうな鎧を着ているのも、何もかも。

だが、恒夫は自身のその感情には気が付いていなかった。全て騎士王が奴隷を非道に扱っていることから来る怒りだと思っていた。

（さすがに皆殺しにするのは、無理か）

もしそうできたら、皆殺しにしてジュリアンを王にすればいいかと思ったのだが……。

文弱な神官共ならともかく、騎士は戦闘のスペシャリストだ。

円卓に腰かけている奴らが全員手練れなのは言うまでもないが、立ち並ぶ衛兵からもただならぬ力を感じる。

どうやら勇者を警戒しているらしく、最大限の戦力を用意したらしい。

こうなれば、交渉するしかない。

なに。正義はこちらにあるのだ。ぐうの音も出ないほど論破してやればいい。

「王に問う。騎士は自らを犠牲にして民を守る高潔な存在だと聞いているが、どうして奴隷なんか使うんだ。しかも、麻薬漬けにして無理矢理魔族と戦わせるなんて！」

「まず、奴隷は民じゃなくて、物だ。もちろん、安いとは言わねえよ。だが、それは剣や盾や馬も同じだろ？　武具が傷むのを惜しんで戦わねえ臆病者（おくびようもの）は騎士とは言えないんでな。魔薬？　あれは手に入れた武具に　剣に油を塗って手入れするのとなんも変わらねえよ。手にある武器が最大限に力を発揮できるようにするのは騎士の責任。勝つためには何でもするのが騎士の義務だ」

騎士王は恒夫を小馬鹿にしたような口調で言う。

こいつは殺す。

いつか絶対殺す。

恒夫の中でそれが決定事項となった。

「そもそも、そこまでやって行う戦争に大義があるはずない！　いくら魔族がゴミでも、魔族にやられる前に民がボロボロになったら、魔族にやられるのと何が違うんだ！」

「勇者様は知らされてねえのか？　ウチらだって、趣味で奴隷にヤクを飲ませてる訳じゃねーんだよ。今、世界は大きく動いている。今、ウチらは早急にこの大陸をまとめ上げなきゃなんねーんだ。そうしねーと、外から侵略者共がやってくる。後ろに脅威を抱えた状況じゃ戦えねーんだよ」

騎士王は呆れた様子で、耳の穴に小指を突っ込んで、取り出した耳垢（みみあか）を息で吹き飛ばした。

確かに、騎士王の言う事情を恒夫は知らなかった。

だが、そんなことはどうでも良かった。

「知るか」

「なに？」

騎士王が不快げに顔を歪める。

ようやくその余裕ぶった面を崩せて、恒夫の気持ちは高ぶった。

「支配者が変わろうと、民衆が幸せならそれでいい」

「あのなあ。王あっての民だぞ？　侵略者に支配されれば、ウチらは皆等しく奴隷だ」

「今でも民は奴隷にされてるのに今更だろ。あんたらが既得権益を守るために、奴隷を虐げている事実に変わりはない」

「貴様、勇者への礼儀と思って黙って聞いておれば、騎士王様への侮辱であるぞ！」

「やめろ。いいって——あのな？　奴隷っつっても、自国民が自国民を奴隷にするのと、他国民の奴隷にされるのは全然違うぞ？　ウチらは最終的には騎士領全体の利益のために動くが、他国民の奴隷になった場合、あいつらはあいつらの本国のためだけに動く」

騎士王は今にも恒夫に斬りかかってきそうな、円卓の騎士の一人を制して、諭すように言った。

「そうやって、権力者共はいつも自分を正当化する言い訳で、弱者を騙そうとする！　論点をずらすな！　今語るべきことは一つだ。あんたは、騎士として、民を慈しみ守るという義務を果たせ！」

「義務か。義務ねえ。……勇者さんよ。じゃあ聞かせてもらうけどさ。あんたの義務はなんだ？」

「正義を行うことだ！」

「違う。勇者は魔王を倒すために呼ばれたんだよ。最優先事項はそれで、他は全部おまけだ。現状、義務を果たしてねえ勇者の言葉は、ぶっちゃけ聞くに値しねえな」

騎士王は肩をすくめて言う。

「なら、俺が魔王を殺したら、あんたらは民を守る騎士の義務として、奴隷を解放し、重税を解くのか？」

「ああ、いいぜ。約束しよう」

騎士王はあっさり頷く。

「王！」

「よろしいのですか⁉」

「おう。俺の負けだ。やっぱり、勇者って奴には敵わねえ」

周りの騎士が驚きに目を見開くが、騎士王は観念したかのように頭を垂れる。

「勇者殿よ、感謝する。これで、希望が見えた」

ジュリアンが目の端に涙を溜めて、恒夫の手を握る。

「魔王さえ、魔王さえ倒せれば、民は救われるのですね」

アイシアが自身を奮い立たせるように言う。

恒夫は胸を張った。

やはり、正義は勝つのだ。

「――口約束だけじゃ信用できない。ここで誓約書を書いてもらうぞ」

「おう。魔王の消滅と同時に有効になる綸旨書を書いてやるよ。細工を気にするなら、そこの『純潔』にでもチェックしてもらえ——おい、紙」

騎士王は部下に命じて、特殊な羊皮紙を用意すると、さらさらと文を書く。そして、騎士王自身の血判と、魔法的な調印によってその効果を保証した。

「……問題ない。確かに、勇者が魔王を倒した暁には、騎士王の名において、領内の全ての奴隷を解放し、税率を以前の水準に戻すことが書かれている。細工もあるようには思えない。——確か、聖女は偽りを看破する魔法が使えたな」

「はい。——嘘は見られません」

ジュリアンとアイシアが誓約書をチェックして頷き合う。

「よし。じゃあ、早速、魔王を倒しに行くぞ！」

恒夫は拳を掲げた。

「えっ。途中までは軍隊の方々と一緒に行った方が安全では？」

「……戦争で先兵に使われるのが奴隷だ。軍隊と一緒に行ったら、解放する前に奴隷が死ぬかもしれない」

という理由もあったが、軍隊と行動を共にすれば、万が一、魔王討伐の手柄を奪われる可能性があった。

無論、そうなれば奴隷解放の目的が達成できない——というだけでなく、プライドの高い恒夫にとっては、自身の完璧な英雄譚に不純物が入るのが許せない——と思っている事実に、恒夫は気が付いていない。

「なるほど。確かにおっしゃる通りです」

「ああ。だから、今すぐぶっ潰す」

「いや、それは待った方が良いのではないか」

だが、意外なところから待ったがかかった。

「何だと？　あんたは今すぐに民を救いたくないのか？」

「いや、勘違いしないでくれ。軍隊と行動を共にしないということは、私も賛成だ。しかし、魔王領への侵攻が開始されるまで——雪解けまではまだ時間がある。それまで、勇者様には剣術の基礎と、魔法の使い方を学んでもらう。魔王は強敵だ。できる限りの準備をすべきだろう。勇者様はすでに法外な強さだが、訓練すればより強くなれる。——僭越ながら、私と私の部下にその手伝いをさせてはもらえないか」

ジュリアンが跪いて頭を垂れた。

「……わかった。戦闘の先輩に従おう」

恒夫はそう殊勝ぶって頷いてみたが、それは本心のことではなかった。

基本的に我慢が利かない性格なので、今すぐに魔王をぶっ殺しに行きたかったのだ。

だが、ジュリアンと、その騎士団が美人揃いなのが幸いした。

恒夫自身は冷静な自分の賢さによる英断だと思っていたが、その実、勇者らしいハーレム生活も体験してみたいと思っていたのだ。

ちなみに、恒夫の倫理観ではハーレムは許される。

恒夫は、自分はポリティカルコレクトネス的な性の多様性を認める寛容な人間であるので、複数恋愛もありだと思っていた。

つまり、自身が作るハーレムは大歓迎であった。

＊　＊　＊

「はあ。教皇から聞いてた通り、マジでやべえ馬鹿だな。ハズレもハズレ勇者じゃねえか」

勇者一行の去って行った謁見の間――騎士たちは円卓の間と呼ぶそこで、騎士王こと、『分別』のスラウは溜息をついた。

「……勝手に行かせてしまってよろしいのですか？」

騎士団長の一人が問う。

「いいよ。勇者が魔王を殺してくれれば、それで奴は用済み。万が一負けても、神官共が勇者の再召喚に余計な浪費をするだけだ。ウチらが今後の主導権を握るには、むしろ負けて欲しいくらいだぜ」

スラウは肩をコキコキと鳴らして吐き捨てる。

「聖女――はともかく、『純潔』に何かあれば痛手ですが」

「ああ。その点は残念だなー。魔族共をぶっ殺したら、いずれジュリアンちゃんと結婚して、みんなの人気を稼ごうと思ってたのによー。聖剣の意思だけはどうやってもコントロールできないからしゃーねーな」

この大戦が終結したら、スラウは民に人気のあるジュリアンをめとって、彼らを慰撫するつもりであった。だが、おそらくそれはもう無理だ。ここまでこじれてしまっては、関係の修復はできそうにない。

ちなみに、聖剣は取り上げることはできないが、持ち主が死ぬと勝手に玉座に戻る。そして、また次の持ち主を待つのだ。

魔王に殺されてくれれば良いが、そうでない場合、『そういうこと』も考えなければいけないのは憂鬱だった。スラウは血も涙もない魔族ではないのだ。

「奴隷解放と税の件は、いかがいたします？」

「もちろん、綸旨書はガチだから約束は守る。一回、奴隷から本当に解放してやる。ただし、場所は指定してないな？　それぞれの出身地からなるべく遠くで解放しろ」

「……野盗化、もしくは流民と化しますな」

「おう。犯罪犯した奴は、一回解放されても新たな罪で奴隷となるな。流民は『保護』してやる必要がある、新しい農地をやってもいいが、当然、税金の在り方も変わってくるかもなあ。『税率』は元通りだが、『新しい形の賦役』が課される可能性はある」

「奴らも愚かですな。外交交渉がしたいならば、相応の人物を用意すべきでありましょうに」

　その手の文章に明るい、外交担当の騎士団長が嘲るように言った。

　あらかじめ勇者の出方を予想して考えていた文言の内、最もスラウたちに有利な文章を勇者たちは呑んだ。正直、拍子抜けだった。

「あいつらの神官の仲間って、政治音痴の原理主義者だけだから無理じゃねーの。ま、それでも連れてこないよりはマシだっただろうけど。ま、それはあちらさんの問題。こっちとしては、さっき言った感じで――」

「つまり、全て元通り、と」

「おう。余計な手間と時間がかかるがな。あの馬鹿勇者のおかげでいい迷惑だ。つーか、魔王討伐して戻ってきたら、絶対、『騙された』ってわめくよなあ、あいつ。ジュリアンや聖女と共謀して民衆を扇動されたら超絶めんどくせーことになるぞ」

「では、戻ってきた場合は――」

「ま、そこらへんは教皇と相談するか。手綱をつけられない暴れ馬に手を焼いてるのは向こうさんも同じだろ」

　スラウは円卓の騎士と謀（はかりごと）を巡らせる。

　非道も外道も後世の悪評も、スラウは全て背負う覚悟があった。

　それこそが、『王』の責務であると確信していたから。

大海を、その荒波に似つかわしくない小舟が滑っていく。

それもそのはずで、本来は農民が川を行き来するためにこしらえた渡し舟なのだ。

海どころか、大河を相手にするのも心もとない。

「商都ザンギスに入るのに、わざわざこんな手間をかける必要があるのかい？　普通に君の幻想魔法で遠い異国の帆船（はんせん）を港に出現させるだけじゃだめなのかねえ」

レイは欠伸（あくび）をしながら、風魔法で小舟を動かす。

波を避けながら、異国の大型船にふさわしいそこそこの速度を維持するのは、大変ではないが面倒だった。

そう。今、連れのアイビスの幻想魔法によって、小舟は異国から来た大型船であるかのように偽装されているのだ。

「ゼロを一にするのと、一を一〇〇にするんじゃ、難しさが全然違うの！　レイはわかってないなあ」

アイビスが大人ぶった口調でいう。

事実、アイビスはレイよりは年上なのだが、今の彼女はまるっきりヒトの幼女のような姿をしているので、背伸びしてお姉さんぶっているようにしか見えない。

アイビスはまるで大きなぬいぐるみでも愛でるように、大金の入ったズダ袋を抱きしめていた。

他の魔将が今のアイビスの姿を見たら、どう思うだろう。

まあ、順当に幻想魔法で幼女の姿を装っているだけだと思うだろうか。

実はこちらこそがアイビスの『本当の姿』だと知っているのは、レイと——おそらく、魔王だけだ。アイビスの日頃の『のじゃ』口調は、サキュバス全体の威信（いしん）を損（そこ）なわないための演技であった。

「そういう物かな。ボク個人は、この手の入国手続きで苦労したことがないんでね」

レイの種族は『ドッペルゲンガー』と言う。

生まれたその瞬間から、見た目もヒトのそれと変わりなく、魔族と示すような特徴は何一つない。当然、魔族を感知する聖銀（せいぎん）や魔法の類（たぐ）いもほとんど通用しない。

レイは風魔法を得意としているが、それとて、たまたまレイの元となった人間の個体が『英雄』クラスの魔法使いだっただけのことだ。

ただ、レイを魔族とし、普通の人間と区別するものは、ヒトでは持て余す長い寿命だけ。

ああ、もう一つあった。

はるか昔には、自身が『オリジナル』に抱く圧倒的な殺意も、レイが自身を魔族だと自覚する理由だった。

だが、それも過去の話――いまや、その『オリジナル』はおらず、この世にただ一人、レイこそがレイであった。

「もう、しっかりしてよね。今回、私たちは異国の商人に化けて、たくさんの穀物を買い付けるんだから、大規模な取引をするだけの説得力が必要でしょ？　そして、それを多くの人に納得させなきゃならない。だから、今もこうして船が海を走っている事実を、近くの他の船が見る。そして、私たちが正規の手順で入港するのを実際に見た人がいる。その『事実』が重要なの」

「……まあ、陸路で街に入る訳にはいかないからね。この戦時下で陸路を往復できる大商人は限られているし」

行商人レベルならあり得ない話ではないが、これから果たそうとしているミッションを遂行するには、それなりの身代がある商人に偽装しなければならない。商人には商人同士のつながりがあるのだから、陸路でいきなり訳のわからない金持ちがやってきたら、当然警戒される。それでも金を出せば穀物自体は購入できるかもしれないが、今回のミッションは、魔族が取引したとバレる訳にはいかないのだ。

「そういうこと！　私はお仕事を頑張って、お兄ちゃんといっぱいラブラブするんだから、レイも気を抜かないでね！」

アイビスは鼻息荒く、そう意気込む。

「……随分と魔王様のことが気に入ったみたいだね。彼は、君の処女を捧げるに値する男だったかい？」

驚嘆すべきことに、アイビスはサキュバスでありながら、つい最近まで処女であった。

よくそんなんでサキュバスの頭が務まってきたと思うのだが、彼女はサキュバスがヒトから迫害されずに効率的に精を採取する仕組み作り――娼館もその一環だ――が上手いので、同種族からの支持は厚いらしい。なにせ、サキュバスは、幻惑するのは得意だが、戦闘能力は低いのでヒトと直接戦闘になるのは困るのだ。

「えへへー。当たり前でしょー。お兄ちゃんは魔族の頂点なんだから、それ以上の男はいないよ？　お兄ちゃんの『恋人』になれて私はとっても幸せ！」

「でも、君は今までの他の魔王の時は、配下のサキュバスをあてがうばかりで、全く興味を示さなかったじゃないか」

「んー、だって、今までの魔王って、馬鹿で乱暴で女の子を大切にしなそうだったんだもん。そもそも、私のこの姿を見たら、大体興味をなくしてたし……」

アイビスは、絶壁のごとき自身の胸を触って、沈んだ声で呟いた。

レイは知っていた。

生来、豊満な肉体を持つサキュバスが多い中で、アイビスは幼児体型であることにコンプレックスを抱いているということを。

「そこは君が相手の好みに合わせて幻想魔法で姿を変えればいいじゃないか。それがサキュバスの真骨頂だろう？　相手に都合のいい夢を見せて、精と一緒に魂を抜き取るのがさ」

レイはなおも追及をやめない。

レイは一度気になったことは、とことん気になる性格であった。

「嫌よ！　嘘ばかりのサキュバスだからこそ、私は真実の恋がしたいの！　幻想魔法で演出した偽物の肉体で愛し合っても嬉しくないの！」

それはサキュバスとしては全く異端の考え方であった。

しかし、まあ、魔将は往々にしてこうだ。

他の同種族の個体に比べて、『特別』だからこそ、魔将になれる。

「だとしても、別に幼女趣味の優男はそこら中に転がっている――とまでは言わないが、探すのに苦労しないほどにはいるだろう？」

「違うの！　はなっから幼女趣味の男に欲情されても意味がないの！　私は普通の性的嗜好を持った男の人に、ありのままの私を受け入れてもらいたかったの！」

「違いがわからないな。結局、やることはやるんだろう？」

「それは、やるよ？　やるけど、わかんない？　下着を脱がすまでが本番なの」

「……過程が大事ってことかい？　でも、君は魔王に報酬として恋人になることを要求した訳だろ？　それって、君の娼館に金を払って一夜を過ごす男共と何が違うんだい？」

「違うよー。最初は契約から始まった恋人が、徐々に本物になっていくのがいいんだよー。レイは恋愛小説とか読んだことないの？」

「読んだよ。飽くなき知識への欲求が、ボクの『強欲』だからね。でも、考えても考えても『恋』という概念にはどうしても得心がいかない」

レイには性欲という物が全くなかった。

ヒトに近しいレイは感情もヒトのそれに似通っている。

なので、家族愛や友愛まではわかるのだが、性愛だけはどうしても実感できない。これもやはり元の『オリジナル』がそうだったのだろう。レイの一存ではどうしようもできないことであった。

「レイは色々と考えすぎなんだよ。とりあえず、適当な男に抱かれてみればわかるよ！」

アイビスはサキュバスらしい即物的な答えをレイに突き付けてきた。

アイビス自身は相手にこだわるくせに。

「遠慮しておくよ。別にボクの貞操はどうでもいいけど、子どもでもできたら面倒だろう——そもそもさ、何で『お兄ちゃん』なんだい？　ヒトの基準で言うと、一般的に兄と恋人という属性は並び立たないものだ。それに、魔王様の召喚前の年齢を加味したとしても、彼は君より圧倒的に年下だろう。せめて、『弟ちゃん』じゃないと計算が合わないよ」

「『お兄ちゃん』は血縁関係のことじゃないもん！　『頼りになる大人の男のヒト』っ

てことだよ！　だから、年下のお兄ちゃんでもいいの！　というか、年下のお兄ちゃんがいいの！　いつもはクールなのに、二人っきりの時にふと見せる幼いはにかみとかが最高なんだよ！」

「不可解だ」

レイは、本当に自分とアイビスは真逆だと思う。

理性的なレイに対して、直情的なアイビスは、なんというか本能に従って生きている。

思えば、アイビスと仲良くなったきっかけはなんだっただろうか。

そうそう。確か、昔、偶然、彼女の『本当の姿』を見かけたのがきっかけだった。

馬鹿にされると思ったのだろうか。アイビスは顔を真っ赤にして身構えた。しかし、性愛に興味がないレイにとってはサキュバスの外見はどうでもいいことだったので、特に反応は変えることはなかった。

そしたら、懐かれた。

アイビスと同じように、『女らしくない』身体をしたレイに、親近感を抱いたということもあるのだろう。彼女はちょくちょくちょっかいをかけてくるようになってきた。

その後は、サキュバスは排他的嗜好のある魔族にしては珍しく、ヒトと接点を持つことが多い種族であること、また、知識を求めて諸国を放浪するレイも、魔族の中では異端であるという共通点が接点となり、交友関係が続いている。

まあともかく、こうも真逆なのに馬が合うのは不思議なことだった。

「そういうレイは、なんでお兄ちゃんのために働くの？」

「……現状では、彼はボクに必要な示唆を与えてくれる貴重な存在だからね。ボクがボク自身の納得いく答えを見つけるまで、できる限りの協力はするつもりさ」

レイは、初め、魔王に積極的に協力するつもりはなかった。

なぜなら、レイの求める報酬を魔王が与えられるはずはなかったから。

『ボクは、ボクの存在理由が知りたい。ボクは、魔族というにはヒトに近すぎる。ヒトというには、与えられた時間が長すぎる。一般的な魔族のように力を求めることに、ボクは意味を見出せない。ヒトのように子孫を繋ぐことにも、価値は感じない。どちらもいずれ滅びる定めだから』

学べば学ぶほど、レイにはこの世が無意味なものに思えてならなかった。

太陽は沈み、月は昇る。

歴史は繰り返し、この世に何一つ新しいことはない。

『……難しいですね。それは、あなた個人が見出すべきことで、私が与えられるものではありませんから』

『だろうね』

落胆はしなかった。

世界を放浪しつくしても、レイが納得できる答えを与えられる者はいなかった。そもそも、真面目に取り合ってくれる者もあまりいなかった。

盛り場でヒトに尋(たず)ねれば、赤ら顔の酔っ払いはこう答える。『なぜ生きてるか？　んなもん、食って寝て、母ちゃんとやって、ガキどもを食わせるためだろ？』と。

魔族ならば、『魂を集めて強くなるためだ』と迷いなく答えるだろう。

比較的、真面目に話を聞いてくれる神官の類いも、結論はいつも同じ。自身の宗派が一番素晴らしいのだから、レイも入るべきだ、と宣(のたま)うばかり。

魔王もやはり、彼らと同じ、答えを持たない者共の一人だというだけだ。

しかし、魔王はそこでは終わらなかった。

『……ですが、ヒントならば与えられるかもしれません。あなたと同じように、実存に苦しんだ多くの先人たちの思索を私は知っています。例えば、私の世界の宗教の一つである仏教には《悟(さと)り》という概念がありまして』

魔王の話は、興味深かった。

この世界のヒトの信仰は、神徒(しんと)のような一神教徒か、もしくは、アニミズムに近い精霊信仰しかない。どちらも、信仰することで、魔法という現世における実益があるので、仕方ないことと言えた。だが、実益に裏打ちされた信仰は抽象的な思考には強くないのだ。

その点、彼が元いた世界には魔法が存在せず、それだけに信仰による救いを実感するには、深い思索(しさく)が必要だったようだ。

『――非常に興味深いね』

レイは魔王に興味を持った。

『強欲』に知識を求める彼女としては、魔王が持っている知識を全て手に入れたいと思った。

『関心を示して頂けたようでなによりです。では、こうしましょう。あなたが私の仕事を一つこなしてくれる度に、私はあなたの知らない思想を一つお教えします。とりあえずは、先ほど申し上げた知識の代価に、一つ仕事を頼まれてください』

『おいおい。まだボクは雇用されることに同意していないのに、押し売りかい？』

『もちろん、断ってもらっても構いませんが——受けることをお勧めします。これは、経験則なのですがね。実際に身体を動かすことでしか見えてこないこともありますよ。あなたは《仕事》に打ち込んだ経験はないでしょう？』

『——確かにそうだ。……まあ、暇だしね。しばらく、働いてみるのも悪くないかな』

レイは試しに魔王の下で働いてみることにした。

魔王に対して忠誠心というものまでは抱けなかったが、少なくとも、レイの悩みに真剣につき合ってくれた厚意に、報いるくらいのことはしてもいいと思ったのだ。

「レイの言うことは、いっつも雲みたいにふわふわしててよくわかんないなあ」

アイビスはズダ袋に顎をのせて、退屈そうに呟く。

「ボク自身もそう思うよ。ま、ともかく、ボクも魔王様を気に入ったってことさ」

「お、お兄ちゃんは私の恋人だからね、好きになっちゃダメだよ？」

「そういうのには興味がないって言ってるだろう。大体、魔王様には、『妻』や『娘』がいる訳だけど、それはいいのかい？」

「シャムゼーラもプリミラも別にお兄ちゃんに恋してる訳じゃないでしょ？　魔族内での立場を強くしたいから、ああいう立場を確保しただけ。私とお兄ちゃんの間には、本物の心の絆があるんだから！」

「そういうものかねえ……」

レイは曖昧に頷く。

「あっ。港が見えてきた！　ここからは、レイの仕事だよ。見た目の方は、私が上手いこといじってあげるから、しっかりね！」

「はいはい。アンカッサの街を支配している商人たちとは別の派閥と商談をまとめてくればいいんだろ？　わかってるさ」

口を酸っぱくして言うアイビスに、レイは頷く。

＊　　＊　　＊

商都ザンギスに大店を構える穀物商――ゾンガは不機嫌であった。

最近、景気が悪い。

周りもそうであればまだ慰めもあるが、一部の商人たちが大戦景気に沸く中で、ゾンガたちの商会は取り残されていた。

ゾンガは比較的新興の商人だった。別大陸に本店を持つとある大商会の支店で、本店のある大陸から穀物を大量に安く仕入れられるのが強みだった。

本来ならば、食糧を大量に消費する戦争で、大いに儲けられるはずだった。

しかし、今回の大戦で、ゾンガたちは上手く権益に食い込むことができなかった。

騎士と神徒と商都が複雑に絡み合う今回の戦争に介入するには、こちらの大陸での地盤が弱いゾンガたちには不利であった。

もちろん、穀物自体の需要はあるのだが、前線への輸送を担う陸路の権益は、旧来の商人に独占されており、荷運びで足下を見られて利が薄いのだ。

水運ならば、航海技術に秀でたゾンガたちにも少しはツテがあったのだが、忌々しき『狡知のプリミラ』のせいで、満足に荷運びもできない。

当然、最前線のアンカッサの街を支配するのも、対立派閥の商会である。彼らは自分たちで権益を独占するために、水運の安全を守る気概が薄く、半ば放置している嫌いがあった。

ゾンガたちにできることと言えば、せいぜい、中立たる冒険者ギルドを通じて、プリミラにかける懸賞金を上げて、冒険者たちを鼓舞することくらいであった。

「こんにちは。こっちの大陸は寒いね」

「へいらっしゃい。今年は特にひどいんですよ」

店にやって来た客に、ゾンガは内心の不機嫌はおくびにも出さず、挨拶を返した。

褐色の青年だ。

なまりや服装から察するに、ゾンガがやってきた北の大陸とも違う——さらに遠くの南方の出か。

かなり大きな南方風の船が港に入ったことを、ゾンガはすでに摑んでいた。

異国の商人の子息が、腕試しにやって来た——そういった風情だと、ゾンガは当たりをつけた。

「穀物を買うならここだ、と知人から聞いてね」

「そりゃどうも。取引する前にすみませんが、こいつを握って頂けますかい。普通はこんなことはしないんですが、今は戦時中で色々と物騒なもんで」

ゾンガは、破魔の聖銀を取り出す。

本来ならば、商都ザンギスは魔族の出入りが許された街だ。

そうしなければ、魔族と取引を許す他の国際港に利益を持っていかれるのだから当たり前だ。知性があって、金が払える相手ならば、誰とでも取引するのが商人というものだ。

（ったく。アンブローズ商会の奴ら、自分たちの事情をこっちに押し付けてきやがって）

しかし、魔族と戦争するに当たっては、自由取引を許していては障りがある。

特に共同戦線を張る『神徒』から、魔族に与する『神敵』だとみなされかねない。

そこで、戦争を始めるに当たって、戦争が終わるまでは魔族と取引しないこと。取引の際には、聖銀による魔族チェックを行うことが、『六商会議』で義務付けられたのだ。

無論、全ての取引から魔族を排除することなどできはしないのだが、とりあえず、『やることはやってる』という建前を作っておこうという話である。戦争で利益のないゾンガたちには迷惑な話であった。

そもそも、この大陸でも、西にも南にも海があるのに、なぜ東だけが交易で栄えているかといえば、それはひとえに魔族との契約によって、航路の安全が確保されているからなのだ。

東の海を支配している魔族は、比較的『話がわかる』相手であった。

すなわち、毎年一定量の生贄を捧げることを条件に、船舶を襲わない契約を結べるほどの知性と自制心と支配力を有していた。

商人たちは儲けることができ、魔族も冒険者たちに煩わされずに、よその海域に攻勢をかけられる。まさにｗｉｎ－ｗｉｎの関係であった。

そもそもが魔族と妥協することによって成立した街であるのに、都合よく取引する魔族としない魔族を選別している。

それは、自由取引という商人の正義にも反している、とゾンガは思っていた。

「構わないよ」

褐色の青年は躊躇なく聖銀を握る。

問題はなさそうだ。

「へい。ありがとうございやす。それでは、ご用件をうかがいやしょう」

「――穀物をまんべんなく仕入れたい。量は……これくらいだね」

青年が指で示したのは、かなりの量だった。

今、ゾンガが出せる在庫の八割近い。

これは大商いだ。

「……今は冬ですし、戦時中の折ですから、安くはありませんぜ」

「そうだね。兵士の口にパンが入るまで、上手く運べたらの話だけど」

「……左様で」

どうやら、それなりにリサーチはしてきたらしい。

ゾンガたちがあまり儲けられていないことは把握しているようだ。

「外国人だからといって、馬鹿にしないでもらいたいな。暴利をむさぼる気はないけど、損をする気もないんだ。もうすぐ、戦争が終わったら、穀物価格は暴落するよね？」

青年の言う通りだった。

戦争が終われば、兵士の大部分は帰農して、農業生産力は回復する。

実際に回復するまでは多少時間がかかるが、『見込み』で先んじて取引するのが商人である。

先の決戦での勝利を受けて、戦争の終結はほぼ確定的な事項であるとみなされている。

平時に比べて、穀物価格が高いのは事実だが、ピークは過ぎた、という見方が大勢であった。

「ご慧眼に感服しました。お互い納得のいく落としどころを見つけましょうや」

「元からそのつもりだよ」

そこから、小一時間ほど交渉して、話はまとまった。

向こうが『今後の付き合いも考えて』と、少し譲ったので、まあ、総じていえば、悪くない取引であった。

「毎度あり」

「今後ともよろしく」

ゾンガの倉庫から、穀物が運び出され、船着き場近くの保管庫——日貸しの倉庫へと移される。

……。

……。

……。

『火付け強盗が出て、船荷が焼かれた』

そんなニュースがゾンガの下に飛び込んできたのは、その晩のことだった。

「俺たちより運がない奴らもいたもんだ」

それぞれの商人が自己責任の名の下に自衛するのが原則の、商都の治安は決してよくない。よって、盗賊の類いも多く、火付け強盗もたまにあることとはいえ、少し同情する。

あの褐色の青年は、大損どころか、破産だろう。

案の定、奴らの船は、人目を避けるようにこっそり船出をしたらしい。

もっとも、すでに代金を受け取っているゾンガからすれば、対岸の火事にすぎなかったが。

商都では噂が流れるのも早いが、消えるのも早い。

異国のお坊ちゃんの悲劇は、日々の儲け話の噂に流されて、すぐに気にする者もいなくなった。

＊　＊　＊

「任務完了？」

「ああ。これで穀物価格はまた上がるよ」

夜半の雲の中を、レイは飛んでいた。

アイビスはレイに肩車される形でそこにいる。

小舟は今頃、海の底で魚の隠れ家になっていることだろう。

「ほとんど全部焼いちゃうの、もったいないよねー。ゴブリンの餌には上等すぎるくらいの食べ物なのに」

「ま、いくら君の幻想魔法があっても、魔族の領地まで、バレずに大量の食糧を運びこむのはさすがに難しいからね。魔王様には、『ギガが食べる分くらいは持ち帰ってきてくれ』と言われてるけど」

レイは右腕でアイビスを支えながら、もう片方の腕で穀物袋を抱えていた。

それは、買い付けた商品の中でも選りすぐりの、一番上等な品だった。

* * *

聖が魔王に着任してから、三ヶ月。

今日は、月に一度の視察の日だ。

聖は、基本的には部下を信頼して任せることが管理者の務めだとは思っているが、今は事業のスタートアップの不安定な時期であるし、現場を見ないと経営の感覚がズレてしまうことが多々あるので、必要な仕事であった。

そんな聖の傍らに、内政と特に関わりの大きい、シャムゼーラ、プリミラの二名が付き従う。

「では、まずはゴブリンの生育状況について確認しましょう。すでに皆さんからきちんと報告を受けているので問題はないと思うのですがね」

そう前置きした上で、聖はゴブリンを生産する現場へと向かう。

そこには、母体の畜種ごとの生態に合わせて、ギガの土魔法で畜舎が作られていた。

雪除けの屋根や風除けの塀はもちろん、地面の下には武器を生産する過程で発生した温水が還流されており、冬にしてはかなり過ごしやすい気温になっている。

今も、そこかしこから、家畜が出産の苦しみにうめく声と、ゴブリンのしゃがれた産声が聞こえていた。

「……わかった。まず、手洗いや入浴管理の徹底によって、衛生管理が向上。……また、成体と幼体を隔離し、一定の大きさに成長するまで保護することによって、共食いや喧嘩で死ぬ個体もいなくなった。……さらに、農業生産の開始と、今までは一部の強いゴブリンが寡占していた食料を適切に配分するシステムが構築されたことにより、栄養事情も好転した。以上の要因から、ゴブリンの生存率は劇的に向上。……従来、一〇〇匹中三〇匹ほどの生存率だったものが、今は九三匹以上の個体が無事成体となっている。……また、種付け後の母体を分離したことにより、興奮したゴブリンに母体が不用意に痛めつけられることも避けられたため、リソースの損耗も少ない」

「全部、あなたの手柄のようにおっしゃいますけどね。実際にこの家畜小屋を切りまわすのに腐心しているのは、ワタクシの配下の者たちですのよ？　ワーウルフやらコボルトやらに衛生観念を教え込んだり、幼体を傷つけないように爪を研がせたりさせるのにどれだけの苦労があったか、思いを馳せて頂きたいものですわ」

部下の魔族たちを叱咤しながら忙しそうに走り回る神官たちを見遣って、シャムゼーラがちくりと言う。

大戦を生き残った、数数ない回復魔法が使える神官は、聖が持っていたいくらかの医療知識を得て、獣医のような役割を与えられていた。

シャムゼーラとしては、自分の配下の人材が、会社で言うところの出向のような形で、プリミラに指揮権が移譲されている形になるので、不当に扱われないように一言釘を刺しておきたかったのだろう。

「……それを言うなら、ワタシの配下のスライムは、日々家畜の糞尿の処理に従事している」

プリミラは床を這いずり回る茶色いスライムを指さして答えた。

それらの活躍のおかげで、家畜小屋の臭いはゼロという訳にはいかないが、地球のそれと比べても、不快感はだいぶ少なくなっていた。

事業を始めてみてわかったのは、ゴブリンの次に弱いといわれるスライムの有用性である。

彼らは水分さえ与えてやれば、環境に適応する性能が非常に高く、捕食の管理さえきちんとできれば、汚物処理に持ってこいの存在と言えた。

ちなみに、スライムは武具の生産における工業廃水の処理にも大活躍している。

「よろしい。非常に上手くオペレーションが回っているようですね。何か問題はありましたか？」

「……作業工程に影響するほどの問題はない。ただ、ヒトの雌奴隷はあまり使い物にならないから、母体の調達候補から外した方がいい」

「ふむ。ヒトは、母体の健康に気を遣ってもダメでしたか」

「……肉体的には、餌のコストが高い以外の問題はない。ただ、ヒトは精神の方がもろすぎる。他の家畜に比べて知能が高いから、脱走や反乱や自死の危険性も高くて、生産数の割に管理コストがかさみすぎる。かといって、一体一体隷属魔法で服従させるほどの価値はないし……。発情期がなくて年中繁殖できるというメリットはあるけど、それならば、同じヒトの界隈から調達できる牛や豚の方がずっと扱いやすい。……今いるヒトはアンデッド化する等、何か別の使い道を考えるべき。――旦那様の財産を無駄にしたことを謝罪する」

プリミラはペコリと頭を下げた。

「挑戦に失敗はつきものですから、問題ありませんよ。改善し、同じ失敗を繰り返さなければそれでよいのです」

聖は鷹揚に頷いた。

ちなみに、ヒトの弱さを知っている聖はもちろんこうなることが予測できていたが、プリミラに敢えて指摘せず、一回はヒトを他の動物と同じように扱わせた。聖は元々人間であったため、やらせる前からヒトを保護すると、他の魔族からヒトを贔屓(ひいき)していると思われかねない懸念があったからである。

「——お父様、次は農場へ？」

シャムゼーラがさりげなく言う。

畜舎は長居して気分がいいような場所でもないので、早く次に行きたいのだろう。

「そうですね。『腹が減っては戦はできぬ』と言いますから」

聖はそのまま農場へと向かった。

「……旦那様も知っての通り、ワタシたちのメイン作物は、イビルプラントの地下茎。およそ、二〇日のサイクルで大量に収獲できる有用な作物」

イビルプラントは体長二メートルほどの、下級魔族に属する植物系モンスターで、ジャガイモを二回りくらい大きくしたような毒々しい紫の実をつける。

根っこから半地下のような形でチラ見えするその実は、野生動物や自分よりも弱い魔物——化けネズミなどをおびき寄せる餌だ。獲物が餌を食べている間に、その蔦(つた)で息の根を止めて捕食するのである。

地球で言うところの食虫植物に近いが、普通の植物と同じく光合成したり、根っこから栄養分を吸収したりといったこともできるので、非常に生命力は強い。

幸い、彼らは植物故(ゆえ)に自ら動けない性質のおかげで戦火を免れていた。

結果、数としてはたくさん残っていたので、栽培を始めるには、オーガ等を使役(しえき)して畑に植え替えてやるだけでよかった。

ちなみに、イビルプラントの実の味は非常に不味いし、ゴブリンや家畜が食べる分には問題ないが、ヒトの基準でいえば毒がある。

実際、最初はヒトの奴隷に与えていたが、しばらくしたら腹を壊して死んだらしい。

「とはいえ、普通、冬季は日照量の低下と気温の低さから、実がなるまで六〇日はかかるものですわ。これだけの収穫量を実現できたのは、全てはお父様のお知恵の賜物です」

「大したことではありませんよ。むしろ、私は皆さんの魔法の技術に感服するばかりです――ともかく、食糧の件も解決しそうですね」

シャムゼーラの尊敬の眼差しに、聖は満足げに頷く。

知恵と言っても、聖が出したアイデアは、畑に温室を作って気温を保ち、肥料を与えるといった、常識の範疇のことでしかない。

むしろ、それをやれと言われてパッとできる彼女たちがすごいのだ。

ギガが畑の周囲に土壁を作って、風雪を遮るところまでは畜舎と一緒だ。

問題となりそうなのは、天井だった。

ガラスを作るのは技術的には不可能ではなさそうだったが材料が足りない。

無論、プラスチックやビニールなどあろうはずもない。

しかし、懸念はすぐに解決した。

いくつかの支柱を用意して、イビルプラント自身に命じて蔓同士を絡み合わさせ、その隙間を葉で埋めることで天井に蓋をすることは容易だった。

魔物にはある程度の知能があるのだから、それを使わない手はないのだ。

さらに、日照量の低下は金属板を並べて鏡代わりにし、反射光を確保することで補うことができた。

肥料に関しては、専用の醗酵室を作り、またスライムで浄化した工業廃水の温水を利用して温度を維持した。さらに土魔法に詳しいギガの助力や、発酵を早める菌糸類のモンスターの投入もあり、短期間で肥料を生成することもできた。

「……温室の効果によって、成育に適切な気温が保たれた。また、畜糞を利用した肥料によって栄養状況が好転。生産量は増えている。このままいけば、ゴブリン兵団三〇〇〇〇が出兵するに足る食料の生産は十分に可能」

プリミラが頷く。

「素晴らしい！　報告書に書かれていなかったことで、何か私に伝えておくべきことはありますか？」

「……強いて言うなら、ギガが『このイモまずすぎル！』などと言って、勝手に品種改良用の畑を作っていることくらい。どうやら、レイたちを経由して商都から異国のイモを入手したらしい」

「ギガさんにはあまり愉快でない仕事を押し付けてしまっていますからね……。その程度の趣味ならば役得として許容します。本体の畑に交雑等の影響が出ないように分離しさえすれば、特にやめさせるほどのことではないでしょう」

「……ギガも一応は、隠しているつもりらしい。辺境の隅の方にちょこっと温室を作ってるだけだから大丈夫」

「はあ、さすがは『暴食（ぼうしょく）』ですこと」

シャムゼーラが呆れたように溜息をつく。

「では、次はそのギガさんの所に行きましょうか」

次なる場所は堆肥（たいひ）小屋の近くにあった。

そこには、深く穴を掘ったトイレが大量に用意されている。

ここは敢えてとある理由から、スライムによる浄化を行っていないので、悪臭が絶えず漂っていた。

目に染みるようなその臭いに耐えかねてか、プリミラは水のバリアのようなもので周囲を覆い、シャムゼーラはハンカチで口元を覆っている。

さらにその奥、無数に並ぶ風通しのいい小屋の前に、目的の人物はいた。

「もー！　なんでギガはこんな臭い系の仕事ばっかりやらなくちゃいけないんダ！」

ギガは半泣きになりながら、その小屋に向き合っている。

小屋の中には、この世の終わりのように汚らしい色をした盛り土が小山のようになっていた。

「こんにちは、ギガさん。硝石（しょうせき）の生産作業は順調ですか？」

聖は顔色一つ変えずにそう声をかける。

ギガの仕事に敬意を表して、鼻をつまむような真似はしない。

「あっ！　魔王様！　なー、これ本当に必要なことなのカ⁉」

「もちろんです。今後の魔族の命運を握ると言っても過言ではない、とっても重要なお仕事ですよ」

小山の正体は、木の葉や草や土と糞尿や戦場から拾ってきた死体などの混合物だ。

『硝石丘法』といって、かつてのフランスで発明された硝石の生産方法らしい。

通常は出来るのに二〜三年かかるものを、温度管理や魔法のフル活用で早めようとしているが、それでも一年はかかりそうだった。

硝石を作る目的は、もちろん、黒色火薬の生産だ。

しかし、今は銃器を開発している余裕もないし、残念ながら今回の戦争までには間に合わないのは仕方ない。

「うー、本当に本当だな⁉　ギガがこっそりおやつを盗み食いしたことを怒ってるんじゃないよな⁉」

「あなたでしたのね！　ワタクシが神官たちをねぎらうために作っておいた麦菓子を全部食べたのは！　薄々そうじゃないかと思ってましたけど、いやしくも魔将の一人がそんなにせこくてはしたない真似をするなんて……」

シャムゼーラが瞳を手の平で覆って嘆く。

「うるさいノダ！　さっさと食べずにとっておく方が間抜けダ！　それが魔族の掟ダ！」

　ギガが開き直ったように叫ぶ。

「まあ！　お父様、お聞きになりまして⁉　この言い草！　信賞必罰は王権の要。是非、この不埒者に罰を」

　シャムゼーラが聖に訴えかけるような眼差しで言う。

「ギガさん。盗みはいけませんよ。組織の信頼関係を破壊します。一度目は見逃しますが、次同じことをしたら必ず罰しますから、覚悟しておいてください。もし報酬の増額等の交渉がしたいのならば、直接私の所に言いにくればいいんです」

「お、そうなのカ⁉　じゃあ、ギガは今までの契約に加えて、毎日のおやつを要求するゾ！　こんだけ頑張ったら、余計にお腹が空くのは当たり前なノダ！」

「……『暴食』を返上して、『強欲』に鞍替えした方がいい」

　プリミラがぼそっと呟く。

「ふむ。確かに、ギガさんには他の魔将の方々と比べても、どうしても汚れ仕事ばかり押し付けてしまっていることは事実ですしね。特殊勤務手当があってしかるべきかもしれません。毎日のおやつは今後の交渉次第として、とりあえず、今日のところは、ギガさんの働きに報いるために、臨時ボーナスを出しましょう。レイさんとアイビスが色々と材料を仕入れてくれたので、ワンランク上の料理が作れるかと思います。そうですね……『キッシュ』にしましょうか」

『キッシュ』はフランスの料理であるし、色や見た目もちょっと硝石丘っぽいから、とエグめの連想をしたことは秘密だ。

「おお！　本当カ⁉　『キッシュ』ってなんだかおいしそうだナ！　ギガ頑張るゾ！」

「はい。二〜三時間ほど経ったら仕事を切り上げて、入浴でも済ませてから謁見(えっけん)の間にいらしてください」

「わかったノダ！　ふん、ふん、ふん、豚の糞ー♪」

ギガが鼻歌まじりで仕事を再開する。

「——単純な脳みそをお持ちのようで羨(うらや)ましい限りですわ」

「……助かる」

シャムゼーラとプリミラは、どこか諦めたような口調でそう吐き捨てた。

「ともかく、こちらも問題なしということで良さそうですね。後は、生産に関わるお仕事——工廠(こうしょう)の方にも顔を出す必要がありますね。そちらはフラムさんの管轄(かんかつ)になりますから、プリミラさんとシャミーは仕事に戻って頂いて構いません。お疲れ様でした」

「……了解」

プリミラが短く頷いて去っていく。

「あの、お父様……」

「わかっていますよ。私のために一番頑張ってくれてるのはシャミーだということを。こういう目立たないけど重要な仕事は、信頼できる娘にしか任せられない」

もの言いたげな顔のシャムゼーラの耳元で、聖は囁く。

事実、シャムゼーラのしている仕事は、地味だが重要なものだった。

例えば、作った武具や食糧はどこに保管しておくのかなどの差配。

必要な物資の量の計算とスケジュール調整。

そういった細々とした事務仕事は、全てシャムゼーラとその部下がやっているのだ。

脳筋が多い魔族軍において、まともな官僚組織として神官衆を機能させているシャムゼーラの手腕は見事なものだった。

「あ、ありがとうございます」

「――確か、荷車を作った後の端材が余っていましたね？　それで寝室にブランコを作りましょう。ヒトの親子は、そういった遊具で絆を深めるそうですので」

「はい……。お父様、楽しみにしています……」

シャムゼーラは頬を染めてとろんとした目で頷く。

聖からすれば、シャムゼーラもギガ並みにちょろ――もとい、無欲な勤勉家であるのだが、わざわざそれを自覚させてやるほどのお人好しでもなかった。

＊　＊　＊

荒野に構築された巨大な工廠からは、煙突の煙が立ち昇っている。

扉を押し開け、中に入ると熱気が聖を包む。

円を描くように等間隔に配置された炉から漏れる赤い光が眩しい。

コボルトの工員たちが、ある者は燃料の木材をせわしなく放り込み、ある者は半溶解した金属をハンマーで叩いている。

「フラムさん。お疲れ様です。作業の進捗を伺いに来ました」

「ん――師匠か。特に問題はねえよ――全部師匠の指示通りだ」

フラムは炉が作る円の中心にいた。

彼女は作業台代わりの金属製の箱の上に座り、金属棒で陣図を描いている。

戦術の研究でもしているのだろう。

もちろん、彼女がこの場ですべき仕事――炉の管理も怠りはないようだ。

(上級魔族の皆さんは本当に素晴らしいマルチタスク能力がありますね)

聖は、フラムと炉の間で繊細に魔力がやりとりされているのを感じていた。

聖は炉の原理は知っていても、技術者ではないので具体的な設計ができる訳ではない。

魔族の上級鍛冶師や土魔法が得意なギガの助力を得て、何とか急ごしらえの炉を作ったものの、その出力は不安定だった。そんな未熟な炉の熱量を調整するのがフラムに与えられた役割である。

もっとも、フラム自身は『めんどくせーから、鉱石ごときオレが全部溶かしてやるよ』などと言っていたのだが、そういう訳にもいかない。

実際、フラムだけで金属を溶かす工程をこなそうと思えばできるのだろうが、それでは、万が一彼女がいなくなった時に工廠は破綻してしまう。

だが、現在の体制ならば、たとえフラムがいなくなったとしても、何とか立ち行くだろう。

一人で全ての炉を管理できるような火魔法の使い手はフラムの他にはいないだろうが、中級程度の火魔法の使い手を集め、一人当たりが管理する炉の数を減らせば、工廠は回るのだ。

「フラムさんが励んでいることは把握しています。それでも、言葉にすることが大切なのですよ」

「ああ――っても、マジで言うことねえけどな。まず、槍の柄や防具に使う木材は、イビルツリーを伐採するだけだ。普通に伐採しようとすりゃあ、殺し合いになるが、今回はあいつら自身が協力してんだから、失敗のしようがねえ」

イビルツリーはイビルプラントの進化系の中級魔族である。

ちなみに、こちらはリンゴに似た実をつけるが、保存性の観点から糧食には採用されなかった。むしろ、敢えて実をつけるのを抑制してもらい、その分樹木としての成長を早めるよう命令している。

イビルツリーは根っこさえ生き残っていれば、すぐにまた幹が生えてくる。

その成長スピードはすさまじく、ヒトの世界で木材に使われる『成長が早い』とされる樹木のさらに四～五倍の勢いで回復するという。

当然、イビルツリーの回復には魔力が必要であるが、それはすでに彼らへの報酬として支払っているから問題ない。今後、数百年の間、彼らは問題なく資源を供給し続けるだろう。

ついでに、イビルツリーには、今後、加工しやすいような長さや太さで成長するように指示もしてあるので、次の伐採の際にはさらに効率良く伐採できるようになる。

さらに、労働力に余裕が出てくれば、林業にも進出し、下草刈りなど彼らが育ちやすい環境を整えるつもりだ。そうすればさらにイビルツリーの回復速度を速めることができると予測されていた。

「そうは言っても、一つの製品（プロダクト）ができるまでには、色々な工程がありますね。木を伐採しても運ばなければなりませんし、鉱石もやはり掘って運ぶ労力がいります。槍一つとっても、柄を同じ長さに切り揃えなければいけませんし、防具の方はもっと複雑です。このような場合、どうやって仕事を進めるべきですか？」

聖は『師匠』という役割に従って、生徒を導く教師のような口調で言った。

「掘ったり、運んだり、単純な仕事はゴブリン共にやらせる。加工もむずいとこだけ器用なコボルトに任せて、簡単な所はゴブリン任せだ。しかも、掘る担当の奴は掘るだけ。運ぶの担当の奴は運ぶだけ、仕事がきっちり分けられてる。アホなゴブリンでも一つの作業だけ延々とやってりゃ、そりゃ上手くなるよな。そもそも、それぞれの仕事で一番上手い奴の真似をさせてんだしよ」

フラムは壁を一瞥(いちべつ)して言った。

そこには、作業をするにあたって最も効率的な理想の身体の動かし方が、壁に彫られた絵図によって示されている。

魔族は独立独歩が基本である。

その価値観は上級魔族から下級魔族に至るまで浸透しており、今まではコボルトレベルの粗末な武器を作る鍛冶師でも、素材の採集から加工まで、全ての工程を一人で行っていた。

しかし、それはあまりにも非効率的だ。

そこで、聖は作業を徹底的に分割し、分析した。

同じコボルトがすること、と言ってもそれぞれに個性はある。

例えば槍を作るのでも、木を斬るのが上手い個体がおり、運ぶのが上手い個体がおり、削るのが上手い個体がおり、穂を作るのが上手い個体がおり、それぞれ得意なことは千差万別だ。

ならば、それぞれの作業において一番上手い個体のやり方を調べ、それらを組み合わせてやれば、最も効率的な工程が出来上がるという訳だ。

これが熟練者ともなると中々一度修得した自分のやり方を変え辛いのだが、まっさらな状態のゴブリンたちは土が水を吸うように技能を吸収していった。

「よろしい。きちんと実践できるようですね。私は口で指示することしかできませんが、現場で働くフラムさんの部下は大したものです。少ない人数で、あれだけたくさんのゴブリンやコボルトを管理しているのですから」

「師匠が高い武具をくれるっつうから張り切ってんだよあいつら――にしても、全部、言われてみりゃ当たり前なんだけどな。基本、独りで何でもできるほど偉いって思ってる魔族には、到底、思いつかねえよ」

「単純なアイデアほど、実は思いつくのが大変なんですよ。魔族に限らず、私の世界のヒトも、この『科学的管理法』に行きつくまでに途方もない年月を要しています」

それは、経営学を少しでもかじった者なら『知らなければモグリ』と言われるほど有名な理論であった。

F・W・テイラーが提唱し、産業革命の黎明(れいめい)を彩ったその知識は、異世界で確かに生きていた。

「そうなんだよなあ。オレだって、オーガを馬代わりにすりゃあいいって、そんな簡単なことも思いつかなかったんだし」

「……ゴブリンやコボルトから労働に対する不満は出ていませんか？」

「ある訳ないだろ。師匠の命令に従ってりゃ、メシも出るし、場所の取り合いに苦労することなく住む場所も保証されてる。しかも、優秀者には魔力も分けてもらえるんだぜ？　魔力を分けてもらえない奴も、少なくとも上級魔族の気まぐれで殺されることがないだけで恩の字だろう。普通、ゴブリンやコボルトつったら、魔法の的や武器の試し切りに使われる程度の存在だからな」

聖はコボルトたちに、ほぼ無給のブラック労働を強いている。

しかし、それはあくまで地球の先進諸国の基準であって、彼らにとっては十分にホワイトな労働環境なのだ。

なんといっても、下級魔族にとっては、『明日の命が保証されている』ことこそが最大の報酬なのだから。

所変われば常識も変わるのは当たり前なのだ。

「ふむ。上々です。全体的に何も問題はなさそうですね。この調子ならば、『余裕があったら』とお願いしていた仕事の方にも手を回せたのではないですか？」

聖は声をひそめてそう問うた。

『機能的でありながら、ヒトが見ても美しいと思える服』をオーダーしていた件である。

「お、おう。い、一応、手慰み程度に作ってみたけどよ。本当に適当だからな⁉　あんま期待すんなよ！」

フラムはそう言いながらも、周囲の視線へしきりに気を配りながら、いそいそと立ち上がった。

そして、それまで尻の下に敷いていた金属製の箱を開いて、中に手を突っ込む。

引っ張り出されてきたのは――上半身に羽織るジャケットであった。

（これは……俗に言う、『スカジャン』というやつですかね）

ベースは黒色で、背中には赤いドラゴンの刺繍が施されている。本来のスカジャンはカジュアルな服だが、こちらは金属の光沢があり、どことなく品もある気がした。

フラムは自分のために作ったのだろうが、彼女自身が男っぽいところがあるので、どこかユニセックスっぽい、男女両方着られるような意匠となっていた。

この服がヒトに受けるかどうかは、正直わからない。

聖は、まだこの世界のヒトの美的価値観まで情報収集できていないからだ。

だが、ともかく、フラムに似合うことは間違いないように思えた。

「良いと思います。なぜご自身で着ないのですか？」

「これは、魔王――師匠の財産で作ったもんだろ。オレが勝手にする訳にはいかない」

「本当に律儀な方ですね。では、フラムさんの日頃の働きに報いるため、臨時ボーナスとしてその服を与えることにします」

「い、いいのか？」

「ギガさんにも臨時報酬を出しましたし、フラムさんは軍隊の育成と武具の生産と、かなりのお仕事をしてもらってますから、このくらいは当然かと」

聖は即答した。

「そ、そうか。しゃあねえな。断るのも師匠に失礼だしよ！」

フラムはそんな言い訳をしながらジャケットを羽織り、忙しなげに髪をいじり始めた。

「やはり、いいですね――この調子でどんどん開発してください」

「ま、まあ、気が向いたらな」

フラムはそんな気のない風なセリフを吐きながらも、どこか嬉しそうに箱の上に腰かけて足を組む。

「では、今日の視察は以上です。お疲れ様でした。次はフラムさんの良いと思った段階で、私にゴブリン軍団の閲兵をさせてください」

「おう。今、隊商を襲わせてる奴らが帰ってきたら、まとめて報告しようと思ってる。遅くても、後、一日か二日で帰ってくるはずなんだがな――」

「姉御、戻りやした！　――っとすいやせん。魔王様もいらっしゃったんで」

噂をすれば影。

駆けこんできたデザートリザードが聖の姿を認めて平伏する。

「私のことは気にせず、続けてください」

聖は一歩後ろに下がって、先を促す。

「へい。では、失敬して」

「で？　どうだったんだよ。その様子じゃ、なんかあったみてえだが。敵にやられたか？」

「いえ、襲撃自体の首尾は上々だったんですが、なんていいやすか、ゴブリン兵の奴らの一部が、頭がおかしくなっちまいやして。このままだと、でけえ軍を動かすのは難しいかもしれやせん」

フラムの問いに、デザートリザードがうなだれながらそう報告する。

「どうやら火急の要件のようですね——詳しく聞かせて頂けますか？」

看過できないその内容に、聖は再び身を乗り出す。

「へえ。謹んで申し上げやす」

デザートリザードは細長い舌をチロチロさせながら、事の顚末を語り始めた。

＊　＊　＊

ブリザードが吹きすさぶ嵐の夜に、そのゴブリンは生まれた。

そのゴブリンに名前はなかった。

ただ、彼は生まれつき平均的なゴブリンに比べて腕が長かったので、ここでは便宜的に腕長と呼ぶ。

腕長は、毛むくじゃらの手を持つ何かに抱えられ、ただ泣いていた。

その心はすでに不満に満ちていた。

未知への恐怖と、『なぜ自分がこんな不快で怖い思いをしなければいけないのか』という怒りと、自分をこのような状況に追いやった何かに対する憎悪が、順繰りにゴブリンの脳内を循環する。

その鬱憤を何かにぶつけて解消したかったが、生まれたばかりの腕長は非力で何もできない。

毛むくじゃらになされるがままに、腕長は別室に運ばれる。

そこには、木の板の上に、頭と肩と腰のあたりを縄で拘束される形で無数のゴブリンの幼体が仰向けに寝かされている。

腕長はそいつらを見て、少し溜飲が下がった思いがした。そいつらは、あまりにも醜く、弱そうで、自分の抱える負の感情をぶつけるのにちょうどよさそうな相手に思えたからだ。

だが、その腕長にとってのささやかな幸福はすぐに奪われた。

毛むくじゃらに無理矢理身体を押さえつけられ、頭と肩と腰の辺りを紐で拘束されたからだ。

『我々は弱い。だから、まとまらなくてはならない。我々は弱い。だから、まとまらなくてはならない。我々は弱い。だから、まとまらなくてはならない。我々は弱い。だから、まとまらなくてはならない。我々は弱い。だから、まとまらなくてはならない』

絶え間なく繰り返される声がする。

それが、ミミックバードという、聞いた声を正確に真似できるモンスターだと、腕長は知らない。

ともかく、ミミックバードの輪唱は執拗に繰り返された。

寝ても覚めても、その声は耳について離れない。

それだけではなかった。

目を開ければ、その視線の先にあるのは、とても大きな目玉だった。

ナイトメアアイと呼ばれるそのモンスターは、戦闘能力が低く、幻影で相手を惑わせることができるだけの『下の上』クラスのモンスターであった。

腕長はそのナイトメアアイによって、容赦なく幻影を見せつけられる。

目の前には、一匹のゴブリンがオーガに、あるいはワーウルフに、なによりもヒトに、なすすべもなく嬲り殺しにされる映像が繰り返し流される。

最初、腕長は気分が良かった。

弱っちい奴らがいたぶられているのを見るのはいい気持ちだった。

しかし、最後に映し出された幻影は意味がわからなかった。

木の板に縛り付けられた醜い小さい人型が、歯ぎしりしながらこちらを睨みつけている。

なんだこれは。

つまらない。

そんなことを思う。

しかし、やがて気が付く。

その醜い存在の動きが、自分のそれと連動していることに。

腕長が瞬きをすれば小さい人型も瞬きをする。手の指を動かせば、手の指を、足の指を動かせば足の指を。

ふざけるな。真似するんじゃねえ。

そんなことを思うが、いつまでも目の前の小さい人型は真似をやめない。

不意打ちのような動きをしてもついてくる。

その内飽きるだろ、と眠って起きてもそこにいる。

いくらなんでもこれはおかしい。

……待てよ。

もしかして、こいつが、この醜い姿が自分なのか。

ならば、先ほどまで嬲り殺しにされている存在も、やはり『自分』だったのか？

腕長はようやくそこで認識した。

無論、幻影であって、現実ではない。

しかし、生まれたばかりの腕長には、幻影と現実の区別など曖昧なものでしかなかった。

たちまち、腕長の中の『恐怖』の感情が爆発的に増幅される。

繰り返される幻影が悪夢に変わる。

腕長はただ恐怖に震えていた。

『魔王様は強い。魔王様に従う者も強い。従い、まとまれ。魔王様は強い。魔王様に従う者も強い。従い、まとまれ』

殺され、殺され、殺され尽くしたその先に救いはあった。

『魔王様』と呼ばれるその存在は、後光を受けて光り輝いていた。その姿は靄のように曖昧で、確たる姿は見えないが、すごい奴だということだけはわかった。

ゴブリンが、奇跡が起きても敵わないようなモンスターたちが、『魔王様』には平伏していたから。

特に憎むべきヒトなんぞは、『魔王様』の指示を仰ぐまでもなく、その配下のトカゲに従うゴブリンの群れにすら容易く狩られていた。

『我々は弱い。だから、まとまらなくてはならない』

『魔王様は強い。魔王様に従う者も強い。従い、まとまれ』

腕長は繰り返されるそのメッセージの意味をようやく理解した。

邪悪なゴブリンは感謝という感情を抱きにくい生き物だったが、それでも、恐怖の延長線上に『安心』を求める心の動きはあった。

腕長はその中でも賢い個体とは言い難かったが、それでも『魔王様に従うことが、生存戦略において最善』である、と認識するくらいの知能はあった。

やがて、腕長の身体が大きくなる。もう少し爪が伸びれば、この紐を切り離せるのではないか——などと考え始めたその時、

「出ろ。お前たちは、偉大にして至高なる魔王様の軍隊の一員となれる可能性を秘めている。誇りを持って訓練に励め」

毛むくじゃら――今はワーウルフだと認識しているその個体が腕長を解放する。

同じように解放された他の個体と『まとまって』、外に出ていく。

そこには、二本足で歩くトカゲが何体もいた。

繰り返し見せられた幻影によって、それが自分たちを従える者だということは知っていた。

「ゴブリンども！　おめえらは、まだ何者でもねえクズだ！　だが、必死こいてオイラたちの訓練についてこられりゃあ、名誉ある魔王軍の一員になることができらあ！」

トカゲの指導の下、厳しい訓練が始まった。

怠けたり、ミスしたりした奴は、居残りをさせられて、『総括』とやらをさせられる。

腕長も、何回もくらった。

『総括』は本当にめんどくさい。居残り組全員でお互いの悪口を言い合ったり、自分の悪い所を一〇〇個言うまで寝かせてくれなかったりする。腕長は自分を素晴らしく優秀な存在だと信じている。しかし、それでも『総括』をくらってしばらくは、自分がゴミクズのように思えて、逆らう気も何も起きなくなるのが常だった。

訓練では、何も楽しいことはない。

武器を持たされての素振りと、行ったり戻ったり方向を変えたりの練習と、訓練は単調でつまらないものばっかりだった。

（めんどくせえ。こんだけたくさんのゴブリンがいれば、自分一人くらいバックれてもバレねえんじゃねえか?)

どれだけ『総括』されても、腕長はすぐにそんな思考に至る。

だが、恐怖は確かに腕長の中にしみついていて、一人で逃げ出すほどの度胸はなかった。

そこで、腕長は『総括』で知り合った、トカゲの言う『不良個体』の仲間を誘った。

断る奴もいたが、『鼻デカ』と『潰れ耳』が話に乗ってきた。

ある晩、腕長は兵舎を抜け出した。

三匹で走る。

目指すは東だ。

腕長は、東の方から、たまに家畜が連れてこられることを知っていた。

いくらゴブリンが弱くとも、ヒトの女や牛や豚が相手なら負けるはずがない。

自分たちより弱い奴らをイジメ殺して、おもしろおかしく過ごすのだ。

——そんなことを考えた瞬間、腕長は意識を失った。

「見たか、てめえら。仲間を裏切った愚かなるゴブリンの末路を。おめえらはただ至高にしていと慈悲深き魔王様の御心によって、生かされているということを忘れちゃあならねえぞ」

翌朝、腕長はみんなの前で、文字通りの吊るし上げをくらった。

眼下には見るも無残な『鼻デカ』と『潰れ耳』の死骸があった。

生まれてから数日の記憶がフラッシュバックする。

腕長は失禁した。

「馬鹿な奴だ」

「ネズミの方がまだかしこい」

「俺が裏切者を通報したんだ」

「偉そうにするな。どのみち『狼』が見つけた」

他のゴブリンたちから、嗤われ、罵られ、唾を吐きかけられる。

「もう二度としねえ！　本当だ！　助けてくれ！　お願いだ！」

腕長はそれでもみじめに命乞いするしかなかった。

ボコボコにされながらも辛うじて命をつなぎ止めた腕長は、それからは真面目に訓練に励んだ。

恐怖に支配されていたし、何より、周りに侮られたままなのが我慢ならなかった。

やがて結果はついてきた。腕長は、頭はともかく身体能力的には比較的優秀だったので、一兵卒としての訓練の成績は悪いことはなかった。

やがて、訓練を終えた腕長はゴブリンK―１０２６という認識番号を与えられた。

この程度は自慢にはならない。

訓練を終えたゴブリンの兵士は皆、持っているからだ。

もちろん、訓練を終えられなかったゴブリンよりはマシだが、腕長は、そんなクズ共はもはや自分とは別の愚劣な生き物だと認識していた。
腕長の目指すのは、五体のゴブリンを束ねる権限を持つ小隊長だった。
小隊長になると、『名前』が貰える上に、『種付け』の権利が貰える。
そこまで行けば周りに自慢できる。
そんな腕長に、幸運にもチャンスが巡ってきた。
東で隊商を襲う一団に加えてもらえるというのだ。
敵に魔王軍の動きを気取られないようにわざと粗末な装備を着せられている——こと
など、腕長は気にならなかった。
自分が優秀だから選ばれたのだと本気で思っていた。
（こんなはずじゃなかった……）
だが、実戦はそんなに甘いものじゃなかった。
隊商と護衛に雇われた冒険者は、まとめてかかれば勝てないほど強くはなかったが、
ナイトメアアイに見せられたほど弱くはなかった。
任務を果たす度、仲間の何人かが死んでいく。
時には冒険者側から寝床に襲撃を受けることもあった——それがトカゲの策でわざと
誘い込んだものであっても、犠牲になるゴブリンが出てくるのは避けられなかった。
それらの事実は、腕長の中の恐怖を過剰に喚起した。
次は自分の番かもしれない。

心が休まる暇がない。

訓練のように決まった時間で仕事が終わる訳じゃない。

敵の行動に合わせて睡眠も不定期になるし、食事も急いで食わなきゃいけないし、時には食えない。

敵に居場所を特定させないために、寝床だって頻繁に変わる。

段々、イライラが溜まってきた。

誰かをいたぶりたくてしょうがなかった。

なぜと言われても答えられない。とにかく、自分より弱い者が苦しんでいるのを見たくて仕方がない。そういう奴らを見て安心したい。そんな衝動が頭の中をぐるぐるしている。

でも、それは許されない。

トカゲに禁止されてるから。

トカゲは冒険者を無駄にいたぶることはしなかった。

さっさと殺して、パッと奪って去る。

それがトカゲの方針だ。

わざわざいたぶるために、冒険者を半殺し状態で生かして連れて行くようなことはしなかった。

とにかく、余計な時間をかけるのが嫌なのだ。

余計な時間をかけたら、敵の応援やら、魔法の感知やらにひっかかる危険が増すからだ。

小隊長を目指している腕長は、それくらいのことは学んでいた。

それでも、欲を抑えきれずに、ヒトの女を寝床に連れて行こうとしたゴブリンがいた。

そいつはトカゲにすぐに見つかって、あっけなく殺された。

『ボケが！　そういうことやってるとなあ、いずれ巣から逃げ出す奴が出てくんだよ！　そいつに、冒険者ギルドに居場所をチクられたら、オイラたち全員の迷惑だ！』

腕長は訓練の時もトカゲを恐れていたが、あれはまだ手心を加えていたのだと知った。

戦場でのトカゲは、本当に全く一切の容赦がなかった。

そんな戦場でも、全く救いがない訳ではなかった。

たまに、ナイトメアアイが気持ちの良い夢を見せてくれる。

腕長が英雄として活躍し、ゴブリンの頂点に立つ夢だ。

でも、幻影から覚めたらみじめになる。

もう腕長はなにも知らない幼体ではないのだ。

現実と幻影の区別くらいはついている。

ああ、ぶっ殺したい。

ぶっ殺したいが、ぶっ殺したら、ぶっ殺される。

怖い。怖い。怒られる。殺される。

どこかにぶっ殺しても怒られない奴はいないのか。
ああ、そうだ。
いるじゃないか。
ここに一人だけ。
自分は自分なんだから、何をやってもいい！
反撃はされない！
そうだ。自分は立派なゴブリン軍団の一員なのだ。
いずれ小隊長になる素晴らしい兵士だから、こんな頭のいい解決方法を思いついた。
天才だ！　自分はゴブリンの英雄だ！
現実と妄想と恐怖と怒りと誇りがぐちゃぐちゃにかき混ぜられて歪む。
腕長は足下の石槍を拾い上げ、その先端を自身の喉に突き立てた。

＊　　＊　　＊

「――っつう訳で、奴らの一部が自傷や自害をするようになっちまいまして。まあ、戦場に連れてったのは最悪のパターンを想定してっつうことで、あんまり出来の良くねえ兵士ですし、今んところは、その中でも一割いかないくらいですが、実際、長く戦場にいたらおかしくなっちまう奴らはもっと増えてくるんじゃねえかと思いやす」

「ふーむ。戦場のストレスに一部の個体が耐えきれませんでしたか。——ナイトメアアイによるストレスコーピングも試しましたか？」

デザートリザードの報告を受けた聖は、腕組みしながら問う。

「へえ。最初は効果があったんですが、奴らもさすがに幻影に慣れちまって、嘘だとわかってるもんじゃ、いまいち楽しめねえって話で」

「なるほど、道理ですね。……それにしても、ゴブリンの邪悪性は本当に厄介だ。やはり、彼らには生まれつき、拭い去りようのない嗜虐欲があるのでしょう。ヒトが食事をとらねば死ぬように、ゴブリンも定期的にその残虐性を満たしてやらねば生きていけないんですね」

有害な性質ではあるが、生まれつきであってはどうしようもない。

「つっても、どうすりゃいいんだ。全部におもちゃを与えてやる余裕はねえだろ。家畜一匹くれてやっても、嬲り殺すのを楽しめるのはせいぜい四～五匹ってところだ」

フラムが困り顔で頭を掻く。

「……一つ気になることがあるんですがね。プリミラさんからの報告で、ゴブリンが種付けしたがる家畜には、人気な種類と不人気な種類で差があるんですよ。なぜか、ヒトが異常に人気で、ホーンラビットあたりは人気が薄いんです」

聖は記憶を掘り起こして言った。

ちなみに、ホーンラビットとは、巨大なウサギ型下級モンスターである。

「そりゃおかしいな。繁殖欲を満たすという意味では、どの家畜やモンスターが相手でも変わんねえ。普通なら、同じになるはずだろ？」

「その辺りのことを確認したいですね。種付けを担当したゴブリンを何体か連れてきてください」

「へい。ただいま」

デザートリザードが小走りで外に駆けて行き、ゴブリンの小隊長級を何匹か連れて戻ってくる。

さすがにこのクラスになると、『面をあげろ』とはならず、平伏させたままだ。

「おい。お前ら、姉御と魔王様にお話ししろ。なんで、色んな家畜がいるのに、お前らはやたらめったら、ヒトに種付けしたがりやがるんだ？」

デザートリザードがゴブリンたちに尋ねる。

「ヒトがイチバン、ハンノウがオモシロイ」

ゴブリンはしわがれ声で答えた。

「反応ねえ。まあ、犯されるってなりゃ、大抵の動物は嫌がると思うがよお。ウシやホーンラビットあたりじゃだめなのかい？」

「ウシはナクから、チョットオモシロイ。ウサギはオカシテも、ナキゴエもナニモナイ。ツマラナイ」

別のゴブリンが答えた。

「……初期の頃、まだ種付けの管理が万全でない環境では、ゴブリンが家畜たちを肉体的に傷つける事案が多発しました。野良のゴブリンの場合、拉致した家畜に暴力を加え、抵抗する意思を奪うという一定の合理性はあるかと思います。しかし、畜舎の家畜たちはすでに抵抗できないように拘束してあったので、傷つけるのは無意味な行為です。その辺りの事を聞いてください」

デザートリザードに耳打ちする。

魔王は神秘的な存在ということになっているので、ゴブリンに直接声をかけるようなことはできないのだ。

「――お前ら。犯すだけなら、メスを噛んだり、爪で斬ったりする必要はねえだろうが。なんで、そんなことをする？」

「ケガをサセルとクルシム。イタガル。ソレをミルのがタノシイ」

また別のゴブリンが答える。

「……二人の冒険者を確保したとします。一人は男で、一人は女です。二人は恋人関係にあるようだ。女をいたぶれば、男が『ハンノウ』を見せます。しかし、残念なことに、自分より強いゴブリンがいたため、あなた方は直接女をいたぶる機会には恵まれなかった。しかし、男や女が苦しむ様子を観察することはできる。そのような状況でも楽しめるのかどうか尋ねてください」

「へい――ヒトのオスとメスのツガイがいたとするぜ。お前らは当然、女を犯したいだろうが、『太っちょハンス』みたいなゴブリンに邪魔されて、それはできねえ。男の方も『石頭のグレゴリー』みたいな奴がボコボコにしてる。ハンスやグレゴリーが好き勝手やって、お前らはオスとメスが苦しんでいる様子を、指を咥えて観てるしかねえ。それでも楽しいか？」

デザートリザードが、聖の問いをゴブリンたちも理解しやすいように具体化してかみ砕いて伝える。

さすがは優秀なフラムの部下だ。

「タノシイ！」

「ウレシイ！」

「イケル！」

ゴブリンたちが身体を震わせて、興奮気味に叫んだ。

「つってもよ、オスなら出すもん出さなきゃ収まらねえだろうよ。そっちはいいのか？」

「ハンスやグレゴリーがアキルまでマツ」

「アトでシタイをオカス」

「ジブンでシゴク」

今度のゴブリンの反応はそっけないものだった。

「おおむね理解しました。彼らを元の場所へ」

「へい」

デザートリザードがゴブリンたちを外に連れて行く。

「――つまり、ゴブリンが嗜虐欲を満たすにあたっては、直接身体的な危害を加えさせる機会を用意してやる必要はないということです。ゴブリンは、苦しんでいる存在を観察するだけで、精神的な充足感を得られるんですからね。嗜虐欲には性欲も絡むようですが、自慰で済ます程度でいいというくらいなので、別の性欲処理の手段を用意してやるべきでしょう。ともかく、メインは精神的に対象に虐待を加えることで、肉欲は従属的なもののようです」

聖は地球のシリアルキラーを思い出していた。

こういう性癖は、無差別連続殺人犯とかによくあるパターンだ。

「……なんつーかまあ、性悪で悪趣味としか言い様がねえな」

フラムが嫌悪感に顔を歪めた。

「そうですね。ですが、それが彼らに必要なものである以上、供給してやらなければいけない」

「おう――つっても、師匠はもう何か思いついてるんだろ？」

フラムが聖に期待の眼差しを向けてくる。

「実験をしてみます。奴隷の損耗を抑えるため、一人の悲劇をより多くの者が楽しめるような仕組みを試してみましょう。……『パンとサーカス』。結局、ここに行きつく訳ですか」

聖ははるかローマに思いを馳せて、肩をすくめた。

＊　＊　＊

夕刻のことである。

ギガの土魔法によって作られた、すり鉢状の半地下空間――ローマのコロッセオに近い形の場所に、聖はいた。

いわゆる、天覧席のような上方につくられた特等席であり、特殊な幻想魔法によって、外から内は見えないが、内からは外が見えるマジックミラーのような仕組みになっている。

聖の眼下には、ショーの開幕を今や遅しと待ちわびる無数のゴブリンたちがいる。

前の方の見やすい席はゴブリンの中では立場が上な小隊長級が占拠（せんきょ）し、その後ろは軍歴が長い順に一般のゴブリン兵が座っている。

「アイビス。サキュバスを用意して頂いてありがとうございました」

「構わん。面倒な客のあしらい方を学ぶのも若いサキュバスにとっては勉強じゃ」

聖の太ももの上に乗ったアイビスは、妖艶（ようえん）に微笑んで言う。

サキュバスの奉仕を受けられるのは、小隊長級のゴブリンの特権であった。

「そう言って頂けると助かりますね――プリミラさんも、スライムの手配、ありがとうございました」

「……精液にはごく微量ながら魂が含まれている。スライムにはいい餌」

『妻』として、聖の隣の席に腰かけたプリミラは表情を変えずに言い放った。

サキュバスの数は限られている。

小隊長級未満のゴブリンの性欲の『処理』はスライムの仕事とした。

「フラムさんもすみませんね。あまりこういうのはお好きじゃないでしょう」

聖はフラムを横目でみた。

彼女は、立ちっぱなしのまま壁に身体を預けて薄目を開けている。

「馬鹿にすんな――戦場でシャレになんねえエグいもんを腐るほど見てきてる」

そう答えるフラムだったが、あまり居心地が良さそうには見えない。

聖としても気は進まなかったが、戦場での総大将はフラムにする予定なので、ゴブリン兵の管理の観点からも視察をしてもらう必要があった。

「おらおら聞け！　ゴブリン共。お待ちかねのショーの時間でい！」

司会のデザートリザードの合図で、今回のショーの目玉が、コロッセオの中央に運ばれてくる。

それは、二つの電話ボックスほどの大きさの箱が連結された装置だった。箱と箱の間に仕切りがあり、それぞれ左右には、ヒトの男と女が、下着だけのあられもない格好で鎖によって拘束されている。それぞれの電話ボックスには、男と女とは別に、デザートリザードの拷問官が一人ずつ入っていた。

箱は、聖の天覧席に似たマジックミラーシステムで、こちらは逆に中から外は見えないが、外から中が見える仕組みになっている。防音の魔法も施されているため、外の人間は中の声が聞こえるが、中の人間は外の声が聞こえない。つまり、男と女は自分たちが見られていることに気が付けない状況にあった。

「全く、愚かな連中よの。いくらわらわたちが敗れたとはいえ、『英雄』でもないヒトが魔族の本拠地に足を踏み入れて無事で済むはずもなかろうに」

「ま、オレたちを殺しに来てんだ。当然、殺される覚悟はあるんだろ」

アイビスとフラムが辛辣に吐き捨てた。

彼らは東の方からやってきた俗に言う、『中級冒険者』のシーフのカップルであった。どうやら、冒険者ギルドから偵察の依頼を受けて火事場泥棒がてら魔族領に侵入したらしい。魔族が戦争で大敗した今が絶好の機会だと捉えたのだろうが、考えが甘すぎる。

「待たせたな。楽しい楽しい尋問の時間だぜ」

拷問官のデザートリザードが、舌なめずりを一つして、女に話しかけた。

「こ、殺すなら殺しなよ！　アタイは魔族に屈したりなんかしない！」

女がそう虚勢を張る。

箱の中の姿は幻想魔法によってパブリックビューイングのように拡大され、その声は拡声魔法によって、コロッセオ全体に響き渡った。

ゴブリンたちが期待の歓声を上げる。

「殺すつもりならとっくにやってらあな——そう怯えるこたあねえ。あんたらにとったら、これはチャンスだ。上手くやりゃあ、あんたもツガイの男も、二人共生きてヒトの世界に帰れるぜ」

「う、嘘ついても無駄だよ。魔族が一度捕まえた人間を助けたりなんかするもんか」

「普通の魔族ならそうだが、今は偉大にして慈悲深き魔王様がいらっしゃる。魔王様っていうのはな。お前らみたいなカス共にも、気まぐれでチャンスを与えてくださるのよ」

「……た、確かに、魔王っていうのは、どうにも理屈に合わないことをするって聞くね。たくさんの犠牲まで払って、お姫様をさらって、わざわざアタイらが団結する理由を作ったりさ」

この世界のヒトには、魔王＝脳筋だと思われている。

実際、今までの歴史上の魔王全てがそうだったのだからしょうがない。

「ま、ともかくよ。ルールはこうだ。まず、あんたが依頼主を吐けばあんたは無傷で解放する。ツガイの男の方は殺す」

「そ、そんな……」

「逆も同じだ。もし、男が吐けば、お前が死ぬぜ」

「そ、それのどこにチャンスがあるって言うんだい！　これだから、魔族共は——」

「まあ、聞け。話はこれからだ。もし、あんたらが二人共、オイラたちの拷問に耐え抜いて、ずっと黙っていられたら、二人共解放だ」

デザートリザードは激昂する女をなだめるように言った。

「……ずっと黙ってって、いつまでさ」

女の目が真剣さを増して、すっと細まる。

「そりゃあ、二ヶ月か、三ヶ月か――ともかく、春の雪解けの頃にはヒト共がここに攻め込んでくるっていうことくらいは、あんたも知ってるだろう？　オイラたちが負けたら、ヒトの英雄だか、勇者様だかが、箱を開けてくれるだろうよ。ただ、無傷で解放っていうのは癪だからな。この箱が魔族以外の手で開けられると同時に、ちょっとやそっとの魔法じゃ治らねえ、きっつい呪いの傷を全身に刻ませてもらう。まあ、それでも、二人共、五体満足で帰れるんだ。御の字だろ？」

デザートリザードは、手にした拷問の鞭を試し振りしながら、とぼけた調子で言う。

「――二人ともが吐いたら、どうすんのさ」

「そんときゃあ、情報の価値は半分だからな。当然、待遇もそれなりになる。男の方は、そうさな。殺しはしないが鉱山で奴隷として壊れるまで、働いてもらうことにならあな。ま、今すぐに死ぬよかマシだろ？」

「あ、アタイはどうなんのさ」

「あんたはあんまり力がなさそうだしな。そうさな。ゴブリンの苗床にでも使うか」

「……こん畜生が」

女が恐怖に顔を歪めて震える。

ゴブリンが哄笑した。

「嫌なら別にいいんだぜ。別に、オイラたちはあんたらを今すぐぶっ殺しても一向に構わねえんだからな。ただ、魔王様のご命令だから一応、聞いてやってるだけさ」

「やるよ！　やりゃあいいんだろ！　でもね。あんたらが約束を守るって保証はどこにあるんだい！　後で約束を反故にしないって証拠をよこしな！　よこさないって言うなら、今すぐ舌を噛み切って死んでやる」

「疑い深いねえ……。あんたが同意するなら、魔術的な誓約書を交わしてやるよ。恐れ多くも魔王様が契約相手だ。ルールを守ることに、魔王様ご自身の命をかけると書いてある。これで信用できねえっていうんなら、オイラたちはもうお手上げさ」

デザートリザードが、羊皮紙を女にちらつかせて言う。

この誓約書は嘘偽りなく本物だ。

「――いいだろう。アタイらをなめんなよ！　拷問に耐える訓練だって、きっちり受けてんだ！」

「おうおう、その威勢がいつまで続くかねえ。ま、とりあえず、血判をもらうぜ」

デザートリザードが女の手を引っかき、血を流させて、誓約書を完成させる。

一方その頃、男の方にも、女の方と全く同様のルール説明がなされ、彼もまた誓約書にサインをした。

やがて、拷問が始まる。

苦痛に顔を歪める男と女に、ゴブリンたちが沸きたった。

「さあ、皆さん、ここで問題です。このゲームは、どのような結末を迎えると思いますか？　私の元いた世界では、『囚人のジレンマ』というのですがね」

「……もちろん、すぐに自白する」

「おう。相手がどう出ても、それが一番得だからな」

プリミラとフラムは、しばらく考えてからそう結論づけた。

女の立場になって考えてみよう。

この場合、男が取ると考えられる行動は、『自白』ｏｒ『沈黙』の二択である。

男が『自白』した場合、女が自分にとっての利益を最大化するためには、自分も『自白』するしかない。もし、沈黙を選べば即死だからである。

男が『沈黙』を選んだ場合、女が自分にとっての利益を最大化するためには、こちらもやはり『自白』した方がいい。自分が無傷で解放されるからだ。

男視点から見ても同様の推論が成り立ち、結局、二人は自白することになる。

「ご名答です」

「……これは恐ろしい。拷問で恐怖心を煽っているから、といった状況に関係なく、自然と二人を自白に導くシステムになってる」

「自由があるように見えて、自由がねえんだな」

「――と思いますよね？　ですが、実はこの理論には、一つの大きな欠陥があります」

「ほほほ。『憤怒』も『怠惰』も青いの。ヒトには『愛』という概念があるのじゃよ。それはな、時に『自分よりも相手のことを大切に思う気持ち』と表現されるのじゃ」

アイビスが意味深に笑う。

「そうです。アイビス、よく気が付きました。『囚人のジレンマ』は、お互いが『自分の得を一番に考えている』前提の理論です。つまり、二人が恋人として真に信じ合い、『相手のことを一番に考えている』状況ならば、理屈は逆転します。二人は、必然的に黙秘を選ぶことになるのです」

「……つまり、あの二人には本当に希望がある？」

「ええ。その通りです。本当に希望のないゲームを押し付けるのはあまりにもアンフェアだと思うので、このような形にさせて頂きました」

プリミラの問いに、聖が頷いた。

「随分と甘くねえか？　あいつらは侵略者だろ？」

フラムが男と女を睥睨して疑問を呈する。

シーフたちは、デザートリザードの拷問に苦悶の声を上げながらも、必死に歯を食いしばって耐えている様子だった。

「当然、このままではショーになりません。希望を与えるのは嘘ではありませんが、現状は彼らが自らの失態で招いたことですから、かなり不利なハンデは突きつけさせて頂きます。——『エンペラーコール。お二人共、次の段階へ進んでください』」

聖は、拷問官たちにそう指令を下す。

「……おうおう。オイラの技に耐えるとは、中々やるじゃねえか。見上げた根性だ」

「へっ。アタイらはね、お前たちみたいな血も涙もない魔族とは違うんだ。信頼ってもんがあるんだよ！」

女はペッと血の混じった唾を吐き出して言う。

「そうらしい。だが、あの男は本当に、あんたがそこまで頑張るに値する男なのかねえ」

「ふんっ。そうやってカマかけて、アタイの心を揺さぶろうったって無駄だよ。アタイとあいつはね。しょんべんったれのガキの頃からの仲なんだ」

「……らしいねえ。ローズっていう女と三人で、いつも一緒にいたって、男の奴が言ってるぜ」

「なんで、ここでローズの名前が出てくんだい！　大体、お前、なんでそのことを……」

女の顔に動揺が走る。

「……男はまだ何も個人情報を喋っていない。それなのに、デザートリザードが情報を把握してるということは——」

プリミラが何かに気付いたように、アイビスの方に視線を遣る。

「そういうことじゃ。奴らは二人とも、すでにわらわの魔法で自白させた上で、その記憶を消しておる。あの拷問官たちも、雇い主はもちろん、あやつらの好きな食べ物から初めての相手まで、全部把握しておるわ」

「じゃあ、あいつらのあがきは全部茶番か？」

「ま、情報の死守という意味ではそういうことになりますね。ちなみに、仮に二人のうちどちらかを即、解放することになれば、モルルンに脳みそをいじくってもらい諸々の記憶が絶対復活しないようにした上で、さらに保険としてアイビスに暗示をかけて頂き、野に放つことになります」

フラムの問いに、聖は平然と答えた。

誓約書には、『五体満足に』帰すとは記したが、記憶までは言及していない。

当然、そのくらいの安全策はとっていた。

「オイラと男の方の拷問官とは宝具で話せるようになってんのさ。――男の方も依頼主のことは吐かずに頑張ってんだがね。拷問を軽くするって言ったら、生い立ちくらいはペラペラ喋りやがる」

「ちっ。そうだよ。アタイとあいつとローズは幼馴染みだ！　だからどうした！」

女が開き直ったように叫ぶ。

「別にどうもしねえがよお。年中発情期の人間ってやつは大変だよなあ。相手も、一人じゃ足りねえみたいじゃねえか」

「……何を言いたいんだい」

「いやあ。オイラたちは、大体、己の強さっていうのをわきまえてるからよ。ツガイの相手は上手いこと一対一、ばっちり決まるんだが、ヒトは違うだろ。だから、聞いてみたくってよ。ローズって女とあんたと、二人で一人の男を共有する気分ってのはどんなもんだ？」

「う、嘘だね。ローズは男に手を握られただけで真っ赤になって逃げ出すような奴だ。あいつもローズのことは妹みたいだってずっと言ってて、いつかいい男を探してやんなきゃって二人で話してて――」

「ま、詳しいことは男の口から直接聞きなせえ」

男と女を仕切っていた壁が、黒から透明に変わる。

「――俺もローズも、酔ってたんだ。あの晩は、とても月が綺麗で、昔みたいにローズを膝にのっけて話してたら、なんとなくそんな雰囲気になって――」

サイレンスが一部解除され、男の方からの一方通行で声が女に伝わる。

男が目を泳がせて言い訳じみた言葉を繰る。

「……ち、ちくしょう」

女がうなだれる。

もちろん、女が見ているのはナイトメアアイが見せる幻影であって、現実の男ではない。

だが、語っている内容はまぎれもなく、過去に男が起こした事実であった。

再び壁が黒へと戻る。

「辛そうだな。楽になってもいいんだぜ」

「……いいさ。アタイは、あいつがローズのことを好きだって、心のどこかでわかってたんだ。だけど、今、あいつの側にいるのはアタイだ。ローズじゃない！　それで十分だ！」

悔しさに顔を歪ませながらも、虚勢を張る女。

『オモシロイ』反応に、ゴブリンたちが手を叩く。

「おうおう。健気だねえ。じゃあ、パーティの金を娼婦に入れあげてる件も承知って訳だ——」

「なんだって⁉」

拷問官の精神攻撃は続く。

「女性の方は中々頑張りますね」

「……同意。でも、男の方は——」

同時進行で繰り広げられていたもう一つのショーに、一同は視線を移す。

「——中々やるじゃねえか。だが、あの女は本当にお前がそれだけの苦痛に耐える価値がある存在なのか？」

「当たり前だ！　あいつは、こんなどうしようもねえ俺を愛してくれた。あいつのためなら、俺は命も惜しくねえ！」

「愛していたのは、本当にお前だけかねえ？」

「どういう意味だ！」

「こういうことさ」

壁の色が白へと変わる。

「憧れの英雄だったんだ。昔、アタイが腹を空かせてた時に、一番高いメシを腹いっぱい食わせてくれた。あの人は、別の大陸に行っちまうから、そしたら、もう会えなくなるって思って、アタイは、思い切って告白を――」

女の幻影が男を捉えた。

こちらもまた、実際にあったことである。

「あ、あいつ、俺が初めてだって言ってやがったのに」

男が目を怒らせて、唇を嚙みしめる。

「まあ、ヒトってのは年中発情期なんだろ？　近くに強いオスがいたら、その種が欲しくなるのは当たり前じゃねえの？」

拷問官はなだめているのか、煽っているのか、どちらとも判然としない口調で言う。

「……くっ、そうだ。そもそも、俺だって、あいつに話せてないことの一つや二つあるんだ。あいつが一回、他の奴と浮気したくらいで……」

「おうよ。ま、女がやったのはその英雄様一人だけじゃねえがな。『泥指(どろゆび)のグレイ』って知ってるか？」

「グレイ⁉　まさか――俺が商都に単独ミッションに行ってた時に、あいつ！　俺が死にそうな思いで働いてたのに！」

「まあまあ落ち着けよ。一人も二人も大差ねえだろ？」確かにあの英雄は男の俺から見ても、スゲエ奴だった。だけど、グレイは違う！　あいつはクズ野郎だ！」

「あるに決まってんだろ！　一回目は仕方ねえ。

「ヒトの細かい事情は知らねえけどよ。オイラからしたら、もっと意味わかんねえことがあるんだがな。ヒトの女って、なんで、自分のガキを自分で殺すんだ。なんか、そのグレイって奴と、お前の子か、どちらかわかんねえから堕ろしたって言うんだけどよ。どっちにしろ自分の子だろ？」

拷問官は、心底不思議そうに首を傾げる。

実際、演技ではなく、デザートリザードの彼には理解できない価値観であった。

「そんな……。確かに、一ヶ月くらいやたら仕事をやりたがらねえ時期があった！　あの時に――あいつ！　俺の子を殺しやがったのか！」

「だから、お前の子かわかんねえじゃねえか。確率としちゃあ、四分の一だ」

「四分の一？　二分の一だろう！　計算もできねえのか、この馬鹿トカゲ！」

「いや、だから、あんたと、グレイと、ジョージとカインと、四人とやって、その内誰か一人のガキなんだから、四分の一だろ？　あれ？　間違えたか？　確かに、算数ってやつは最近覚えたからよ。間違ってたら謝るわ。すまんすまん」

男の侮辱に、拷問官は指折り数えながら、軽い調子で答えた。

「……」

「おい」

「……」

「なんで黙る？　オイラがちょっと計算間違えたくらいでそんなに怒るなよ」

「依頼主はアンカッサの街の、『寛容』のアレハンドロだ」

唐突に能面のような無表情になった男は、あっさりとそう吐き捨てた。

「お、おう。そうか」

拷問官が唐突な展開に、若干引き気味に頷く。

「白状しただろ、さっさと俺を放せ。誓約書に、俺たちは、嘘は吐けないよう書いてあったから、疑う理由もないだろ」

「そうだな。約束は約束だ！　あんたを解放する！」

拷問官が高らかにそう宣言した。

「ちっ。根性ねえな。そもそも、別に誰が誰にナニ突っ込もうが、それでガキができようが、どうでもいいだろうが。結局、ヒトの数全体でみりゃ、増えるんだろ？」

フラムが舌打ち一つ吐き捨てる。

「ヒトが皆、フラムさんのような考え方ができれば平和なのでしょうがねえ。どうしても、ヒトの男は子どもが自分の種から産まれていると証明する方法がないだけ、常に不安なんですよ。独占欲があるんです」

「……旦那様が課したミッションはとても簡単。お互いの不貞（ふてい）を認め合うだけ。どちらにも負い目があるんだから容易いはずなのに、なぜあんな結論になるのか……。理解はできるけど、納得はできない。ヒトはやっぱり愚か」

プリミラが首をかしげて呟く。

「よっしゃ！　お前ら聞いての通りだ！　決着はついた！　ボックスオープン！」

司会のデザートリザードが高らかにそう宣言した。

箱の天井が吹き飛び、壁は四方に倒れ、全てが白日の下に晒される。

「そういうことで、男はアンタを売った。よって女は死ぬううううう！」

「「「コロセ！　コロセ！　コロセ！　コロセ！　コロセ！」」」

ゴブリンたちから沸き起こるコール。

「そ、そんな。あんた、アタイを裏切ったのかい！　アタイは、ローズのことも、パーティの金をビッチにつぎ込んだことも、全部、全部、全部、なにもかも許したのに！」

「うるせえ売女はおめえだろ！　俺の子どもを殺しやがって！」

「違っ！　それは、あん時のアタイらじゃとてもガキなんて育てられなかったから、今回の任務でまとまった金が入ったら、真剣に今後のことを考えようって！」

「知るか！　俺はローズと所帯を持つ！　あいつはお前と違って俺一筋だからな！」

「なっ！　ローズがあんたと寝たのはねえ！　好きだからじゃないよ！　小さい頃から世話になってる恩返しのつもりさ！　そんなこともわかんないなんて、あんたはとんだ阿呆だ！」

「けっ。あの短期間で俺以外の三人と寝る女の言葉なんて信用できるかよ」

「この無能でぐうたらのクズめ！　シーフやってりゃあ、どうしても身体で情報を稼がなきゃいけない時があることくらいわかるだろう！　本当に性根が腐ったみみっちい男だね！　愛想が尽きた！　アタイも白状してやる！」

「お、おい！　もう、俺から情報を仕入れたんだから、こいつのは必要ねえだろ！」

「いや。同じ情報を複数から仕入れるのは確度を高める上で重要でさあな」

焦って制止しようとする男に、司会は無情に首を横に振った。

「依頼主は、アンカッサの街の、『寛容』のアレハンドロだよ！」

「確かに――じゃ、契約通り。両方自白ってこたあ、あんたら、わかってるな？」

司会が、男と女を交互に見て言う。

「けっ。ゴブリンの苗床たあ、売女にお似合いの仕事場だよ」

「アンタこそ、這いつくばって鉱山を掘ってりゃあ、少しは『謙虚』ってもんを覚えるだろうさ！」

男と女はお互いに罵り合って、唾を吐きかけ合う。

「――ああ。一つ言い忘れてたぜ。箱の中で見た姿。あれは、幻影だ。あれを見せた時点じゃあ、どっちも裏切っちゃいなかった。ま、総評としちゃあ、あんたらの愛は『そこそこ』だったよ」

司会がさらっとそう補足する。

「そ、そんな。じゃあ、俺は――」

「あ、アタイはなんてことを！」

拷問官に拘束された男と女は、自らのしでかしたことの大きさに身体を震わせる。

「「「ゲゲゲゲゲゲゲゲゲゲゲゲゲゲゲゲゲゲゲゲゲゲゲ！」」」

絶望と後悔がないまぜになった、ヒトしか作れない負の表情を目の前にして、ゴブリンたちの歓喜と興奮はたちまち絶頂に達した。

「んじゃあ、早速、契約を執行するぜ！『太っちょハンス』！　前に出て来いよ！」

「ジョウカンドノ！　ハンス！　ヤル！　ヤル！　ヤル！」

観客席から、一人の小太りのゴブリンが進み出た。

その顔は歓喜に歪み、口元から涎がこぼれ出る。

ハンスは、先日の隊商襲撃で功があったゴブリンの小隊長であった。

その褒美として、この栄えある陵辱担当に選ばれたのだ。

「あ、ああ……。ふひ、ふひ、ふひひひひ」

女が気が触れたように、締まりのない笑みを浮かべる。

「うあああああ！　ふがあああああああああ！　あああああああああああああ！」

男が慟哭した。

「「「クキャキャキャキャキャキャキャキャキャキャキャキャキャキャキャキャ！」」」

ゴブリンたちの興奮は冷めやらない。

ショーはこれからが本番なのだ。

「さすがは兄上じゃのお。一人も殺さずに、これだけの数のゴブリンの欲を満たしよった。もし、兄上がインキュバスに産まれておっても、やはり、成功したじゃろうて」

アイビスが感心したように言う。

「お褒めに与り光栄です。——さて、今回は上手くいったようですが、毎回このような催しを私が考えている時間はありません。ですので、今後はショーのアイデアも、ゴブリン自身から募集させてみてはいかがでしょうか。ゴブリンが望むことはゴブリンが一番よく知っているはずです。複数案が出たならば、どの案を採用するかはゴブリンの皆さんに選ばせるといいでしょう。選ばれたアイデアを出した者は表彰し、ちょっとした報酬も与えましょう」

聖はフラムの方を一瞥して、そう提案を告げる。

「おう。部下の奴らにそう言っとくぜ」

フラムは興味なさげにその惨劇を一瞥した後、踵を返して天覧席を後にした。

＊　＊　＊

一ヶ月後、聖は再び視察でフラムのいる工廠を訪れていた。

「その後、ゴブリン兵たちの様子はどうですか？」

「おう、師匠。効果は抜群だぜ。あれから、頭がおかしくなるゴブリンはほとんど出てねえ」

フラムは満足げに答える。

「それは上々です。ショーのアイデアの方は問題ありませんか？　マンネリ化するのは良くありませんからね」

「それも大丈夫そうだ。なんせ、ゴブリン共から、次から次へアイデアの具申があって大変だって、部下の奴らがボヤくくらいだからな。ついでに、ゴブリン同士の交流も活発になって、連帯感が増したらしいぜ。『共通の話題』ってやつができたからかな」

「素晴らしい。ゴブリンに『文化』が誕生しましたね。文化はいいですよ。心を豊かにします」

聖は皮肉っぽく言って、拍手をする。

残虐？

だからどうした。

昔、スポーツハンティングは貴族のたしなみとされていた上等な趣味だった。

しかし、聖のいた時代に至っては、動物虐待だと非難されていた。

文化への評価など相対的で、流動的なものだ。

「文化ねえ。オレの作ってる服と同じで、ヒトと関わっていくのに必要だってことか？」

　フラムが羽織っているジャケットを摘んで言う。

「その通りです。実際、今回も『文化』による副次的な効果も認められました。プリミラさんの報告では、ゴブリンの種付けの際の加害行為が顕著に減少したそうです」

「そうなのか？」

「はい。ゴブリン兵たちの中で、『弱い奴をただ暴力で痛めつけるのは馬鹿なゴブリンのすること。かしこいゴブリンならば、精神的に苦しめる方法を考え出すべきだ』という価値観が生まれつつあるようです。ただ暴力だけで陵辱するような粗忽者は、周りから馬鹿にされると聞いています」

「師匠の見せたショーがよっぽど衝撃的だったんだろうな……確かに、『文化』は今後、ヒトの土地を占領するなら、有利になる。手あたり次第にヒトを陵辱するような奴らは使えないからな」

　フラムが納得したように頷く。

　この大陸にはまだ聖の把握してないゴブリンの小集団が点在しているかもしれないが、彼らもやがて『文化』に呑み込まれていくだろう。その暁には、ゴブリンによるヒトの被害はぐっと減るはずだ。皮肉な話だが、定期的にヒトを生贄にすることで、ヒトは安全と安心を得られるのだ。

「そういうことです。ゴブリンが計画性を身に付けたなら、ヒトの世界でも、必ず一定数犯罪者はでますから、彼らの処刑をゴブリンに任せることで、問題なく秩序がつくれます」

「なるほどねえ……。そういや、部下の奴らが、ただのゴブリンから、ゴブリンメイジに転化する個体が増えてるとも言ってたな。これも、『文化』の影響かね」

「転化？　進化とは違うのですか？」

「進化は魂を集めて上の存在になることだ。転化は同じクラスのまま、別の特性を得ることだ。ヒトの冒険者でいうと——そうそう、転職ってやつだな。例えば、この工廠のスライム共が毒を喰らって、『ポイズンスライム』になるのと同じだ」

「頭を使うようになった結果、知能の発達が促され、ゴブリンの知的階層が増殖したということでしょうかね。——まさに、禍福(かふく)はあざなえる縄のごとし。不幸の後には幸福が来ましたね。これで、アンチディスペル要員の不足も気にしなくて良さそうです」

「おう。あれだな。モルテの奴の仕事だろ？　脳虫火草(のうちゅうかそう)を使って、ゴブリンメイジの脳みそをつなげて、アンチディスペルを詠唱できる仕組みを開発したっていう」

「これもまた分業ですよ」

聖はにっこりと微笑む。

ゴブリンメイジは下級モンスターのため、本来、高度なアンチディスペルを詠唱するほどの能力はない。しかし、聖の命を受けたモルテは、複数のゴブリンメイジに詠唱を区切って分担させることによってそれを可能にした。

「ともかく、これで戦争の準備は整ったな。——数ヶ月前は、正直、こんな計画本当に上手くいくのかよって思ってたけどよ。やればできるもんだな。やっぱ師匠はすげえよ」

フラムが賛辞と共に頭を垂れる。

「皆さんの努力あってこそですし、私にできるのはここまでです。実際の戦争はフラムさんたちにお任せするしかありません――よろしくお願いします」

「お願いされるまでもねえ。生き残るための戦いだ。全力でやるさ」

フラムがジャケットの襟を正す。

かくて時は満ちた。

＊　＊　＊

「ようやくここまで来たな……」

恒夫はしみじみと呟く。

心の中で、勇者というチートを授かりながら、厳しい数ヶ月の訓練に耐えた自分の謙虚さを称えながら。

今、恒夫たちは魔王城へと繋がる山脈の麓で野営していた。

先ほどまで高度な空間魔法で収納されていたコテージの中は、最前線とは思えないほど穏やかだ。

もちろん、恒夫は魔王側にこちらの動きを気取られないように、内在する魔力を隠蔽する魔法を使っている。

勇者の力をもってしても、大規模な軍を隠すのは無理だが、三人程度ならば造作もないことだ。

策は単純だ。

まず、飛行魔法を使って山脈を飛び越える。

そのまま、敵に気付かれない内に、一気呵成に魔王城を強襲する。

以上である。

「まさか、私が物語の英雄譚のように魔王と戦うことになろうとはな。覚悟はしていても、実感がどうしても湧かないよ」

『純潔』の騎士こと、ジュリアンが心を落ち着かせるように聖剣の柄をぎゅっと握る。

「そ、それをおっしゃるなら、私なんてただの村娘ですよ⁉　勇者様とジュリアン様は魔王を倒すのにふさわしい御方だと思いますけど、私は、なんだかとても場違いな気がして、怖くて仕方ないです」

『慈愛』の聖女こと、アイシアが身体を震わせながら呟いた。

「怖いのは俺も同じさ。でも、泣いてもわめいても、明日の今頃は、俺たちは魔王城だ。……二人共、心残りをつくるなよ。やれることは今の内にやっておけ」

恒夫はそう言って、ジュリアンとアイシアに目配せした。

恒夫はそろそろ二人から告白されてもいい頃かな、と思っていた。

数ヶ月の間、寝食を共にし、ラッキースケベやら過去のトラウマの共有云々のイベントを経て、ジュリアンとアイシアが自分に恋をしているのは間違いないと踏んでいた。

ただ、状況が状況だけに、二人は自分に告白するのをためらっているようだ。

だから、優しい恒夫がわざわざ二人の背中を押してやろうという訳である。

「……ずっと迷っていました。でも、明日、死んでしまうかもしれないなら、私、私、言わずに後悔したくない。――だから、勇気を出します！　勇者様、お言葉に甘えてもいいですか？　道ならぬ恋でも許してくれますか？」

アイシアが上目遣いで恒夫を見た。

「当たり前だ。人の気持ちは止められない」

恒夫はキメ顔でそう言った。

（キタキタ！）

万民を愛すべき聖女が、一人の男を愛してしまったという禁忌。

アイシアが言いたいのはそういうことだろう。

「ありがとうございます！　――ジュリアン様！　好きです！　私と付き合ってください！」

アイシアはそう叫んで、ジュリアンの胸へと飛び込んだ。

（は？）

想定外の展開に、恒夫は目を丸くする。

「ありがとう――私もアイシアを愛している。ずっと私の側にいて欲しい」

ジュリアンが愛おしげにアイシアを抱きしめる。

「ほ、本当ですか⁉　――わ、私、てっきり断られるとばっかり。だって、ジュリアン様は、みんなのジュリアン様だから！」

アイシアが歓喜に頬を赤くして、瞳を潤ませる。

「騎士に二言はないよ。自慢じゃないがね。女ばかりの騎士団だから、こう見えても私は同性にモテるんだ。でも、今まで、ついぞアイシアに感じたような身体の芯から熱くなるような熱情を抱いたことはなかった。この気持ちは本物だ」

ジュリアンはアイシアの髪を愛おしげに撫でて、きっぱりとそう宣言する。

「嬉しい！　嬉しいです！　で、でも、どうしましょう！　私は教会の聖女ですし、ジュリアン様は騎士領で責任あるお立場ですし！　私、まさか受け入れてもらえるなんて思わなくて、そこまで考えてなくて――」

「私は魔王を倒したら、『純潔』の二つ名は返上するつもりだ。ふさわしくないし、ガーランドにはどうしても馴染めない。アイシアも、教会にこだわりがないなら、『慈愛』の聖女の鎖なんて捨ててしまえばいい。二人で冒険者にでもなろう。そして、困っている人々を助け、私たちなりの『善』を行おう」

ジュリアンはアイシアを落ち着かせるように、ゆっくりと優しい声で囁く。

「はい！　はい！　私、聖女を辞めます！　ジュリアン様について行きます！」

アイシアが涙と鼻水でぐしょぐしょになった顔をジュリアンの胸に押し付ける。

（は？　同性愛は教義違反だろうが！　こいつら、自分の信じた宗教の掟も守れねえのか！）

勝手に盛り上がる二人の女を前に、恒夫の心の中が一瞬で憎しみに染まる。

つい先日まで自由恋愛の使者だと自負していた恒夫だったが、今は全く別の立場に立っていた。勇者はこの世界の秩序を守護する存在なのであるから、教義を尊重すべきだと考えるようになった。

だが、先に『道ならぬ恋でもよい』と言質をとられている以上は、この場で二人を責める訳にはいかなかった。

（そうか……。こいつら、初めから、色仕掛けで俺を騙すつもりだったんだ！　勇者として魔王を倒させるために、俺を利用した！　とんでもない奴らだ！）

恒夫の中では、早々にそのように結論づけられた。

結論づけられた以上、恒夫にとって、それは事実で決定事項であった。

だが、魔王との決戦を前に、戦力を減らすほど恒夫は愚かではなかった。

（どうやって復讐してやろうか……）

沈黙のまま、勇者恒夫は決意する。

魔王を倒した暁には、恒夫の純情を弄んだこの二人に、必ず報いを受けさせると。

＊　＊　＊

アンカッサの街は、商業都市にしては珍しい要塞都市だ。

いや、『だった』。

確かに最初はそう作られた。

しかし、何百年、何千年と時が経つにつれて、その機能は段々と形骸化していった。

なぜかといえば、警戒するはずの魔族は、傭兵的な冒険者頼りのアンカッサの街を侮り、積極的に攻めてこようとしなかったからだ。

いつか、もしかしたら、魔族の大規模侵攻があるかもしれないということは頭にあった。

しかし、商売をするには厳しい管理は邪魔だし、規制は緩い方がいいし、城壁よりも街道が整備されていた方がありがたい。そう思う者が出てくるのは仕方のないことだった。

そんな商人の論理に流されながらも、アンカッサの街は要塞としての機能が全く失われた訳ではなかった。

たまにある、低級モンスターの大量発生——俗に言うスタンピード程度なら十分に防げるくらいの防御力は残っていた。

必要十分という奴だ。

そんな街の日当たりのいい一等地。街で一番高い瀟洒な建物の最上階で、アレハンドロはくつろいでいた。

「うーん、冬はやることがなくて、ボキは退屈だよ」

『寛容』のアレハンドロは、自身の太鼓腹を叩いてぼやく。

「あと少しの辛抱です坊ちゃん。春が来れば商都に戻れますぞ」

昔は名うての冒険者だったという執事が、慰めるように言った。

「魔族が絶滅すれば、これでボキも戦争の『英雄』の仲間入りかあ。名声に惹かれて、かわいいお嫁さんが来てくれるといいねえ」

時折、周りに侍らせた女奴隷を手慰みに愛でながら、小さく欠伸をする。

アレハンドロは自分を有能だとは決して思ってはいなかった。

自身の価値は、商都一の大店であるアンブローズ商会の跡取りであること、その一点にすぎないことを、痛いほど理解していた。

やり手の父親の七光りで、アレハンドロは今の総督の地位を得た。

アンブローズ商会の跡取りに箔をつけさせたいという、彼の父の親心であり、戦略であった。

金で買った地位。

金で買った名誉。

金で買った女。

アレハンドロの力で手に入れた物は何一つない。

でも、それで構わなかった。

アレハンドロは、出来のいい番頭(ばんとう)に助けられてやっていける程度の才能があればそれで十分だった。

商会は組織なのだから、アレハンドロ自身が優秀である必要はないのだ。アレハンドロは、無事に次代へ継ぎ、次の優秀なプレイヤーが出てくるまで、商会の財産を減らさなければそれで十分成功だ。

無能で間抜けそうな喋り方は、敵を油断させ、味方には『こいつは俺が助けてやらなくちゃやってけねえ』と思わせるための、アレハンドロなりの演出であった。

「よりどりみどりですよ。坊ちゃんは立派なアンブローズ商会の跡取りです」

「稼いだからねえ。薬も奴隷もほんとよく売れた」

アレハンドロはそう述懐(じゅっかい)する。

本部から指示されたことは、きっちりこなした。

任務は二つ。

一つ目は、『英雄丸(えいゆうがん)』と奴隷を確保して、騎士領へと流し、戦争でたっぷり稼ぐこと。

二つ目は、魔族に勝たなくてもいいが、負けることなく、このアンカッサの街を守り切ること。

簡単な任務だった。

『英雄丸』は本国から送られてきたものを右から左に流すだけ。

奴隷は魔族が周辺を荒らしてくれるので、流民はいくらでも湧いてきて、勝手に貧民街に溜まる。

そいつらを、浮浪罪やら関税のごまかしやらの罪で捕まえてやれば、奴隷のいっちょ上がりだ。

敵は魔族には珍しく、好戦的ではない奴らで、冒険者たちを街にとどめておくのにちょうどいい餌になってくれた。

もちろん、この辺りに土着する農民たちにとっては『狡知のプリミラ』は最悪の敵だろう。

だが、土地が荒れようと、人心が荒もうとアレハンドロには関係なかった。

今は戦時中で、『統一した管理が必要だから』という名目で、アンブローズ商会が一括管理しているが、戦争が終われば、商都本来の共同統治へと戻る。

すなわち、統治のコストは今後、商都全体で払うことになるのだから、アンブローズ商会としては、今、儲けられる時に稼げるだけ稼ぐのが商人としての正しいやり方だった。

「ええ。ええ。稼ぐことこそが男の甲斐性ですとも。冒険者共も、まさに『寛容』な支配者だと坊ちゃんを称えております」

「ボキは金払いがいいからね」

アンカッサの街は、少数の常備兵と、圧倒的多数の冒険者によって守られている。

主戦力の冒険者たちを街に留めておくため、アレハンドロは、宿代や食事に補助金を出して、彼らが安く滞在できるシステムを整えた。

そのつけを払うのは結局一般市民や周辺の農民だが、先述の通り、コストは最終的に商都全体に転嫁されるので関係ない。

一部の人間から憎しみを買おうが、軍事力さえきちっと掌握しておけば、暴力と恐怖で統治はできるのだ。

「いつもありがとうございます」

執事が頭を垂れる。

「ボキの『寛容』さを舐めないで欲しいな。ここを去る時には奴隷は全部いらなくなるでしょ？　それを売った金で、ジイヤの孫に何か買ってあげるよ。何がいいか考えておいて」

「ありがたき幸せ」

執事が頭を垂れる。

アレハンドロはこれと見込んだ仲間には優しくしてきた。

それが生き残る秘訣だった。

「あーあ、欲を言えば、もうちょっと何か手柄を上げたかったたね」

「あの冒険者共、帰ってきませんでしたな」

「まあ、まだ、少なくとも、『色欲(しきよく)』のアイビスと、『嫉妬(しっと)』のモルテは健在だからね。無理はしないけどさ」

　あわよくば、『騎士』や『神徒』に先んじて、めぼしいお宝をかっぱらえればと思ったのだが、どうやらまだ魔族領は完全に崩壊はしていないらしい。

　危険そうなら、すぐに損切りできることも、商人としては美徳であった。

「賢明なご判断ですぞ。じいやは感服致しました」

「でも、何か一つくらいは戦果が欲しいよね。何か、ボキの宣伝に使えるような――」

「ご歓談中のところ失礼致します！　緊急のご報告です！」

　荒々しいノックの音と共に、非常事態が告げられる。

「なにかな」

「ゴブリンのスタンピードがこちらに向かっています。その数、三〇〇〇！」

「――ゴブリンかあ。数はまあまあかな？」

「中規模クラスですな」

　ちなみに、今までの最高数は六〇〇〇体くらいだ。

　それ以上になると、頭の悪いゴブリンたちは集団を維持できずに分裂する。

「うーん。雑魚のゴブリン相手じゃ、防衛戦で名を上げるにはちょっと弱いなあ」

「そ、それが、敵将は、あの『狡知のプリミラ』です！　ご覧ください！」

報告に来た兵士が、窓の外を指さす。

そこには、はるか彼方に蜃気楼のように浮かぶ、プリミラの幻影があった。

魔法によって拡大されているのか、その姿は、大きな積乱雲ほどにも見える。

『……アンカッサの街の住民に告ぐ。我々魔王軍は、汝らの不当なる侵略に正当なる罰を与えるため、ここに宣戦布告をする。——これはほんのご挨拶の贈り物。どうか受け取って欲しい』

プリミラが氷柱を発射する。

その先端に固定されていたのは——一人の人間の遺骸だった。

「あれは、確か——『豪脚のムーア』だっけ？」

「ええ。東で一番の英雄と謳われた冒険者です。スライムカイザーと相打ちになったと聞いてましたが、奴は遺体を凍らせてとっておいたようですな」

仲間を侮辱された冒険者たちが激昂するのは間違いない。

彼らの怒号が、アレハンドロの所まで聞こえてくるようだった。

『……ブラングロッサ平原で待つ。腰抜けじゃなければ、かかってくるといい』

プリミラの幻影は、それだけ言い残して消える。

「煽るねえ。籠城させたくないのかな？」

「でしょうな。魔族が滅亡することを見越し、進退窮まって、イチかバチかの特攻といったところでしょう。無名の魔族ならともかく、プリミラほど有名になれば逃げきれま

せんからな。ゴブリン共をかき集めて最後の賭けに出た」

「ま、どちらにしろ、こっちも出るしかないんだけどね。籠城するには、備蓄がかなりきついし、城壁もボロボロだしね」

「かえって、焚きつけてくれてありがたいですな。元々、アンカッサの街を根城にしていた者は、敵討ちで団結し、士気も燃え上がるに違いありません」

「でも、騎士領と聖領から流れてきた冒険者はどうかなあ……。元からいた冒険者たちが上手く渡りをつけてくれればいいけど……」

数時間後――果たして、アレハンドロの望んだ通りになった。

先の大戦で上級冒険者をかなり討ち取られていた東部出身の冒険者が、南部と西部の手練れの冒険者に助けを求めたのだ。

『悔しいが、俺たちだけじゃあプリミラには敵わねえ！　雑魚のゴブリン共は俺たちが露払いするから、プリミラを殺すのに協力してくれ！　今度こそ、あいつを絶対逃がさないでくれ！』

『これに応えなきゃ冒険者の名が廃る！　『首狩りロッソ』の力を見せてやるぜ』

といった具合である。

「いいように転んだねえ」

部下からの報告に、アレハンドロは顎肉をプルプル揺らす。

「奴らも薄々わかってはいるのでしょう。世の戦術が変わり、『冒険者』のようなならず者が活躍できる時代はもうあまり長くないと」

「じゃあ、そんな彼らへの最後のはなむけに、ボキも一つ、『寛容』なところを見せようかなあ」

「では？」

「中途半端に残していても仕方ない。倉庫の食料を冒険者に無料で開放しよう。金も出そう。『緊急クエスト』だ。ゴブリンは通常の単価の二倍。プリミラは——もう十分に懸賞金がかかってるけど、冒険者への応援の意味もこめて、ちょっとだけ上乗せしよう」

アレハンドロの指揮権があるのは、少数の常備兵に対してだけ。

冒険者は、人の言うことなど聞きはしないので、金と名誉で釣るしかない。

『ケチ』と思われるよりは、生き金を知っている『粋』な坊ちゃんだと思われた方がよほどいい。

「冒険者たちもやる気になるでしょうな。さすがは坊ちゃん」

「まあ、商人なら誰でもこうするだろうけどね」

敵の兵力はガタガタ。

前の大戦でもすでに互角だったのに、こちらは西部と南部の冒険者が増えたのだから、およそ、三倍の戦力が見込める。無論、全ての冒険者が『緊急クエスト』に応じる訳ではないが、それでも二・五倍は固い。

負ける方が難しい決戦であった。

「……ブラングロッサ平原で待つ。腰抜けじゃなければ、かかってくるといい」

(——街までかなり距離があるのに殺気が伝わってくる！　怖い……。怖すぎる……)

もちろん、プリミラだって本当は敵を煽るような真似はしたくなかった。

だが、ゴブリン軍団だけを突っ込ませると、下級か中級の冒険者だけが出張って、手練れだけが街に残るという状況になる可能性があった。

上級冒険者にとっては、ゴブリンの相手など役不足だからである。

全部引っ張り出すのには、プリミラという餌が必要だった。

＊　＊　＊

「ヒュー。やるじゃねえか。さすが人気者は違うねえ。あやかりたいこった」

フラムが口笛と共に軽口を叩く。

「……羨ましかったら、フラムもこの戦で名を上げるといい。私は後ろで支援に徹する」

プリミラは眉一つ動かさず、そう返答する。

「手柄を譲ってくれるって？　お優しいことで」

「……総大将より、副官の方が名望を集めることは、軍隊の秩序を乱す。やむを得ない措置」

無論、嘘である。

怖いから最前線に出たくないだけだ。

ついでに、フラムに無茶苦茶活躍して欲しいというのは本音だ。

現状、プリミラが魔将の中で一番手みたいな感じになっているのは、ぶっちゃけ恐ろしいのだ。トップというのは、何かと同僚から嫉妬されがちで、仕事でも矢面に立つことが多い損な役回りである。かといって、地位が低すぎると使い捨てにされかねない。なので、名実共にナンバー二か三くらいの地位に収まるのがベストだと考えていた。

「へっ、そうかよ。まあいいさ。万が一の時の保険にもなるしな。オレが死んだら、後は頼むぜ、副官殿？」

「……わかった。――作戦の最終確認を」

「おう。つっても、単純だがな。まず、『出来損ない』共を餌に放つ。敵が食らいついて突出したところを、本体で包囲殲滅するだけだ」

敵が『ゴブリンのスタンピードだと思っている集団』。その正体は、訓練の結果、『不合格』とされた、ゴブリンの中でも劣位の個体の群れであった。

本隊は、平原の手前の沼沢で、アイビスの幻想魔法によって作られた霧の中に隠れている。

「……それでいい。戦術はシンプルな方が良いと、旦那様もおっしゃっていた。そもそも、急ごしらえの軍隊に複雑な作戦は無理」

「おう。まずは、じっくり時を待つか」

「……ゴブリンメイジ部隊。アンチディスペルを展開」

「火には水を」

「水には土を」

「土には風を」

「アンチディスペル」

脳虫火草に操られたゴブリンメイジたちが魔法を詠唱する。

当然、それだけでは冒険者たちのアンチディスペルには十分に対抗できない。

劣勢になり、『出来損ない』たちが魔法攻撃で狩られていく。

「おらおら、このままじゃ無駄死にだぞ！　突っ込め、生贄共！」

フラムはワーウルフなどの中級魔族を使って、『出来損ない』の群れの後方から、蹴り、殴り、斬り、力ずくで追い立てた。

一人前と認められなかった彼らは、恐怖と怒りに駆られて破れかぶれに走り出した。

この戦術を、フラムはヒト——奴隷を剣で追い立てる騎士共から教えてもらったと言っていた。

色んな意味で意趣返しという訳だ。

ゴブリンの勢いを食い止めるために、前衛が突出してくる。

下級・中級の彼らがゴブリンの相手をしている間に、上級冒険者たちも、プリミラという手柄を求めて、左翼、右翼の両面からこちらへと駆けてくる。上級冒険者たちも、ゴブリンが全滅するのを待っていては、他の上級に先を越されるとわかっているのだ。

「……そろそろ」

『出来損ない』の半分が消耗したあたりで、プリミラは呟く。

「うしっ！　じゃあ行くか！　野郎ども！　気合い入れろ！　魔族の興廃この一戦にありだ！　――アイビス！」

フラムが味方を鼓舞しながら、戦場で無駄に色気を振りまくサキュバスを一瞥する。

「承った。今からゴブリン軍団にかけた幻想魔法を解く故、心せよ！」

アイビスの魔法が解けて、完全武装したゴブリン兵団の本隊が姿を現す。

フラムの薫陶のおかげか、一糸乱れぬ隊列を組んで進むその姿は壮観だった。

槍が唸り、鎧がきしむ。

まるで一つの生き物であるかのように、その大軍勢の一歩一歩が大地をどよもした。

「な、なんだ！　こいつら！」

「今までどこに隠れてやがったんだ！」

「ひるむな！　どんだけ数が多くても、たかがゴブリンだ！　魔法で優位がとれているなら勝てる！」

「だが、あまりにも数が多すぎないか⁉」

中級以下の冒険者たちの顔に、動揺が走る。

「……全魔法使い、アンチディスペル、展開」

そんな彼らを後目に、プリミラはそう指示を下した。

魔法を使える魔族が一斉にアンチディスペルを放つ。

冒険者のアンチディスペルと、魔族のそれがたちまちぶつかり合い、一帯に魔法的な空白地帯が生まれた。

ここからは白兵戦の時間だ。

「——アンチディスペルの展開は、互角、もしくは若干こちらが優位といったところかな？　これなら、魔将全員が詠唱に拘束されることはなさそうだね」

レイがクールにそう分析した。

「わらわは、色事以外の肉弾戦は苦手じゃ。アンチディスペルに徹する故、荒事は他の者に任せるぞ」

アイビスがけだるそうに言う。

「……ワタシも直接戦闘は得手ではない。アンチディスペルに専念する。ヒトの英雄たちを相手にするフラムの援護は、ギガとレイに任せる」

プリミラもすかさず追随する。

魔将クラスになれば全員アンチディスペルは使えるが、余裕があるのだから、接近戦が得意な者はそちらに専念させた方がいい。

「おー！　頑張るゾ！　手柄を立てて魔王様においしいご褒美をいっぱいもらうノダ！」

ギガが両腕を挙げて跳ねる。

「ボクも別に肉体派って訳じゃないんだけどねえ。ま、スピードにはちょっと自信があるけどさ」

レイが軽く脚を伸ばすストレッチをしながら呟いた。

「だめだ！　これは罠だ！」

「撤退だ！　一回、街に帰って立て直す！」

冒険者が慌ててゴブリン軍団に背中を向ける。

「オーガ騎兵！　逃がすな！　回り込め！」

ワーウルフを肩に乗せたオーガが、全速力で駆けだす。

ちなみに、オーガの方がワーウルフより上級の魔族だから命令に従わないという、魔族的な身分関係の問題は、ワーウルフに魔王がちょっと力を分け与えてやることであっさり解決した。元々、オーガとワーウルフにはそこまでの魔力差はないのだ。

「まさか、伏兵だと⁉　あのこらえ性のないオーガが潜伏していたっていうのか⁉　まずい！　Bクラス以上の冒険者は結束してオーガの対処に当たれ！」

上級冒険者の大男が叫んだ。

右翼からプリミラたちのいる後方に迫ろうとしていたグループの一人だ。

プリミラはあまり冒険者に興味がないので、大男のことは知らなかったが、彼の命令に他の冒険者が従っているところを見るに、かなりの実力者なのだろう。

「おいおい。そんなつれないことを言うなよ。あんたらの相手はこのオレがするぜ？」

そんな大男の前に立ちはだかるように、フラムが姿を現す。

「くっ——デザートリザードの変種⁉　中ボスって奴か？　残念だが、お前程度じゃ、この『血まみれマルク』の相手をするには不足だぜ。戦って欲しけりゃ、せめて、『狡知のプリミラ』でも出すんだな！」

「冷たいこと言うなよ。——これでもダメか？」

フラムが着ていたジャケットを脱ぎ捨てて、力を解放する。

その姿が、たちまち巨大なレッドドラゴンへと変化した。

GYAOOOOOOOOOOOOOOOOO！

その勇ましい咆哮は味方に力を与え、敵を恐怖に陥れる。

「トカゲが竜に⁉　そうか、貴様、聞いたことがあるぞ！　『竜成りのフラム』か！」

「おあいにく様。今は、『憤怒』のフラムさ」

だいぶ低くなった声で、ドラゴン形態のフラムは呟いた。

「この力——とてもクラスアップしたての、ドラゴンには思えません。真竜か、もしくは古竜相当の——邪竜は『ピオネ山麓の決戦』で滅びたのではなかったのですか！」

大男に付き従っていた神官風の女が、額から冷や汗を垂らして叫ぶ。

プリミラたちを窮地に陥れ、魔王を召喚する原因となった、あの戦いの名を。

「感じるか？　師匠から預かった力だからよ。無様な真似は見せられねえんだ。本気で行くぜ！」

確かに、プリミラたちは今までの魔将に比べれば弱い。

だが、それは魔王から魔力を分けてもらう前の話だ。

戦闘経験はともかく、カタログスペックでは、今のプリミラたちはヒトの最上位の英雄にも引けを取らない。

「助太刀しますよ！　マルク！」

大男に加勢するように別の冒険者グループがやってきた。

リーダーらしい優男が、大男に声をかける。

「ちっ！　まさか、『潔癖のイワン』に背中を預けることになろうとはな！」

「ええ。返り血を勲章だとか言って風呂にも入らないあなたにゾッと――危ない！」

「ちっ、外したカ！」

優男を殴りにかかったギガが舌打ちする。

「あなた、その角――まさか、ミノタウルスですか！　その小ささで！」

「ギガを馬鹿にしたナ？　ヒトはおいしくないカラ、あんまり食べないケド、お前は特別に丸焼きで食ってヤル！」

「この人、ちょっと強そうだね。ギガくん、ボクと二人でやろう。援護するよ」

レイがそう言って杖に触れると、中から抜き身の白刃が飛び出した。

仕込み杖だったらしい。

「プリミラああああああああ！　お前は！　俺の全てをおおおおおおお！」

どうやら、東部の冒険者の英雄もちょっとは生き残っていたようだ。

プリミラは早速、沼地の水たまりに紛れて隠れる算段を立て始める。

「まあお待ちなせえ。ちょっくら、オイラたちの相手もしてもらえやせんかね」

そこに、デザートリザードのグループが割って入った。

「トカゲごときが——強い⁉　その剣、まさか、宝具か⁉　中級魔族ごときが持っていい品じゃねえぞ！」

「オイラたちの御大将は器がでかいんでね。あんたも魔王様に臣従しやせんか？　あの御方なら、働き者は種族分け隔てなく歓迎してくださいやす」

「誰が！　冒険者は！　自由だ！　何者にも縛られない！」

「それじゃあ、オイラたちには勝てやせんぜ」

かつては魔族も、冒険者と同じで自由だった。

しかし、今は自らの意思でそれを捨てた。

勝つために。

生き残るために。

(……さすがは英雄たちも強い。互角か)

だが、それで十分だった。

フラムたちが時間を稼いでいる間に、すでに大勢は決していた。

オーガの騎兵は背後から冒険者の後衛を強襲する。

慌てて前衛が援護に向かうも、その間にも、ゴブリン兵団の『壁』は着実に冒険者たちに迫っていた。

「うわあああ！　なんだ、こいつら、ゴブリンのくせにいいいいい！」

「刃が通らねえ！　なんで、こいつら、全員、ちゃんとした鎧を！」

「オーガはアホだ！　目を潰すか、足を引っかけて殺せ――なっ！　魔法障壁だと⁉　なんで、オーガごときがそんな高級な――肩の上にワーウルフ⁉」

前門のゴブリン、後門のオーガ。

中級以下の冒険者たちは成す術なく蹂躙されていく。

それは、とても戦闘と呼べるような代物ではなく、まるで石臼にすり潰される小麦のようだった。

逃げる者はオーガに踏みつぶされる。

進む者は、叩かれ、突かれ、叩かれ、突かれ、即席のミンチと相成った。

やがて、敵の陣営からアンチディスペルが失われる。

すなわち、それはプリミラたちの勝利を意味した。

解き放たれた魔将たちの全力の魔法が、歴戦の英雄たちを容赦なく屠る。

「う、嘘だ！　嘘だ！　嘘だあああああああああああ！」

現実に、あるいは時代の流れに抗うような英雄の断末魔の叫びが、空しく寒空に吸い込まれていった。

「行くぞ！　アンカッサの街を占領する！」

フラムの号令で、軍団はそのままアンカッサの街に殺到する。

全く抵抗を受けることなく、崩壊した城壁から中に侵入すると、そこはすでにもぬけの殻だった。

瞬く間に占領に成功する。

「オーガ騎兵！　鎧をパージして残党を狩れ！」

ワーウルフの手を借り、重装甲を脱ぎ捨てたオーガは、軽騎兵のような役割を果たす存在へと早変わりする。

徒歩で逃げ出した者はもちろん、馬で遁走を始めた一団も難なく捕獲に成功した。

金持ちの中にはグリフォンで空を逃げようとした奴らもいたが、そんなものはフラムの餌にすぎなかった。

「おい！　この中にアレハンドロはいるか⁉　お前らが『寛容』の二つ名で呼んでる奴だ！　隠し立てするとためになんねえぞ！」

捕虜たちを前に、フラムがどやしつけるが反応はない。

魔王はアレハンドロを商都との交渉の窓口として使うつもりだと聞いていた。

「……特別な逃走ルートを用意していたのだと推測する」

「ま、師匠からは『できれば確保しておいてください』って言われてるだけだがよお。大将がケツまくって逃げるっていうのは気に食わねえな」

未だドラゴン姿のフラムが、口から炎をチロチロさせながら言った。

「……旦那様もこういうケースは想定済み。例の件を」

「おう！　冒険者ギルド長はいるか⁉」

「わ、私でございますが」

一瞬、沈黙があったが、他の捕虜の視線に促されるようにして中年の男がおずおずと声を上げた。

「……魔王様からの親書。這いつくばって受け取るがいい」

プリミラは懐から取り出した手紙をギルド長に差し出した。

「は、はああ――。……。こ、これは⁉　寛大にも私たちのアンカッサの街での経営権を引き続き認めてくださる、と」

ギルド長が顔を引きつらせながら、こちらの顔を窺ってくる。

「んだよ。文句あんのか？　余所の大陸では、魔族の支配下にも冒険者ギルドがあるって聞いてるぜ。あんたらのルールを守れば、誰が地域の支配者だろうが関係ないんだろ？　冒険者ギルドは権力者に対して中立だ」

「も、もちろんそうです。その場合は、我々を含め、ギルド所属の冒険者は解放して頂くことになりますが」

「おう。そこに書いてある範囲の領地について、『魔王軍の支配権を認める』と誓約した奴は全員許すぜ」

魔王はこの大陸を全て自分の領土だと主張している。

この案を受けるなら、自動的に今ここにいる冒険者たちは他の勢力の敵対者となるため、半ば紐がつけられた状況になった。

「俺は誓約するぜ！」

「私もよ！」

「アタイも誓約する！」

それでも、ほとんど全ての冒険者が条件を呑んだ。

呑まなければ、彼らを待っているのは、よくて奴隷生活だ。その先でどういう末路を迎えることになるのかくらいは、彼らも想像ができるのだろう。

そもそも、『緊急クエスト』を受けず、戦闘に加わっていなかった冒険者たちは、『騎士』や『神徒』の国の方から流れて来た余所者たちであって、地元への愛着も薄い。

逆に地元の者は先ほどの戦闘で大体が命を落としている。

「じゃあ、まずはオレたちにかかってる討伐依頼は全部解く」

「当然でございます」

ギルド長が一も二もなく頷く。

「んでよお。今までオレたちの討伐の懸賞金として、あんたらのとこにプールされた金があんだろ？　それって、当然、オレらのもんだよな？」

「もちろんです」

街の金から懸賞金が出ているのであるから、街の支配権がフラムたちに移った以上、これも道理であった。

「……では、ワタシの分も含め、魔王軍にかかっていた懸賞金を全てこの『アレハンドロ』に付けかえる。フラム。それでいい？」

「おう！　ヒトで言うところのなんだ？　そうそう。『捕獲任務』だ」

フラムが記憶を探るように言う。

「かしこまりました！　すぐに街に戻り、クエストを発注致します！　近隣のギルド支部には伝書鳥を出します！」

ギルド長が部下の職員を率い、急いでアンカッサへの街へと引き返していく。

「おい！　聞いたか、冒険者共！　大金持ちになるチャンスだぞ。オーガ共に手柄を取られたくなきゃ、アレハンドロをひっ捕まえて、オレらのところに連れてこい！」

フラムが威勢よく煽る。

「うおおおおおおおおお！」

「燃えてきたぜえええええええええ！」

「武器を返してくれ！　絶対に捕まえてやる！」

冒険者たちの目が欲望にぎらつき始めた。

彼らのほとんどは中級以下の冒険者で、アレハンドロ捕獲の暁に手に入るのは、本来なら一生望むべくもない大金だ。

「お、俺も、誓約する。遅くなっちまったが、いいか？」

唇を嚙みしめてそう申し出たのは、先ほどは提案に応じなかった冒険者だ。

「んだよ。お前はここの出身だろ？　オレら——っつうか、プリミラが憎いから、誓約に応じなかったんじゃねえのか？」

「確かに、プリミラは憎い。だが、そもそもアレハンドロの奴がちゃんと領地を守ってくれてりゃ、こんなことにはならなかったんだ！　俺はあいつに復讐する！　あいつを捕まえて、俺は故郷の村を復興したい！」

冒険者は決意に満ちた表情で叫ぶ。

プリミラはこうも一瞬で心変わりし、なおかつ自身の裏切りを正当化する冒険者たちに不思議な感覚を覚えていた。

彼らの在り方は魔族のようにエゴイスティックで、魔王の言っていた通り、魔族もヒトも、本質は大差ないのかもしれないと思った。

＊　＊　＊

「ふう。ボキも運がないなあ……」

抜けるような冬の快晴を眺めて、アレハンドロはそうぼやいていた。

地下通路を抜け出して、アンカッサの街の外の寒村に辿り着いたまでは良かった。

　しかし、畜舎の藁の寝床で目覚めた翌日、その手にはもう縄が打たれていた。

「坊ちゃん。すみません」

「いやあ。もう仕方ないよねえ。ジイヤが裏切るような状況なら、どのみちダメだよ――ちなみに聞くけど、ボキを商都まで運んで身代金を得るっていうのは？」

「その場合、旦那様は面子のためにも、この老いぼれを必ず殺すでしょう。どうか、お許しください。――例の孫へのプレゼントですがね。エリクサーを頂けますか？　重病でして」

「エリクサーかあ。それはさすがにボキのポケットマネーじゃ出せないよお。身柄で払うしかないねえ」

　アレハンドロは、それが執事の優しい嘘だと気が付いていた。

　彼の孫はきっとピンピンしていることだろう。

『本当はアレハンドロを裏切りたくないけど、孫が大変だから仕方なく』という理由をくれたのだ。『まんまと敵に欺かれた無能で愚かな総督』よりは、『忠臣に裏切られた哀れな坊ちゃん』の方が、まだアレハンドロを傷つけないと思って。

　それだけ気を遣える執事が、自分を裏切る。

　違和感はなかった。

　当然だ。

　金というのはそれだけの力を秘めている。

腐っても商人の端くれであるアレハンドロは、そのことがよくわかっていた。

「ボキは英雄どころか、誰かの英雄譚を彩る三下だねえ」

どこか他人事のように、アレハンドロは呟く。

こうして、記念すべき反攻作戦の初戦は、魔族側の完勝で幕を閉じた。

歴史家は、後に『アンカッサの黒点』と呼ばれるこの戦いの結果について、言葉少なにこう締めくくっている。

『狼が騎士となり、オーガが馬となったその瞬間、ヒトにとっての悪夢が始まった』と。

*　*　*

「ヒジリっち！　大変よ！」

寝室で仕事をしていた聖にその知らせを告げたのは、珍しく狼狽（ろうばい）を露にしたモルテだった。

「なんですか！　不躾に！　ノックくらいするのが常識ではなくて？」

傍らで聖の仕事を補助していたシャムゼーラが咎（とが）める。

「親友の間にノックなんて――って、そんなこと言ってる場合じゃないのよ！　勇者が！　勇者が来たわ！　――コネクトブラッドトーン！」

それは、モルテの使役するカラス型のアンデッドと視界をつなげる魔法だった。

吹雪の中、三つの影が映る。

一瞬で映像は途切れ、すぐに別の角度からの映像が映った。

しかし、その映像もまた途切れる。

物凄い勢いで切り替わっていく視界。

それは、上空を警戒しているゾンビカラスが次々消滅させられていることを意味した。

(なるほど。勇者はあなたでしたか)

一瞬移った男の横顔に、聖は見覚えがあった。

忘れようはずもなかった。

「では、皆さんは予定通りに逃げて、フラムさんたちと合流してください」

聖は落ち着き払った様子で告げると、椅子から立ち上がる。

「ですが、お父様！」

「何度も言わせないでください。私が死ななければ、勇者は倒せないのですよ――時間は稼ぎますから、できるだけ遠くへ」

シャムゼーラを始めとした文官衆、そして、領地に残った他の魔族が逃走する時間を稼ぐ。

それが聖にできる最後の仕事だった。

幸い、魔王城は複雑に入り組んでいて、隠れる所には事欠かない。

「ダミーの人形は色んなところに仕込んであるわ。勇者は戸惑うはずよ」

「そう期待したいですね。ついでに、私の魔王としての弱さが吉と出ることを」

今の聖が有する魔力は、魔王としては圧倒的に弱すぎる。

弱すぎて、逆に感知できない可能性が高い。

モルテやシャムゼーラと別れて、魔王城の奥深くに身をひそめる。

『魔王！　どこだあああああああああ！　隠れてないで出てこい！　卑怯者め！　全人類の敵め！　諸悪の根源め！』

腹に響くような勇者の声が、鼓膜を震わせる。

彼の声量が魔力とは違う感触のある特殊な力——祈力とでも言おうか——で強化されているのだろう。

その罵声は、魔王城全体を震わせるほどだった。

さて、本来ならここで魔将たちを呼び戻して勇者を狩る手筈であったが——

（どうやら、その必要はなさそうですね）

勇者の人となりがわかった以上、聖は更なる最適解を求めて動き出す。

「エンペラーコール。魔将の皆さん、全員に告げます。勇者が来ました。ですが、『私の事は無視して進軍を続けてください』。その理由は——」

『そこかあああああああああああああああああ！』

最後まで説明することはできなかった。

勇者の気配が瞬く間に聖に迫る。

聖はひたすら走り、隠し部屋や隠し通路を駆使して、逃げ回る。

命をかけたかくれんぼが始まった。

＊　＊　＊

「ふう。とりあえず、これで師匠の言う最低ラインは確保したな」

「……上々。このまま行けば、かなり奥まで押し込めそう」

フラムの言葉に、プリミラは頷く。

占領作業は順調に進み、当初の想定の中でも最善に近いスピードで敵地への侵透が行われていた。

そんな時だった。

その声が聞こえてきたのは。

『エンペラーコール。魔将の皆さん、全員に告げます。勇者が来ました。ですが、『私の事は無視して進軍を続けてください』。その理由は――』

「くそが！　勇者が来やがったか！　――それにしても、そのまま進軍を続けろとはどういうことだ？　勇者が出たら、魔王城に戻ってオレたち全員で叩くって計画だろ？」

フラムが首を傾げる。

「詳しくはわからないが、何かしらの状況の変化があったとみるべきだろうね。あの魔王様のことだから、なんの考えもなしって訳じゃないだろう」

レイが顎(あご)に手を当てて考えるような仕草(しぐさ)をして言う。

「わらわは戻るぞ」

唐突にアイビスが呟いた。

「戻るって。前の作戦会議聞いてたか？　師匠が勇者にやられて、勇者が魔族に対する特効を失った後で叩くのが一番楽だって話だぞ？」

「関係ない！　私はお兄ちゃんを助けるの！　恋人の窮地に駆けつけるのは当たり前なの！」

アイビスが駄々っ子のように喚き散らす。

いつの間にか、彼女の姿は口調相応のそれに変わっていた。

「関係ないって。つーか、お前、その姿」

フラムが困ったように顔をしかめた。

「ギガも魔王様の所に行くノダ。魔王様が死んだら、美味いメシが食えナイ。それはいやダ」

ギガが腹を擦って言う。

「ボクも個人的な意向でいえば、魔王様を助けに行きたいかな。まだ、答えが見つかってないんだ」

レイが口笛を吹くような軽い調子で言う。

「ギガとレイもか⁉　ったく、こいつらは戦略ってものがまるでわかってねえな。なあ、副官さんよお。こいつらに物の道理ってやつを言って聞かせてやってくれ」

　肩をすくめてこちらに水を向けてくるフラム。

「……ワタシも三人に賛成する」

　プリミラは即答した。

「おいおい！　プリミラまでそんなこと言い出すのかよ！　第一、お前、前の戦略会議の時に、師匠の案に真っ先に賛成してたじゃねえか！」

「……あの時は、勇者が早期に襲撃してくる可能性が低いと判断したからああ言った。でも、ワタシは実は旦那様が死ぬことに、同意していない。旦那様の価値は、彼自身が思っている以上に高い。ただ知識のバックアップを取ってあるから、それでいいという問題じゃない」

「オレたち全員が身体を張って、命を危険に晒すんだぞ？　そこまでしても、師匠が死ぬ前に助けに行くってのか？」

「……それでも、行くべきだと思う。旦那様が魔王であり続けることにはそれだけの価値がある」

　プリミラははっきりとそう言い切った。

　聖は、彼の亡き後、魔将の合議で物事を決めろと言ったが、まだ早すぎると思う。

　現時点では、魔将でその任に足るほどに戦略眼が成熟しているのは、プリミラとフラムぐらいだ。

聖がいなくなったら、魔族たちは絶対にまとまらない。

プリミラはそう確信していた。

「お前、そんな熱い奴だったんだな。てっきり、心まで氷水でできてるかと思ってたぜ」

フラムが『ちょっと見直した』みたいな口調で言う。

無論、プリミラは義侠心から魔王を助けに行くのでは断じてない。

プリミラの真の欲望を理解できるのは現状聖だけだし、聖以外の者が権力を握ったら、仮に魔族が世界の支配者になっても、プリミラの望むような宇宙進出に投資してくれるかどうかはわからない。

むしろ、『何をアホなこと言ってんだ』と一蹴される可能性の方が高い。

つまり、あくまでプリミラは自分のために動いている。

だが、何となくいい雰囲気だし、まあ、そのまま勘違いさせておこう——とプリミラは思った。

「……後はフラムだけ。あなたが動いてくれないと、魔王城には素早く戻れない」

「——ま、オレたちは魔族だ。たまには、魔王様の御威光に逆らって、好き勝手にやってみるのもいいんじゃねえの？　こういうの、嫌いじゃないぜ」

フラムが諦めたように肩をすくめた。

プリミラは、フラムの中に本質的な脳筋思考が残っていて良かったと思った。

「じゃあ、ボクたちを背にのっけていってくれるかい？　フラムくんの飛行能力にボクの風魔法の速度を加味すれば、十分に間に合う可能性はあると思うよ」

レイは『決まり』とでも言いたげに、ステッキで地面を二回叩く。

小気味良い音がした。

＊　＊　＊

『魔王、隠れてないで出てこい！　もう逃げ場はないぞ！』

月並みなセリフを吐く勇者を無視して、聖は逃走を続ける。

『そうか！　いいぜ！　そっちがそのつもりなら、こっちも考えがある！』

ズガーン！　と巨大な破裂音。

数百メートル先の空間がごっそり削り取られている。

どうやら勇者は魔王城を爆砕しながら、聖をあぶりだすつもりらしい。

(相変わらず強引な人だ)

勇者のやり方は力の浪費を考えるととても効率的とは思えなかったが、有効なのは確かで、聖の隠れ場所がどんどん奪われていく。

やがて追い詰められた聖は、ほぼ上半分を消失した魔王城の謁見の間で、勇者と邂逅(かいこう)した。

皮肉なほどに快晴で、星の綺麗な夜だった。

「ふう。お久しぶりですね。通り魔さん」

上級魔族並みの身体をもってしても、さすがに勇者との追いかけっこは疲れるらしい。

聖は背もたれの上半分がない玉座に腰かけて、自らを殺したその男に微笑みかけた。

「ふ、ふははは！　はははははは！　はははは！　そうか。お前が魔王だったのか！　ぴったりじゃないか。これは運命だ！　今度こそ、俺が諸悪の根源の貴様を殺して世界を救う！　それが正義だ！　世界のためだ！」

勇者は哄笑する。

「気に食わない指導者を暗殺すれば、世界が良くなるという発想は正しくありませんよ。多くの場合、暗殺は外交問題を解決する手段としては悪手だという研究結果が出ています。今回の場合も、私を殺しても、魔族は止まりませんよ？」

聖は無駄だとわかっていても、そう諭してみた。

「ならば、全部殺すだけだ！　それが勇者だ！　みんなの願いなんだ！」

勇者は陶酔(とうすい)した目で、唾をまき散らしてそうまくし立てた。

やはり、ダメだ。

この男に聞く耳という概念はないらしい。

「ふう。そうですか。殺したければお好きにどうぞ」

聖は玉座に腰かけたまま、肩をすくめる。

「勇者殿！　この魔王、様子が変だ！　魔王にしては、発する瘴気が弱すぎる！」

「ええ。上級魔族程度の力は感じますが、とても魔王と名乗れるほどとは思いません。罠でしょうか！」

　勇者の側に侍る二人の少女が、警戒して言う。

「お二人共、安心してください。何の種も仕掛けもありませんよ。私の力は、すでに部下にほとんど譲渡してしまったのです。勇者はおろか、そこの鎧のお嬢さんでも、私を殺すのに十分でしょう。ですから――さあ！　殺しなさい！　あなた方より圧倒的に弱い私を、一方的に嬲り殺すのが、正義なのでしょう？」

　聖は初めて見た二人の女の反応を見るため、感情を込めて語気を荒らげた。

　二人の女は一瞬顔を歪ませる。

　どうやら、随分と純粋な人柄のようだ。

「こいつの言葉に騙されるな！　今、俺が終わらせてやる！　うおおおおおおおおおおおおおおおおおおおおおおおおお！」

　白刃を掲げた勇者が迫る。

「シャイニングレイ！」

　瞬間、光線が聖と勇者の間を遮った。

　数瞬遅れて姿を現したその人物に、聖は目を見開く。

「七魔将が一人、『傲慢のシャムゼーラ』ですわ。魔王城に土足で踏み込む慮外者たち。

このワタクシが相手をしてさしあげましょう」

「シャムゼーラさん！　なにをやってるんですか。あれだけお逃げなさいと申しつけておいたのに」

　聖はこめかみを押さえて言う。

　シャムゼーラは文官である。

　戦闘は不得手であって、勇者に勝てる可能性は万に一つもない。

　それでも、シャムゼーラは儀仗を構えて勇者に相対していた。

「父親を置いていく娘はおりませんわ！　わかっています！　お父様にとっては、ワタクシなど、仕事の道具にすぎないことくらいは。それでも、ワタクシはお父様と過ごした日々が――」

「やれやれ。本当に困った娘(こ)ですね」

　瞳を潤ませて言うシャムゼーラに、聖はいつものアルカイックスマイルで応える。

「くそ！　雑魚が邪魔しやがって！　二人まとめて殺してやる！」

　勇者が再び白刃を構えて踏み込んでくる。

　刹那(せつな)、魔王は残る全ての魔力を振り絞り、身体能力を強化した。

　シャムゼーラの手を引き、先ほどまで自身のいた場所と彼女の身体を入れ替える。

　玉座についた彼女を視認すると同時に、手すりに仕込んだスイッチを押し込んだ。

　緊急脱出用の落とし穴が起動し、シャムゼーラを漆黒の中に吸い込んでいく。

「グフッ」

聖の心臓を貫く刃。

火傷にも似た激痛が胸に走る。

「魔王様！　魔王様ああああああ！　どうしてワタクシなんかのために――」

シャムゼーラの慟哭が聞こえる。

「あなたは魔王軍に絶対に必要な人材です。それに、自分の、代わりに、娘が、犠牲になって、喜ぶ、父親、は、いま、せん、よ」

聖は契約に忠実な男であった。

彼は、自らが自らに課した父親という役割を最後まで果たした。

「これで終わりだ！」

背中越しにかけられる勇者の声。

視界がぐるぐると回転する。

自分の首が胴体から離れたのだと気づいたのは、しばらく後だった。

「ダークインフェルノ！　――ちっ！　遅かったか！」

「魔王様！　勇者――殺ス！」

「お兄ちゃんを！　私のお兄ちゃんをおおおおおお！」

「……聖女の回復魔法をワタシが牽制（けんせい）する。レイは騎士を」

「――わかったよ」

（結局、来てしまったんですね）

そこには、それぞれどこか思春期のような危うさを秘めながらも、どこか頼もしい魔将たちの姿が見えた。

それにしても、さすがに魔族の身体だ。

人間とは違って頑丈らしい。

どんどん視界がぼんやりしてくるが、まだ目の前で何が起こっているかくらいはわかる。

「ぐっ——増援か！　魔将が全員とは！　すさまじい力だ」

「勇者様！　魔王は倒しました！　退きましょう！」

二人の女が助けを求めるように勇者を見た。

「ああ。そうだな」

勇者は無表情に答え、ただ一人虚空へと舞い上がる。

「勇者殿⁉」

「勇者様！　どうして⁉」

「悪いが、力を使いすぎた。三人でこいつらから逃げ切るのは無理だ！　後は自分たちで何とかしてくれ」

勇者が振り返ることなく飛び去っていく。

「そんな！」

「なんということだ！　貴様はそれでも勇者か！」

「ふたり、つかまえ、それ、りようかち、が」

絶望と怒りに顔を歪ませる女を後目に、聖は最後まで最善手を考え続け——やがて全ての意識を手放した。

＊　＊　＊

勇者の気配が去ったことを確認し、『嫉妬』のモルテは山脈の洞穴にある秘密の研究所から這い出した。

「うふふふ、終わったみたいね。ヒジリっち」

モルテは大切な『親友』に腕を差し出す。

彼との二人だけの秘密は、今成った。

「ありがとうございました、モルルン。さすがは『親友』。完璧な肉体ですね。正直、アンデッドの肉体とそれまでの身体の違いがわかりません」

「実際、ほとんど変わらないわよ？　最高傑作だもの。たまに新鮮な生肉さえ補給すれば、今までと同じ生活を送れるわ」

聖の元の肉体から採取した細胞を培養(ばいよう)した素体(そたい)を使っているし、斬り飛ばされた首から綺麗なままの脳みそも回収した上で合成し、魂を転生させたのだから当然であった。

「そうなのですか？　アンデッドになると味覚や生殖能力が喪失すると伺っていたのですが」

「誰から聞いたの、そんな昔の情報。ほんと、死霊術には偏見が多くて困っちゃうのよねえ。大体、死霊術が必要になる場面って、相手が急に死んじゃってアンデッド化する場合が多いじゃない。そうすると、細かな感覚までは適合させている時間がないのよ。事前にきっちり準備ができれば、このくらいは余裕だわ」

「ふーむ。なるほど、死霊術も日進月歩ですか。実に興味深いですねえ。また色々教えてくださいい。モルルン」

「もちろん構わないわ。『親友』の頼みですもの」

親友と手をつなぎながら、散歩する至福の時間を経て、モルテたちは魔王城の謁見の間へと到達する。

「——クソッ。ごちゃごちゃ話し合ってる間に、速攻出発してりゃ間に合ってたんだ」

フラムが悔いるように目を血走らせて床を叩く。

「もう、プリンもハンバーグもケーキも食べられないのカ。もっとおいしい物を教えて欲しかったノダ」

ギガが腹を鳴らして言う。

「お父様のいない世界に何の意味が、お父様あってのワタクシ、ワタクシあってのお父様、娘と父親の絆は永遠——」

ブツブツと光を失った目で繰り言を紡ぐシャムゼーラ。

「――『死を想え』ってことかな」

思索にふけるように遠い目をするレイ。

「お兄ちゃん！　お兄ちゃんがあああああ！　ああああああああ！」

亡骸（なきがら）にすがりつくアイビス。

「……」

プリミラ――は相変わらず何を考えているのかわからない。

「クスクス。みんなどうしてそんなに落ち込んでいるのかしら」

愁嘆場（しゅうたんば）を演じる六人に、モルテは優雅（ゆうが）に声をかける。

「皆さん。ご心配おかけしました」

聖がそう声をかける。

六人の視線が一斉にモルテたちを捉えた。

彼女たちそれぞれの顔に含まれる様々な感情を、モルテはゆっくりと咀嚼（そしゃく）するように味わう。

その驚愕（きょうがく）が、嫉妬が、恐怖が、敵意が、モルテにはたまらなく心地よかった。

自分だけが『親友』の本当の計画を知っていた優越感が心を満たしていくのを、モルテは確かに感じていた。

「ええ。出会った時から、密かにモルテさんにアンデッドへの転生計画を進めて頂いていました」

＊　＊　＊

「……あらかじめ、準備をしていたの？」

プリミラの問いに、聖は頷く。

最悪の状況を考えて備えておくのも、管理職には必要なことだ。

「どうしてオレらに教えてくれなかったんだよ」

「すみません。情報という物は、知る人数が増えるほど、指数関数的に漏洩するリスクが増すんですよ。万が一、勇者側に気取られた場合、私の転生先のストックを全て破壊される可能性がありましたので」

聖は不満げなフラムに軽く頭を下げて答える。

「プリミラもフラムも、そんな些細なことどうでもいいじゃありませんの！　お父様がこうしてワタクシたちの側にいてくださる！　そのことが何より重要ではありませんか！」

聖の腕にすがりついたシャムゼーラが叫ぶ。

「ねえ、お兄ちゃん！　エッチなことはちゃんとできるんだよね？　大丈夫だよね？」

アイビスは心配そうに聖の股間を叩いてくる。

甘えたがりのシャムゼーラとアイビスは先ほどから聖の側を離れようとしなかった。二人共、すっかり化けの皮が剝がれているが——まあいい。

むしろ、こちらの姿の方が皆に受け入れてもらいやすいかもしれない。

「まあ、良かったんじゃないカ？　これからも美味い物が食えるってことダロ？」

ギガが魔王城の残骸から食料を漁りながら、呑気な口調で言う。

「シャムゼーラくんたちの言うこともわかるよ。確かにヒジリくんは生きていた。それは素晴らしいことだ。でも、『魔王』が死んだことには変わりないじゃないか？」

レイが疑問を呈する。

彼女の言うことは正しい。

確かに、『聖という個体』は生き残ったが、それでも一度は確かに死んだのだ。『魔王』はもういない。

「……確かに。絶対的な命令権を持つ魔王がいなくなったことは問題。これからどう魔族をまとめていけばいいか……」

プリミラが考え込むように腕組みをする。

「そうでしょうか。魔王がいなくなったことの、何が問題ですか？」

「「「「え？」」」」

一同がポカンとした顔で聖を見てくる。

「そもそも、考えてもみてください。私が魔王でなくなったことによって、業務に何か支障がありますか？　強いていうなら、便利なエンペラーコールを使えなくなったということくらいのものでしょう」

「——そうか。確かに、ヒジリくんは、普通の魔王と違って、ボクたち魔将に権能で何かを強制してはないしね。何が変わったかと言われれば、何も変わってない」

　レイが、得心がいったかのように頷く。

　聖が執拗に魔将たちの同意の下の雇用契約にこだわったのは、この時のためだった。

　聖は『魔王』ではなく、あくまで聖個人の下で働いて欲しかったのだ。

「魔将はともかく、下の魔族共はどうすんだ？　アホが速攻で下克上を狙ってくるかもしれねーぞ？」

「魔族は力に従うのでしょう？　魔王の代わりに、魔将のあなた方が私の存在を担保してくだされば、それで事足ります。魔将が七人束になって勝てる魔族はいないでしょうから。皆さんが認めてくださる限り、圧倒的な魔力がなくとも、特殊な権限がなくとも、魔王は魔王なのです」

「それは——そうか」

「……道理」

　フラムとプリミラが頷く。

「さあ、ここで私は改めて皆様に問います。私は——御神聖という男は、あなた方を率いて魔族を導くにふさわしい存在ですか？　YESならば早速動きましょう。全身全霊を込めて、心からの奉仕の心と共に。NOならば——もし、私より組織を上手く動かせる者がいるというのなら、どうぞ殺してください。私は喜んで、その人に後を託しましょう。……いかがですか？」

聖はゆっくりと歩きながら、魔将一人一人の顔を覗き込んでいく。
全てを話し終わった後、裁可を乞うように、玉座の横で両腕を広げた。

「「「「「魔王ヒジリに忠誠を。魔族に栄光あれ！」」」」」

魔将たちが一斉に深く腰を折る。
その日、途方もなく長いその星の歴史の中で初めて、魔族は自らの意思によって王を選んだ。
その事実がもたらす、変革を、惨劇を、救済を、絶望を——ヒトはまだ知らない。

聖が皆の信託を受けて再び魔王に返り咲いたその日のことだった。

「そういや師匠。なんで、オレらを呼び戻さずに侵攻を続けさせようとしたんだ」

「……ワタシも勇者に逃げられたことが気になる。放置していてもいいの？」

フラムとプリミラが思い出したように聞いてくる。

「ああ、その件ですか。大丈夫です。勇者が顔見知りで性格がわかっていたので、彼のその後の結末が簡単に推測できたんですよ。端的に申し上げれば、あの勇者は魔将の皆さんが手を下すまでもないので、侵攻を優先して頂こうかと思っていたんです」

聖は書類仕事の片手間に、確信を持ってそう答えた。

＊　＊　＊

「おらあああああ！　出て来い教皇おおおおおおおお！」

恒夫は、憤怒と共に聖堂に乗り込んでいた。

（あのクソ坊主どもめ！　奴隷を解放するフリをして、俺を騙しやがった！）

アイシアとジュリアンを見捨てたことが民衆にバレないよう、わざと人通りが少ない飛行ルート選択したことが幸いした。

奴隷が解放されたはずの神徒の領土の各地で、明らかに強制労働を課せられている人間を大量に目撃したのである。

「おやおや、勇者様。魔王討伐の成就、まことにおめでとうございます。――『慈愛』と『純潔』はいかがしましたかな」

祈りを捧げていた教皇が、ゆらりと恒夫の方を振り向く。

「そんなことはどうでもいい！　今は奴隷のことだ！　約束を破りやがって！　皆殺しにしてやる！」

「何か誤解があったようですな。ここは神の正義を信じる者同士、話し合いで解決を――」

「もう貴様の話は信用しない！　皆殺しにして、俺がこの国の王になってやる！」

「……愚物め。ふう、やはり、『勇者』を用意しておいて正解だったか」

「なにを言っている⁉　俺が『勇者』だ！　俺こそがルールで正義だ！」

「思い上がるな！　勇者はお前一人ではないわ！」

教皇が指を鳴らす。

それに呼応するように、柱の陰から一人の女が姿を現した。

ボサボサ髪にノーメイクながらも、どこか野性味を帯びた美しさを秘めたその女は、両手に剣を握(にぎ)った二刀流スタイルだった。

「なに⁉　まさか別の勇者を再召喚したのか？　魔王がいなけりゃ、勇者も呼べないはずだろ⁉」

「その通り！　再召喚じゃないよ――でも、ねえ、キミ、勇者の『その後』とかにも興味あるクチ？」

「だから、お前は誰なんだよ！　勇者は俺一人なんだ！　そうか！　魔族か！　魔族なんだな！」

「はあ、もう察しが悪いなあ。好みの顔じゃないし、頭悪くて楽しめそうにないし、さっさと片付けちゃうか」

「勇者の力を舐(な)めるなあああああああ！」

もはや正体などはどうでも良かった。

魔王を討伐した絶対正義の自分を侮辱(ぶじょく)するなど、それだけで万死に値する。

このクソ女が剣の錆になることは恒夫の中では確定事項であった。

剣を構え、踏み込む。

ほら、これだけで女は真っ二つに――。

「グアアアアアアアアアアアアアアアアア！」

直後、経験したことのない激痛が恒夫を襲う。

　あのブラック企業の部長ともみ合いになって死んだ時も、これほどの苦しみはなかった。


　あれ、俺の腕はどこだ。

　俺の脚はどこだ。

　そんなことを考えている間にも、目がチカチカして、意識は薄れていく。

「弱っ。ちょっと、今の勇者ってこんなに弱いの？　むっちゃ萎えるんですけど」

「歴代最強のあなた様と比べられては、いくら無能勇者とて哀れでございますな」

「んもー。おだてても無駄だよ。教義の関係で中々外に出られないんだからさ。汚れ仕事をさせるにしても、もうちょっとおもしろい奴を用意しておいてよ」

「これは手厳しいですな。ですが、ご安心ください。外大陸との戦が始まれば、強敵とはいくらでも相まみえる機会はありましょう」

「みんなそう言うんだよねー。ま、期待してるから、いい舞台を用意してよね」

　女は剣の血を振り払って、颯爽と去っていく。

　その後ろ姿を、恒夫はもはや見送ることさえできなかった。

あとがき

皆様、こんにちは。

波口まにまと申します。

この度は、拙作、『経営学による亡国魔族救済計画　社畜、ヘルモードの異世界でホワイト魔王となる』をお読みくださり、まことにありがとうございます。

本作は、小説投稿サイトのカクヨムさんに連載させて頂いている作品です。

「かわいい魔族の女の子をたくさん書きたいなあ」という欲望に突き動かされて、軽い気持ちで執筆を始めた作品でしたが、こうして本にして頂けることになり、今はただただありがたいという気持ちで満たされております。

本作では、ブラック企業的な側面がちょくちょく出てきますが、私の周囲はホワイトな方々ばかりなので、恵まれた環境にいるということを再確認した次第です。

さて、それでは早速ではございますが、ここで関係者の方々への謝辞に移らせて頂きます。

まずは、この度、拙作を見出してくださったファミ通文庫編集部の皆様に感謝を申し上げます。とりわけ担当編集者の佐々木様には、様々な場面でご助力頂き、おかげ様でこうして拙作を上梓させて頂くことが可能になりました。厚く御礼申し上げます。

そして、拙作のイラストを担当してくださった卵の黄身様は、拙作にたくさん出てくる、一癖も二癖もある魔族の女の子たちを、大変愛らしく描いてくださいました。その素晴らしさは中々一言では表現できませんが、私の文章は抜きにしたとしても、このイラストを見るためだけにでも、この本を手に取る価値があるのではないかと思うほどのクオリティであったことは、自信を持ってここに断言できます。

最後に、なにを置いても、カクヨム版を含め、拙作をお読みくださった、全ての読者の皆様に心からのお礼を申し上げなければなりません。

色んな意味で、主人公と魔族の女の子たちの未来は波乱に満ちていますが、物語同様、未来は常にカオス。全く先を見通すことができません。ですが、もし機会がございましたら、また次巻などでお会いできればとても嬉しいなあ、と純粋に感じている今日この頃です。

それでは、皆様、重ねてお礼を申し上げるとともに、今回はこの辺で失礼致します。

■ご意見、ご感想をお寄せください。

ファンレターの宛て先
〒102-8177　東京都千代田区富士見2-13-3　ファミ通文庫編集部
波口まにま先生　　卵の黄身先生

FBファミ通文庫

経営学による亡国魔族救済計画

社畜、ヘルモードの異世界でホワイト魔王となる　1772

◇◇◇

2020年8月28日　初版発行

著　者　波口まにま
発行者　青柳昌行
発　行　株式会社KADOKAWA
〒102-8177 東京都千代田区富士見2-13-3
電話 0570-002-301（ナビダイヤル）
編集企画　ファミ通文庫編集部
デザイン　AFTERGLOW
写植・製版　株式会社スタジオ205
印　刷　凸版印刷株式会社
製　本　凸版印刷株式会社

●お問い合わせ
https://www.kadokawa.co.jp/（「お問い合わせ」へお進みください）
※内容によっては、お答えできない場合があります。
※サポートは日本国内のみとさせていただきます。
※Japanese text only

ISBN978-4-04-736219-2　C0193

定価はカバーに表示してあります。